「ひっ……ひぎゃあああ――っ!?」
「暴れるな。落ちるぞ」

光の線を描く蛍を指で示し、アルノルトに笑い掛けた。
「ね。とっても綺麗」
リーシェを見たアルノルトは、しばらくの沈黙のあと、小さく息をついてこう漏らす。
「――そうだな」

「……」

「花嫁殿は、指先までもがお美しい」

「ありがとうございます」

カイル・モーガン・クレヴァァリー
雪国コヨルの第一王子。とある持病を抱えている。

VOLUME.
2
TOUKO AMEKAWA

ループ7回目の悪役令嬢は、元敵国で自由気ままな花嫁生活を満喫する

雨川透子

ILLUST. 八美☆わん

THE VILLAINESS OF 7TH TIME LOOP ENJOYS FREE-SPIRITED BRIDE LIFE IN THE FORMER HOSTILE COUNTRY

CONTENTS

THE VILLAINESS OF 7TH TIME LOOP ENJOYS FREE-SPIRITED BRIDE LIFE IN THE FORMER HOSTILE COUNTRY

第一章

監禁騒動からの数日間、リーシェは、ふわふわの寝台でゆっくり療養した。

畑の世話も最低限にし、侍女たちへの教育はディアナに任せ、栄養のあるものをたくさん食べる。

寝台で商会への注文書を埋め、爪紅の商品化に向けた案を書き出しつつ、基本的にはよく眠った。

自作の薬を飲み、すっかり体力が回復して、皇城の侍医にも太鼓判を押された五日目のこと。

リーシェは緊張の面持ちで、主城の一室を訪れた。

「入れ」

リーシェは覚悟を決め、彼の執務室へ足を踏み入れる。

「ご機嫌ようアルノルト殿下。ご多忙にもかかわらずお時間をいただき、お礼申し上げます」

書き物の手を止めたアルノルトが、傍らにゆっくりとペンを置く。

「お前から面会の申し入れがあったのは、初めてだな」

この日、リーシェはとても緊張していた。

長きに渡る計画が、本日いよいよ最終局面に入ろうとしている。送り出してくれた侍女たちのためにも、務めを果たさなくてはならない。

（大丈夫。出来る限りのことをやってきたわ）

対峙《たいじ》するアルノルトの方は、余裕のある笑みを浮かべて言った。

「一体どんな用件だ？　婚約者の顔を見に来ただけにしては、緊張しているように見えるが」

「お見通しというわけですね。では、早速本題に入らせていただきます」

従者のオリヴァーが、警戒するような目を一瞬だけこちらに向ける。リーシェはひとつ深呼吸をし、満を持してアルノルトに告げた。

「——離宮に、殿下のお部屋が用意できました!!」

「…………なに？」

アルノルトが思いっきり眉をひそめる。

整った彼の顔立ちは、渋面を作っても美しいものだ。そんなことを思いながら、説明を続けた。

「執務室は二階に、寝室は最上階の四階に設けております。長らくお待たせしてしまい、申し訳ありませんでした」

正確には、部屋の準備は少し前に出来ていた。

だが、侍女たちが清掃などを完璧にこなせるようになるまでは、アルノルトを呼ばない方がいいと考えていたのだ。仕事に不慣れな段階で皇太子が来るのは、侍女たちの心臓に悪すぎる。

「寝室と執務室がありますから、いつでもお引っ越しいただいて大丈夫です！　お時間さえよろしければ、これからご案内いたしますが」

張り切るリーシェに対し、アルノルトは相変わらず渋面だ。

「お前の用件というのはそれか？」

「はい、そうですけど」

アルノルトはひとつ溜《た》め息《いき》をついたあと、さらに尋ねてくる。

「なら、何をあんなに緊張していたんだ」

「緊張するに決まっているじゃありませんか！　私の大事な侍女たちが、今日のため懸命に頑張ってきたのですよ!?　これが卒業試験のようなものだと考えたら、すごくどきどきしてしまって」

今日に至るまでの頑張りを、リーシェはよく知っている。

侍女たちは毎日早朝から、お互い助け合ってよく働いたのだ。仕事が終わってからは勉強会を開き、文字を学んで、翌日の仕事に役立てようと努力をしていた。

最終確認をしたのはリーシェだが、よく磨かれた窓も、真っ白なシーツも素晴らしい仕上がりだ。

その成長ぶりには、教育係であるディアナたちも涙ぐんでいたほどである。

「緊張しますが、素敵なお部屋に仕上がったと自信をもって断言いたします。ですから是非一度、新しいお部屋をご覧いただけませんか？」

アルノルトは再び溜め息をつくと、肘掛けに頬杖《ほおづえ》をついた。

「お前は、あの離宮でひとり自由に過ごすのが望みだと思っていたが」

「まさか！　私は、あのお城でアルノルト殿下と一緒に暮らしたいのです」

元々はアルノルトと現皇帝を引き離すための策なのだ。あんな城リーシェには大きすぎる。

アルノルトは、何故《なぜ》か驚いたような表情をしていたが、やがてその表情が笑みへと変わった。

「……なるほどな」

その視線は、こちらの内心まですべて見透かすかのようだ。

「どうやらまた何か、愉快な企《たくら》みごとをしているらしい」

「ひ、人聞きの悪い……！」

だが、ある意味では図星だった。もしかすると、本当に心を読んでいるのだろうか。

アルノルトが警戒心を抱いてしまえば、離宮に越してきてくれなくなるかもしれない。内心で焦っていると、アルノルトは「まあいい」と立ち上がった。

「その企みに乗ってやろう。お前のおかげで機嫌が直った」

「え。ご機嫌って、どなたの？」

「俺のだ。――行くぞ」

訳が分からずにオリヴァーを見ると、彼は苦笑を浮かべながら会釈した。その口元が、『助かりました』と声を出さずに動く。

（つまり、殿下は私がここに来る前、ご機嫌斜めだったということ？）

そして今は、何故だかその機嫌が直ったらしい。不思議に思いつつも、急いで彼の後を追ったのだった。

＊＊＊

「――こちらが殿下の寝室です」

扉の前に立ったリーシェは、傍らのアルノルトにそう告げた。

少し離れた廊下の先では、侍女たちが心配そうに覗《のぞ》き込んでいる。恐らくは、先に案内を済ませていた執務室がどうだったかを気にしているのだろう。

目が合ったリーシェが笑って頷《うなず》くと、彼女たちは表情をぱあっと綻ばせて手を取り合う。その微笑《ほほえ》ましさに頬を緩めつつも、扉を開けた。

青を基調にした寝室は、隅から隅まで完璧に整備されている。

紺色の天蓋がついた寝台と、柔らかい枕。ぴんと張られたシーツに、飴《あめ》色をした丸机。敷かれた絨毯《じゅうたん》は密に編み込まれた滑らかな毛足で、靴音を一切響かせない上等の品だが、その上には埃《ほこり》ひとつ落ちていない。

「どうです？　素晴らしいお部屋でしょう」

「ああ」

素直な肯定の言葉を聞き、リーシェは嬉《うれ》しくなる。

「オリヴァーさまとも相談して、ひとまず最低限の家具だけとさせていただきました。本棚やその他もろもろは、いまのお部屋から引っ越しの際に運んでいただくことになっています」

「それで構わない。……だが、驚いたな」

アルノルトは部屋の中心に立つと、室内を興味深そうに眺めた。

「この離宮は長年放置されてきた場所だ。三週間ほどでここまで仕上げられるのか」

「ふふふ。すごいでしょう、私の侍女は！」

「まったく。大したものだ」

振り返ったアルノルトがリーシェを見る。

「新入りを一からここまで教育したのだろう？　皇族の住まう城内を整え、その仕事が皇太子に認められたとあれば、今後その者たちは職にあぶれることもない」

「殿下の仰《おつしや》る通りです。彼女たちがどこでも生きていけるようになれば、将来の不安からも解放されますから」

「得られるものは、他にもある」

首をかしげたリーシェに対し、言葉がこう続いた。

「誇りだ。自分は確かな仕事を成し遂げ、他人に認められたのだという誇りが生まれる。――それは人間の生死に直接関わるものではないが、時として、その誇りが人を生かすこともあるだろう」

アルノルトは緩やかに目を伏せる。

感情はあまり見えないのに、どこか優しい表情だ。まるで大事なものを見るみたいなまなざしで、リーシェを見下ろす。

「お前には、他人に矜持《きようじ》を与える才があるな」

まったく心当たりがない話だ。リーシェがぽかんとしていると、アルノルトが肩を震わせる。

「ふ」

それは、耐えきれずに零《こぼ》れたというニュアンスの吐息だった。

「俺が褒めると、お前はそういう顔をするのか」

楽しそうなその言葉に、リーシェは溜め息をついた。

「突然そんなことを仰って、私をからかおうとしましたね？」

「心外だな。これでも心から褒めたんだが」

「残念でしたね。たとえ偽りでも、あなたに褒めていただくのは嬉しいですよ」

なにせ、常々『敵《かな》わない』と思っている男だ。

アルノルトが少しだけ目をみはる。仕返しが出来たような気持ちになり、リーシェは笑った。

「ところで気が付きました？　このお部屋、離宮内では一番日当たりが良いお部屋でして。窓を開けると風が気持ち良いし、お昼寝にもぴったりです」

「あいにく、日中に寝室へ戻ることはそう無いがな。俺に譲るよりも、お前がこの部屋を使えばよかっただろうに」

「あら、私は人質同然の身ですよ？　このお城でぐうたら暮らすつもりなのに、気まずいじゃないですか。こんな良いお部屋を、なにも仕事をしない妃《きさき》が使うなんて」

「『なにも仕事をしない』妃……？」

物言いたげな目で見られるが、深くは突っ込まないことにする。

「そういえば、ここはお前の部屋の隣か」

「はい。警備をする方々も、私たちの部屋が近い方がやりやすいでしょうから」

「俺もその方がやりやすい。お前の無茶が事前に察知できるかもしれないからな」

「私は今後ごろごろする予定なので、そんなことはしません。……ちょっとしか」

「馬鹿」

呆《あき》れた顔で、柔らかい声音が言う。

「自由にはしてもいいが、先日のように体調を崩す真似《まね》はもうするな」

「……ごめんなさい……」

普通に叱られてしまった。

リーシェは反省しつつ、アルノルトに頼みたかったことを思い出す。

「そういえば殿下。この件について、おねだりしたいことがございます」

「……なんだ」

若干警戒している様子のアルノルトに対し、にっこりと笑った。

＊＊＊

「本気でやるんだな？」

「はい、もちろん」

アルノルトの問い掛けに、リーシェは笑って頷いた。

ふたりが立っているのは、皇城の隅にある小さな訓練場だ。リーシェの護衛をしてくれている騎士たちが、心配そうな顔でこちらを見ている。

アルノルトの寝室から訓練場に移動したのは、先ほど、こんなやりとりがあったからだ。

『私と剣術の手合わせをしていただけませんか？　殿下』

寝室の案内を終えたリーシェは、アルノルトにそうねだった。三週間ほど前の出来事であり、忘れられているかもしれないと思ったが、彼は思い出してくれたらしい。

『そういえば、以前の夜会でそんな話をしたな』

『覚えていて下さって嬉しいです。……私、今回の件で痛感いたしました。この体は体力に乏しく、早急に鍛錬をする必要があると』

体力も筋力も心肺機能も、騎士としての人生には遠く及ばない。始めてすぐに身につくものではないが、少しでも早く鍛錬を始めたかった。

『殿下がご多忙なのは承知しておりますし、つきっきりで稽古をお願いするつもりはありません。でも、一度だけご指導いただきたいのです』

リーシェはアルノルトの目を見つめる。

『アルノルト殿下や、近衛《このえ》騎士の方々が行っている「特別な訓練方法」を、私にもお教えいただけませんか？』

『……へえ』

アルノルトは、面白がるように口の端を上げる。

『何故分かった？』

『私の畑は、騎士団訓練場の近くにありますから。何度か各隊の訓練風景を拝見しましたが、アルノルト殿下の近衛騎士だけ、明らかに動きの熟練度が違いました』

訓練のときだけではない。彼らがリーシェの護衛をする際、ふとした瞬間の体捌《たいさば》きひとつ取っても、彼らには一切の隙がないのだ。

ガルクハイン国の騎士が全員そうだというわけではない。アルノルトの近衛騎士だけが、その卓越した技術を持っている。そうくれば、その状況を作り上げた男が誰なのかは明白だ。

何せ、その近衛騎士たちよりも遥《はる》かに隙のない人物が、彼らの主君なのだから。

『訓練方法を確立されているのであれば、それを是非知りたいのです』

リーシェが思い出すのは、ひとつ前の人生で目にした光景だ。

(ガルクハイン国軍を敵にしたとき、最も脅威だったのはアルノルト殿下。……だけど他の騎士たちだって、十分に厄介な相手だったのよね)

彼らは恐ろしく強かった。各隊の将だけではなく、最前線に立つ下位の騎士だって、ひとりひとりが戦場での技に長《た》けていたのだ。

(今はまだ、アルノルト殿下の近衛騎士が突出して強いだけ。ガルクハイン国の騎士が全員あんな強さを持っている、というわけではなさそうだわ。つまりアルノルト殿下は、これからたった五年ほどで、あの強靭な騎士団を作り上げる)

あれはきっと、騎士としての才能がある人間ばかり集めたというわけではない。人数規模からして、そんなことは不可能だ。

(なにか特別な訓練方法を確立しているはず。であれば、知っておかないと……)

リーシェがじっと見つめると、アルノルトはしばらくのあいだ黙り込んだ。諦めるつもりのないリーシェがその瞳を見つめ続けているうち、彼はやがて短く息を吐き出す。

『分かった』

あっさり頷かれるとは思っておらず、リーシェは目を丸くする。アルノルトが以前了承してくれたのは、普通の稽古のつもりだったはずだ。

『よろしいのですか？　お願いした私が言うのもなんですけど、軍事機密に当たることなのでは』

『皇太子の妻が知ることに、何の不都合もないだろう。──お前が望むことは、なんでもしてやると約束したしな』

そう言った声音が、いつもより少し柔らかい気がする。そのせいで、リーシェは若干慌てた。

『ええとありがとうございます。嬉しいです、とても』

『嬉しい？　何故』

まったく分からないという顔をされて、リーシェは返事をする。

『私が知る限り、あなたの剣術が世界中で最も美しく、最も強いですから』

『──……』

そんな相手に教えてもらえるのだから、元騎士としての喜びが芽生えないはずもない。

アルノルトは一瞬だけ目をみはったあと、ふっと笑った。

『世界中、か』

『……も、もちろんたとえ話で！　ただの比喩表現ですよ!?』

慌てて付け足す。するとアルノルトは、自嘲めいた響きのある声でこう言った。

『人間を殺すだけの技術に、美しいも何もないだろう』

『……殿下』

『先に訓練場へ向かう。動ける服に着替えて来い』

そんなやりとりをした後、いまに至るのだ。

「拘束具を持て。リーシェに一、俺に三だ」

「――はっ」

アルノルトに命じられた近衛騎士たちが、きびきびとした返事のあとに動き始める。しかし、従順に動く彼らがリーシェに向けた視線は、ひどく心配そうなものだった。

騎士は木箱を抱えて戻ると、主君に差し出した。アルノルトはそれを受け、中身を手に取る。

(ベルト？)

「これを着けろ」

それは、サスペンダーとベルトが一体になった形の装具だ。

アルノルトに説明をされながら、輪になった二本のベルトに両腕を通す。それと垂直に交わるベルトは、腰に巻いて留め具で固定した。

「終わったら後ろを向け」

言われるがままに背を向ける。すると、黒い手袋を嵌《は》めたアルノルトの手がリーシェの左手を掴《つか》んだ。手首に細いベルトが巻かれたかと思えば、アルノルトはそのままリーシェの左手を背中へ持っていき、腰のベルトと手首のベルトを金具で固定する。この状態では、左手を動かせない。

「これは……」

「特別訓練は、体の一部を拘束し、四肢の動きに支障がある状態で行う」

アルノルトはそう言いながら、彼自身も同じ拘束具を身に着け始める。違うのは、リーシェが利き腕である右は自由なのに対し、アルノルトは利き腕の右側にベルトを巻いたことだった。

「いつも、この方法で訓練をなさるのですか？」

「そうとも限らない。妙な癖をつけては、元も子もないからな」

慣れた様子でベルトを着け終わったアルノルトは、背中と手首を固定する前に、箱の中から別の道具を手に取った。

膝当てにも似ているが、異なるようだ。アルノルトは、革製のそれを左の膝に巻き付ける。

（……左足を、曲げられないようにしているんだわ）

続いて彼が手にしたのは、黒い眼帯だ。

アルノルトはその眼帯で右目を覆い、後ろ手に紐《ひも》を結んだ。最後に、近衛騎士が恭しく歩み出て、アルノルトの手首を腰のベルトに固定する。

これで、アルノルトは利き腕である右手と左足、それに右目が使えない状態だ。一方のリーシェは、左手のみが拘束されている。

「この状態で手合わせとする。――剣を」

アルノルトの合図を受けた騎士が、リーシェに木剣を差し出した。

リーシェはその騎士にお礼を言うと、受け取った木剣を片手で構えてみる。

左手が使えないというだけで、重心が狂うのがよく分かった。それに加え、普段両手で持っているものを片手のみで支えるのは、筋肉にも負担が掛かるだろう。

だがこれは、そう単純な話ではなさそうだ。

「四肢を封じるのは、条件をより戦場に近付けるためですか?」

「ほう。分かるのか」

「ただ体幹を鍛えたり、筋力を付けたりするためにやっているのであれば、殿下が片目を塞ぐ理由にはなりませんから」

騎士から木剣を受け取るアルノルトを見ながら、リーシェは尋ねる。

「これは、戦場で体の一部が使えなくなったときも戦い続ける――そのための訓練ですね?」

「……っ、はは!」

アルノルトは心底楽しそうに笑い、木剣の切っ先をリーシェに向けた。

「いつもながら、大層な観察眼だ」

リーシェと違い、彼が自由になるのは利き腕の方ではない。しかもその腕は、肩口の古傷によって若干動きが鈍い左腕だ。だというのに、一切の隙がなかった。

「とてもではないが、本物の戦場を知らない令嬢とは思えない」

「……っ」

張り詰めた空気に、肌がぴりぴりとするのを感じる。

近衛騎士たちが、無意識のように後ずさった。剣士としての本能が、彼らをそうさせるのだろう。

「負傷をすれば、腕が動かなくなる。返り血を目に浴びれば、その目はしばらく使い物にならないだろう。だが、その状況でも戦いは続き、敵は迫り来るものだ」

リーシェの脳裏に、鮮烈な戦場の記憶が蘇《よみがえ》った。

「腕が千切れても剣を振るう。足が砕かれても前進する。たとえ両目が潰れても、最後まで、敵に斬り込む道を探す」

アルノルトが、リーシェを見据える。

「これは、そのための訓練だ」

その眼光はとても鋭い。眼帯で片目を覆っているというのに、この重圧はなんだろう。

「――そうすることが、生き延びる道に繋《つな》がる」

告げられた言葉に、ごくりと喉を鳴らす。

（……敵わなかったはずだわ）

リーシェの知る騎士道とは、一種の美学だった。

剣を握り、国のために戦う中でも、そこには気高さと美しさが求められる。『正々堂々と剣を取り、敵にも恥じぬ戦いをし、最後には主君のために死ぬこと』が尊ばれた。

かつて騎士だったリーシェさえ、王家を護《まも》るために命を賭け、そして結局は死んだのだ。

（どんな状況になっても、醜く足掻《あが》いてでも生き延びる。そのために敵を殺す。――それが、ガルクハイン国軍の騎士たちを作り上げたのね）

過去のリーシェは、この男を敵に回していたのだ。そして、この先の運命によっては、再び敵対する可能性だってあるかもしれない。

リーシェがぐっと木剣を握り直すと、アルノルトは笑った。

「本来なら俺との打ち合いは、基礎訓練を重ねたあとで経験させるんだがな。今回はお前が相手だから、両目ではなく片目のみを塞いでいる」

「……光栄です、殿下」

「心配しなくとも、婚姻の儀を前にした婚約者を相手に、怪我《けが》のひとつも負わせるつもりはない」

アルノルトがそう言い切れるのも、圧倒的な実力差があるからこそだ。

リーシェは少し考えて、それから口を開いた。

「私が殿下に勝ったら、私の知りたいことをなんでもひとつ教えていただけますか？　その代わり、私が負けたら、殿下のお望みをなんでもひとつ叶《かな》えて差し上げます」

アルノルトは意外そうな顔をしたあと、リーシェの企みごとを楽しむように笑った。

「いいだろう」

「それでは、よろしくお願いします」

そして、近衛騎士が始まりの合図を下す。

アルノルトは木剣の切っ先をリーシェに向けた。美しい型だが、どこか隙のある構えだ。

恐らくは、『打ってこい』ということなのだろう。

実力差があるのは今更なので、こちらも素直に木剣を構える。それから、自分の四肢の状況を改めて確認した。

左手の拘束具は、フック状の留め具によって背部に固定されている。強い力で縛《いまし》められているわけではなく、多少の遊びがある状態だ。しかし関節の構造上、動かせる範囲は限られていた。

重い木剣を片手で持てば、それだけで筋力の足りない腕には辛《つら》い。

(打ち合いが長引くほど不利だわ。正攻法！)

リーシェは短く息を吐くと、アルノルトの間合いへ一足に飛び込んだ。

アルノルトは動かない。そのまま彼の右顔面を目掛け、木剣を斜めに振り上げる。

カアン！　と高らかな音が響いた。

リーシェの木剣は、アルノルトが翳《かざ》した剣で軽々止められている。勢いを付けて打ち込んだはずなのに、びくともしない。

(それなら……)

体の軸を捻《ひね》り、身を翻す。遠心力を利用したその一撃も、アルノルトは容易《たやす》く受け止めた。

二本の剣が交差し、噛《か》み合って、その向こうにある視線と重なる。一時的な隻眼となったアルノルトが、その片目を細めて笑った。

「どうした。そんなものか？」

心底楽しむような目に、ぞくりと背筋が粟立《あわだ》つ。

リーシェはすぐさま後ろに飛び退《の》き、呼吸を整えながら構え直した。

(重心がぶれている。握りが甘い。左手が使えるときの感覚に引きずられる……！)

反省点を挙げつらね、即座になんとかできそうなものを検討する。

(重心を修正する……と、間合いが変化するわね。もっと踏み込まないと、殿下に当たらない)

頭の中で計算し、踏み込みの位置を確かめる。握力はどうにもならないので、木剣を握り込む位置を上に変え、剣先まで力が伝わるようにした。

小手先の技は通用しないが、無いよりは良い。それと、咄嗟《とっさ》に左手で平衡を取りそうになるのをやめなければ。

（もう一度）

アルノルトが誘うような目をした。呼吸を練り、浅く吐き出して再び斬りかかる。

「やっ！」

振りかぶった一度目は防がれる。いったん後ろに引き、すぐさま二度三度と打ち込んで、アルノルトの懐に飛び込んだ。

そのまま下から斬り上げようとしたのを防がれ、ねじ伏せるように押し戻される。

「――へえ」

「……っ」

止められた。

だが、これまで木剣を翳すだけだったアルノルトが、初めて剣に動きをつけている。リーシェは再び後ろに退いて、間合いを空けた。

「おい。リーシェさまの動き、殿下とたった数回剣を交えただけで、随分変わったような……」

「いや、いくらなんでもそれは！　……しかし、確かに」

近衛騎士の言葉は耳に入らず、アルノルトに打ち込む。防がれ、弾《はじ》かれながら道を探った。

「動きが硬い。力で挑むな。足が疎《おろそ》かになっている」

「！」

指摘され、はっとする。

剣を交わしながら修正した。力ではどうしても男性に敵わず、それを補うために必死だった頃を懸命に思い出す。

「お前の身軽さを活用しろ。左足で踏み込め、動けるだろう？　――もう一歩、まだだ、そら」

互いに木剣を弾き合いながら、アルノルトに従って踏み込んだ。

感覚が戻ってくる。ずっと昔のことだったような、ごく最近の出来事であるような、そんな人生の感覚だ。アルノルトは端的に、それでいて的確な言葉でリーシェを指導していく。

（すごい。騎士だった私が、五年かけて辿《たど》り着いた動きなのに）

恐らくアルノルトには、見ただけで最適解が分かるのだ。

だけど、リーシェだって譲る気はない。体捌きに慣れるほど、視界はどんどん開けて行く。すると、今度はアルノルトを見る余裕が生まれ始めた。

脳裏に過《よぎ》ったのは、『あの日』のアルノルト・ハインの姿だ。

（――右！）

身を引いた瞬間、想像した通りの場所から木剣の一撃が来た。

アルノルトの剣が、リーシェの剣のぎりぎりを滑る。咄嗟に躱《かわ》していなければ、木剣は遠くに飛ばされていただろう。

（そのまま、私の間合いに踏み込んで、上から来るはず……！）

五年後のアルノルトと剣を交えた際、彼は今と同じ動きをした。騎士だったリーシェが、構えた剣で受けた一撃だ。

それを思い出すが、今の自分では絶対に止められない。だからもう一歩、無理矢理後ろに下がる。

直後、アルノルトの剣先が、リーシェの前髪を掠《かす》めた。

「……っ！」

寸前で止めてくれる気だったのは分かるが、本能的な危機感に嫌な汗をかく。

余裕のない回避でバランスを崩し、数歩ほど後ろにふらついた。あれほどの一撃を、ぴたりと静止させてみせたアルノルトは、そこで少し表情を変える。

「お前の知る限りで、俺の剣が最も強い、と言っていたか」

リーシェが先ほど、彼に言った言葉だ。

「だが今のは、俺よりも強い人間を知っている者の動きだ。……俺と剣を交えながら、そいつのことを考えていただろう？」

アルノルトは冗談でも言っているつもりなのか、挑発するような笑みを浮かべていた。

けれどもその視線は鋭くて、リーシェは木剣を握り直す。

「妬《や》けるな。悋気《りんき》を抱いてしまいそうだ」

「お戯れを。それに、私が知る中で最もお強いのは、正しくアルノルト殿下です」

リーシェは言い切って、アルノルトを見据える。

しかし、彼の指摘はあながち間違っていないかもしれない。リーシェが思い描いたのは、五年後の皇帝アルノルト・ハインだったのだから。

(——今の殿下よりも更に強く、残酷で、圧倒的だった)

あの男によって、こちらの騎士団は皆殺しにされたのだ。『怪我のひとつもさせるつもりはない』だなんて、そんな生ぬるいことを言う相手ではない。

「来いよ。……もう少し、俺に構え」

アルノルトが楽しそうに笑った。普段より少しだけ崩れた言葉遣いは、十九歳という彼の年齢相応にも思えるものだ。

リーシェはそれに応じ、剣を構えて腰を落とす。

一歩、二歩と、距離を測りながらゆっくり間合いを詰めた。

アルノルトも剣を構える。そして呼吸が重なった瞬間、一気に踏み込んで木剣を真横に払った。

その一閃《いっせん》は躱される。アルノルトの横をすり抜けた形になり、リーシェはすかさず振り返った。

あちらも同様に身を翻し、木剣を払う。アルノルトの剣先が、リーシェの剣を強く打った。

「っ」

木剣同士が上段でぶつかり、すぐに引いて下段で一度、そこから再び頭上でも交わされる。硬い木のぶつかる音が響くと共に、リーシェの手へびりびりと痺《しび》れを与えた。

(まだ!)

アルノルトは片目を塞ぎ、片足も思うように動かせないはずなのに、それを全く感じさせない。

半歩引き、その分を一気に詰めながら剣を振る。

アルノルトが後ろに引き、リーシェの木剣は大きく空を切ったが、そのまま突っ込んだ。

（あのとき、アルノルト・ハインに唯一傷を付けることの出来た感覚を……！）

記憶を必死に手繰り寄せながら、渾身《こんしん》の力で最後の一撃を入れる。するとアルノルトは一瞬だけ、驚いたような顔をした。

だが、それで終わりだ。

リーシェの剣は、アルノルトの振るった一薙《な》ぎにより弾き飛ばされた。

「あ！」

手から離れた木剣が、呆然《ぼうぜん》と見ていた近衛騎士たちの頬を掠め、訓練場の石壁にぶつかる。

「うわああっ!?」

「だ、大丈夫ですか!?　っ、あ！」

慌てて彼らに駆け寄ろうとしたが、力が抜け、訓練場の地面に座り込んでしまった。

「大したものだ」

呼吸ひとつ乱していないアルノルトが、リーシェのことを見下ろす。

「一歩以上は動かないつもりだったんだがな。どうやら見縊《みくび》りすぎていたらしい」

「随分と、制約を付けてくださった、ようで……！」

「お前が相手でなければ、一歩も動かずにいる予定だったところだ」

肩で息をするリーシェを他所《よそ》に、アルノルトが近衛騎士へ合図をする。慌てて駆け寄ったひとりの騎士が、アルノルトの手の拘束を外した。

アルノルトは足の拘束を取り、リーシェの前へ屈《かが》む。そして、左手のいましめを解いてくれた。

「……ご指導、ありがとうございました……」

分かっていたが、それでも負けたのは残念だ。そんな気持ちが顔に出ていたせいか、アルノルトは膝に頬杖をついてにやりと笑う。

「なんでもひとつ、俺の言うことを聞くのだったか？」

「ええ、なんなりとどうぞ！　二言はありません！」

いささか自棄《やけ》になりながら、リーシェは言い切った。

いくらなんだって、本気で勝算があると思ったわけじゃない。これはリーシェにとって、勝っても負けても利のある賭けだったのだ。

万が一にもリーシェが勝てば、アルノルトに聞きたいことを聞ける。

想定通りにリーシェが負ければ、彼がリーシェに望むことが分かる。もしかすると、アルノルトがリーシェに求婚した理由を探る上での一助になるかもしれない。

（これも計算のうちだもの。悔しくない、悔しくない……）

本当はものすごく悔しいが、自分にそう言い聞かせる。

アルノルトはしばらくその様子を眺めていたが、やがて眼帯の紐を解きながら、こう言った。

「そうだな。……では、二日後の午後を空けておけ。城下に出るぞ」

「城下に？　もちろん従いますけど、何をなさるんですか？」

「そのときに話す」

アルノルトは立ち上がると、解いた眼帯を近衛騎士に預けた。

（ううん……皇太子とその婚約者として、何か公務をしに行くとか？）

いずれにしても、考えて分かりそうなことではない。そういえば城下に出るのは、商会長タリーに会いに行ったとき以来だった。あのときはお忍びが見つかって、『今後、城下に出るときはアルノルトと一緒に』という約束をさせられたのだ。

アルノルトはどこまでもリーシェの上を行く。そんな風に思って遠い目をしていると、アルノルトが不思議そうに見下ろしてきた。

「どうした。そろそろ立て」

いつまでも地面にへたりこんでいたリーシェは、そっとアルノルトから目を逸《そ》らす。

「えっと……私はもうしばらくここにいますので。殿下はどうぞ、先にお戻りください」

「なぜ」

言いたくないが、言わざるを得ないだろう。腹を括《くく》り、恥を忍んで口を開いた。

「実はですね。今の手合わせで、手足がぷるっぷる震えてましてて」

「……なに？」

「なんというか、体が動きについてこなかったみたいです……」

本当に情けない話だった。いま立とうとすれば、そのまま地面に顔から突っ込んでしまう。

「なのでしばらく休息を。ちゃんと訓練場の戸締りはしておきますから、ご心配なく……殿下？」

アルノルトが、ふむ、という顔でこちらを見ている。

「手袋越しに触れるのだから、問題はないな？」

「え」

なんだか嫌な予感がした。

本能的な判断で「駄目です」と言いたいが、何を確認されたのかが分からない。そうこうしているあいだにも、アルノルトはリーシェの前へ膝をつき、黒い手袋を嵌めた手を伸ばしてくる。

「うえっ⁉　え、ちょ、殿下――……」

次の瞬間、ふわっとリーシェの体が浮いたではないか。

アルノルトに、横抱きで抱え上げられた。その状況を飲み込んだ瞬間、リーシェは全力で叫ぶ。

「ひっ……ひぎゃあああ――――っ⁉」

思わず足をばたつかせると、アルノルトは平然とした顔でリーシェを見下ろしてきた。

「暴れるな。落ちるぞ」

「はっ、あの、いえっ、だって、これは一体⁉」

「立てそうにないんだろう？」

アルノルトはそう言ってすたすたと歩き始める。この、いわゆる『お姫さま抱っこ』の状態で。

そのまま部屋まで連れて行かれるのだと悟り、リーシェは蒼白《そうはく》になった。

「降ります降ります降ろしてください――――っ!!　休めば大丈夫ですので、お気になさらず!!」

「もう一度言うが、あまり暴れるな」

（暴れても全くビクともしないくらい、がっちり抱えられてますが!?）

口に出せないでいると、アルノルトは少し呆れたような表情を作る。

「あのな。婚約者を地面に放置して、仕事へ戻れるはずがないだろう」

（確かに、常識的にはそうかもしれないですけど!!）

多少のことでは動じないリーシェだが、いまの状況はさすがに無理だ。なにせ、あのアルノルト・ハインに横抱きにされている。

手足が疲労で動かないのは相変わらずで、リーシェ自身に何とか出来そうもない。近衛騎士たちに視線で助けを求めたが、目が合った瞬間にぶんぶんと首を横に振られてしまった。彼らも必死だ。

（だっ、誰かーっ！）

心の中で叫んだって、救いが訪れるわけもない。訓練場の外で擦れ違った騎士も、信じられないものを見たという顔をし、呆然とリーシェたちを見送る始末だった。

アルノルトは一応、人通りの少ないルートを選んでくれているようだが、離宮に着くまでに誰とも会わないというのは難しいだろう。

「殿下……！　こ、この抱え方ですと、殿下の負担が大きいのでは……」

「そう思うなら、なおさら大人しくしていろ」

降ろして欲しくて言ったことなのに、却《かえ》って抵抗しにくくなってしまった。途方に暮れたリーシェは、そこで大変なことに気が付く。

（え!?）

よく見ると、リーシェの左手が、アルノルトの上着の胸元をぎゅっと握っているではないか。

抱き上げられた瞬間、反射的に掴んでしまったらしい。そこから握り締めたままでいたようだ。

（離すべき!?　離すべきよね!?　でもそのあと、この手は一体どこにやったらいいの……!?）

混乱して視界がぐるぐるする。そんなリーシェの苦心を知らず、アルノルトが声を掛けてきた。

「そういえば、お前は俺に何を聞きたかったんだ」

突然そんなことを言われ、思わず彼を見上げる。

「先ほどの手合わせだ。お前が勝ったら質問をさせろと言っていただろう？」

「この状況で聞けると思います!?」

「ふ」

（笑った!!）

やはりアルノルトは、リーシェが動揺していることに気が付いていたらしい。

反応を面白がられているのは確かなようだ。しかし、動けない自分を助けてくれているのも間違いないので、表立って抗議もしにくかった。

リーシェは半ば自棄になり、たくさんの質問を浴びせかけてみようと口を開く。

「……っ、お誕生日はいつですか！」

アルノルトは不思議そうにし、少しの間のあとで答えてくれた。

「――十二の月、二十八日」

「冬生まれですね！　続いてご趣味は!?」

「特に無いな」

「殿下のお好きなもののことを！」

「あまり考えたことがない」

「では、お好みの女性のタイプはどのような？」

「お前が俺にそれを聞いてどうするんだ……」

質問を受け入れてくれる雰囲気だったくせ、得られた情報がほとんどない。だが、アルノルトは返答をはぐらかしているというよりも、本心からそう答えているようにも見えた。

（本当に聞きたかったことは、こんな往来で聞けないし……じゃなくて、そもそもこの状況!!）

はっと我に返り、再び居た堪《たま》れなくなる。しかし、その後も抵抗を試みるリーシェに対し、アルノルトはとうとう最後まで降ろしてくれなかった。

「リ、リーシェさま……!?」

離宮の部屋に着くと、出迎えてくれた侍女のエルゼが声を上げる。普段それほど表情に変化のないはずの彼女も、アルノルトに抱えられたリーシェを見て、小さな口をあんぐりと開けていた。

「エルゼ!!」

椅子の上に降ろされて、あわあわと駆け寄ってきたエルゼにしがみつく。疲労困憊《こんぱい》のリーシェを見て、アルノルトはこう言い放った。

「もうしばらく休んでいろ。手足の感覚が戻るまで、無茶をするなよ」

（いまフラフラなのは、手合わせが原因じゃないですから!!）

そう思ったが口にはしない。アルノルトは公務があると言い、そのまま主城に戻っていく。

アルノルトの姿が見えなくなると、普段リーシェの部屋には立ち入らない騎士たちが、思わずといった様子で駆け寄ってきた。

「大丈夫でしたかリーシェさま!!」

「お助け出来ずに申し訳ありません！　我々には、あらゆる意味でどうしようもなく……!!」

「い、いえ……。おふたりの立場は、理解していますから……」

彼らは一応、ここに来るまでに擦れ違った人たちに対し、視線や表情でフォローをしてくれていた。それだけでも感謝したい。騎士のひとりは、「それにしても」と言葉を続けた。

「お怪我はありませんか？　その、先ほどの件ではなく、殿下との訓練のことです」

「ええ、そちらについてはご心配なく」

アルノルトは宣言の通り、リーシェに傷のひとつも負わせなかった。

それもやはり、剣の実力があってこそだ。

「それは良かったです。アルノルト殿下がリーシェさまに特殊訓練をされると聞いたときは、我々も心底驚きましたが」

「殿下が実施されたのも、特殊訓練の中では一番安全なものでしたからな」

（……やっぱり今日の手合わせは、複数ある訓練法のうちの一部でしかなかったのね）

アルノルトにはまだ策があるのだ。それが分かり、リーシェは目を閉じる。

（侍女教育も、私が毎朝指導する必要はなくなっている。畑はまだ安定していないけれど、一日に二度様子を見に行けば大丈夫。アリア商会との商いもいまは会長待ち。他の『準備』に関してはやることも山積みだけど、本格着手したらもっと動きにくくなるから、動くなら今だわ）

決意を新たにし、リーシェはエルゼを見た。

「さっきはびっくりさせてごめんね、エルゼ。アリア商会からの荷物は届いている？」

「はい、リーシェさま。こちらに運んでいます」

エルゼは頷き、部屋の隅にあった木箱を示した。

（さっそく動かないと。手合わせのお陰で、ちょっとだけ体の勘も取り戻せたし）

リーシェはぐっと両手を握り締める。

（……長生き計画のための体作り、いよいよ本格始動だわ！）

＊＊＊

その日、皇城の第五訓練場には、二十人ほどの訓練生が集められていた。

青年と少年の境目に立つ、そんな年ごろの若者たちだ。真新しい訓練着に身を包んだ彼らは、緊張の面持ちで騎士の言葉を聞いている。

「――以上が十日間の訓練日程だ。先ほども言ったように、今回の訓練は騎士団入団前の諸君らを対象に行われる。これは貴族教育の一環であり、そして優秀な人材を庶民から選出するための場でもあるので、そのつもりでいるように」

騎士は言い、その場に並んでいる面々のうち数名を見遣《みや》った。

「どんな出自であろうとも、ここでは実力だけが評価される。諸君らの成長を祈っている」

「はい!!」

「……ふむ。そこの君」

指導役の騎士は、最後列にいる茶髪の少年を見て言った。

「ルーシャスと言ったな、なかなか良い返事だ。腹から声が出ていれば、戦場でもよく聞こえる」

「はっ！　ありがとうございます！」

『ルーシャス』という男の名で呼ばれたリーシェは、威勢よく返事をする。

化粧で顔の印象を少し変え、少年らしい短髪のカツラを被《かぶ》り、胸元の丸みを隠すために布を巻いた体でびしっと立ちながら。

（――なんとか潜入できて良かった）

リーシェが男装をしたのは、騎士だった頃の人生が初めてというわけではない。

商人人生のリーシェは、行商をしながら世界を回っていた。行く先々で護衛を雇っていたものの、やはり女性のひとり旅は物騒だ。

少しでも危険が減るよう、護衛が手薄なときの移動中は少年の姿を取っていた。今回使った『ルーシャス』という偽名も、かつて名乗っていたものである。

（いまのところ気付かれていなさそうね。『私』を知っている人は、ここにいないし）

珊瑚《さんご》色の髪は丁寧に結い上げ、ピンと網で押さえた。こうすれば、長髪であろうと綺麗《きれい》にまとめることが出来る。上から被っているのは、アリア商会から仕入れた高品質のカツラだ。

（色々と小細工をしてみたけれど、そもそも素性を疑われないのは、テオドール殿下のお陰だわ）

リーシェがこの件を頼んだ際、ガルクハイン国第二皇子テオドールは、盛大に顔を顰《しか》めたものだ。

『――君さあ、僕の使い方を間違ってない？』

あれは昨日のこと。訪れたテオドールの執務室で、テオドールは言い放った。

癖毛の黒髪をふわふわと撥《は》ねさせた彼は、机の上に両手で頬杖をつき、言葉を続ける。

『騎士候補生の訓練にまざりたい、しかも「男として」だって？　その発想もどうかと思うけど、なんで僕が手を貸さなきゃならないの』

『だって先日、お手紙を下さったではないですか。私が困った際は、テオドール殿下のお力を貸していただけると』

『書いたよ！　書いたけれども！』

手紙のことには触れてほしくないのか、テオドールは顔を赤くしながら声を上げた。

『あのねえ義姉上《あねうえ》。僕があんな風に言ったのは、「裏社会の人間の手を借りたい」とか「貧民街を利用したい」とか、そういうのを想定してたんだよ』

『取り急ぎ、今の私に必要なのは体力でして。アルノルト殿下のためにも必要なのです』

『どうしよう、義理の姉が何を言っているのかまったく分からない……』

テオドールは、大きな椅子の背もたれに身を預けて遠い目をする。

『そもそも、義姉上が騎士候補生に紛れる必要あるの？　指導役の騎士をつけてもらえば？』

『私ひとりのために、そこまで人手を割いていただくわけには参りません。普通にまざってしまうと気を遣われるでしょうし、容赦なく鍛えていただきたいので』

『うわあ、信じられない。わざわざ好き好んで自分を苛《いじ》めようだなんて、僕には無理』

テオドールがうえーっと舌を出す。リーシェも別段、自分を苛めたいというわけではないのだが、いまはとにかく力不足だ。

『確か訓練は十日間でしたよね？　それが終わったら、あとは自分ひとりで鍛錬を行います。ですがせっかくこの国に来たのですから、軍事国家ガルクハインの訓練を経験しておきたいのです』

面倒くさそうな顔で聞いていたテオドールだが、彼は「待てよ」と呟《つぶや》いた。

そのあとで、にこーっと花が咲いたような笑顔になる。

『あの、テオドール殿下……？』

『我ながら、いいところに気が付いたなあ』

少女めいていて可憐《かれん》な微笑みだが、それが妙に恐ろしい。テオドールは立ち上がると、執務机に手をつき、リーシェの顔を覗き込んでくる。

『いいよ、麗しの義姉上に協力しよう。君の願いを叶えるべく、僕なりに精一杯尽力する』

『え？　有り難いですけど、どうしてまた急に……？』

『だって面白そうじゃないか』

悪企みをする表情で、テオドールがくすくす笑った。

『さすがの兄上も、きっと予想してないと思うんだよね。「自分の奥さんが、男装して騎士団に潜り込む」なんて状況はさ』

テオドールは、上機嫌な様子で再び椅子に座る。

『さあやろう、よしやろう！　兄上を吃驚《びっくり》させられるなんて、こんな機会に乗らない手はない』

『別に、アルノルト殿下を驚かせようとしてやるわけじゃないですからね!?　というかテオドール殿下、兄君とは仲直りなさったはずでは？』

『僕はねえ。兄上のどんな表情でも見てみたいんだよねえ』

相変わらず斜め上の思慕をかざしてみせたテオドールは、鼻歌を歌いながら決めていった。

『素性は適当に作り上げて、あとで連絡するよ。剣の心得はあることにしていいでしょ？　僕の部下を全員叩《たた》きのめしてくれたくらいだし、経験者だってことを隠す方が不自然だ』

『て、手慣れていらっしゃる……』

『ふふん、どう？　役に立ってるだろ』

引き出しから書類を取り出しながら、テオドールは胸を張った。さすが、侍女のエルゼをリーシェの元に潜り込ませただけはある。

『言っておくけど、ことが終わるまで兄上にはバレないように。兄上が候補生の使う訓練場に顔を出すことはないけど、それでも気を付けてね？　手配をしておくから、君はもう行っていいよ』

『はい！　ありがとうございます、テオドール殿下』

テオドールに頭を下げ、部屋を出ようとしたときだった。

『……あのさ。今後、貧民街を支援するための政策を、僕の主導で進めることになったんだ』

振り返ると、書類を探しているテオドールが、顔を上げようとせずに言う。

『兄上が、水面下で進めていたものなんだけど』

『それはつまり、おふたりが協力しながらご公務に当たるということですか?』

『まあ。……そうとも言う、かな』

少し前のふたりであれば、とても考えられない状況だ。なにせアルノルトは弟を遠ざけていたし、テオドールは兄のため、表立った公務は一切行わないようにしていた。

そんな兄弟が、公務を通してそんな風に関わるようになったと聞けば、嬉しいに決まっている。

『君に伝えておきたかったのはそれだけ。じゃあね』

よく見れば、テオドールの執務室は綺麗に片付いている。侍女たちの噂《うわさ》では、いままで埃を被っていたという話だったのに。

『それと、訓練で怪我なんかしないでね。君は兄上の婚約者なんだから』

『……はい。お気遣いありがとうございます、テオドール殿下』

リーシェは微笑んでお辞儀をした。そして退室し、今日に至る。

——至るのだが。

「はあ……っ」

訓練後、リーシェは、誰もいなくなった水飲み場に座り込んでいた。

先ほどまでは候補生たちがたくさんいたが、みんな休憩後に元気を取り戻し、着替えに帰ってしまった。そんな中、『ルーシャス』として訓練を受けたリーシェだけが、まだ動けずにいる。

（これがガルクハイン国の基礎訓練……！）

最初の訓練は走り込みだった。リーシェが知っている走り込みといえば、決められた距離を少しでも早い時間で完走するものだ。だが、訓練生が行った訓練は、それとは違った。

命じられたのは、「距離は関係なく、とにかく一時間半、ひたすら走り続ける」こと。それも、「歩くよりも少し早い程度の小走りで」という制限つきだ。

最初は随分やさしい訓練だと感じたが、やってみると辛い。周りの訓練生も同じだったようだが、正真正銘の男性である彼らは、リーシェよりきちんとこなせていた。

その後に行《おこな》った、上半身の筋力鍛錬も同様である。

辛いと感じる一歩手前の内容を、数分ごとに休憩を挟みつつ繰り返す。最初の数回は問題がなくとも、だんだん疲労が溜まり、上半身全体に鈍く重い感覚がつき纏《まと》った。

そのあと再び走り込みをし、再度の筋力鍛錬を行って、今日の訓練は終了だ。

終わった後は軽食を摂《と》るよう言われ、チキンを挟んだサンドイッチを渡された。食事どころではなかったのだが、食べないと体が出来上がらないと言われ、なんとか詰め込んだのである。

候補生の訓練は、毎日午前中だけだ。早く自室に戻らないと、『しばらくお昼まで寝て過ごすから、起こさないでほしい』と頼んでおいた侍女たちや、護衛の騎士に怪しまれるのだが。

（久しぶりの鍛錬……いえ、この体にとっては初めての体力作りだわ。騎士人生の初心者向け鍛錬よりもやさしいはずなのに、しっかり負荷は感じているというか、同じくらい辛いような……）

二の腕の辺りへ鈍痛を感じる。もしかしなくとも、すでに筋肉痛が始まっているかもしれない。

これから襲い来る痛みを想像して、リーシェは息を吐く。

（でも、なんとなく体が温かい）

目を瞑《つぶ》り、頬に当たる風の心地よさを楽しんでいると、後ろから気配が近付いてきた。

「よおルーシャス！　まだ着替えないのか？」

振り返ると、快活な笑みを浮かべた青年が立っている。短く切った栗《くり》色の短髪に、アーモンドのような形の目をした彼は、リーシェと同じ訓練生だ。

彼は先ほど、リーシェが走り込みで遅れそうになったときに、気遣って一緒に走ってくれた。

「さっきはありがとうございました。確か、フリッツさんでしたよね？」

「はは！　一緒に訓練を受ける仲間なんだから、あれくらいは当然だろ？　それとフリッツ『さん』はやめてくれよ。呼び捨てでいいし、そんな丁寧な話し方もしなくていいからさ」

「じゃあ、フリッツ。改めてさっきはありがとう」

「ん！　俺もお前のこと呼び捨てにするけど、許してくれな？」

満足そうに笑ったフリッツは、リーシェの隣に腰を下ろした。

「宿に帰るところだったんだけど、お前のことが気になってさ。動けるか？」

「大丈夫、と言いたいところだけど……もうちょっとここで休んでいきたいかな」

騎士人生で使っていた言葉遣いは、思いのほかすらすらと出てきた。久しぶりの喋《しゃべ》り方ではあるが、フリッツが話しやすいお陰だろう。

「んじゃ、俺ももうしばらく残るかな」

「え？　でも、フリッツも疲れてるんじゃ……僕のことは気にしないで、先に帰って大丈夫だよ」

「いいんだ、ルーシャスと話してみたかったから。最初の挨拶で褒められてただろ？　なのにいざ訓練が始まると死にそうになってるから、こいつ面白いなって思って」

屈託のない表情で、にっと歯を見せて笑う。朗らかで温かい、太陽のような青年だ。

「遠い町から来てるから、話し相手が出来ると嬉しいんだよ。俺の町、シウテナっていうんだけど知ってるか？　雪国コヨルからの船が着く、北の港町なんだけど」

コヨルという名のその国は、リーシェにとって特別に馴染《なじ》みの深い国のひとつだ。

雪国コヨルは、ガルクハイン国と海を挟んだ向かい側にあるとても寒い国である。過去の人生で、リーシェはコヨル国に住んだことがあった。

「……シウテナに行ったことはないけど、名前は知ってるよ。魚が美味《おい》しいんだよね」

「ははっ、俺は食い飽きたけどな！　でも良い街だよ。俺があの人に憧れてなければ、騎士は目指さず一生あの街に住んでただろうな」

「あの人って？」

フリッツはにっと笑い、リーシェに指を突き付けた。

「この国の皇太子、アルノルト皇子だよ！」

「……」

リーシェが固まったことには気が付かず、フリッツは楽しそうに続ける。

「戦争の英雄、剣術の達人、政策の改革者！　色々言われてるけど、全部かーっこいいよなあ!!」

「あー、うん、うんん……」

歯切れの悪い返事をしながら、リーシェはそっと目を逸らした。

「三年前にあった戦争のとき、うちの港町も大変だったんだ。だけどアルノルト皇子は凄《すご》かったんだぜ！　俺たち住民を避難させた町で、船から降りてきた敵を一網打尽にしたんだ。地形を利用してどうのこうのって、細かい話は分かんないけどな！」

「そ、そうなんだ」

「剣もすごくて作戦も立てられるとか、反則だよ！　騎士の人たちに色々と話を聞きたいんだけど、アルノルト皇子に近寄れるのは皇子の近衛騎士くらいなんだって」

きらきらした目で語るフリッツを見て、妙に落ち着かない気持ちになる。

「一度だけ見たことがあるんだ。アルノルト皇子の剣って、強いだけじゃなくて綺麗なんだ」

その言葉を聞き、小さな声で呟いた。

「……それは分かる」

その瞬間、一気に顔が熱くなる。

（って私、いま何を……!?）

「だろ、やっぱそう思うよな！　というかお前も、アルノルト皇子の剣を見たことがあるのか！」

「い、一回だけね！」

リーシェが赤くなったことに、フリッツは気が付かなかったようだ。変に思われないよう俯《うつむ》くが、その火照りはなかなか冷めそうにない。

(なんで!? 綺麗な剣なんて台詞《せりふ》、本人にも言ったことあるのに! しかもつい最近……!!)

そういえばあのとき、アルノルトが驚いていたのを思い出す。リーシェがぐるぐる考え込んでいるあいだも、フリッツは嬉しそうに話し続けた。

「アルノルト皇子みたいには無理でも、俺も強くなりてえな」

立ち上がったフリッツが、水飲み場の隅に置かれていた箒《ほうき》を手に取る。彼はそれを剣のように持ち、構えてみせた。

「よっ、と!」

びゅうっと空を切る音がする。謎の動揺に頭を抱えていたリーシェは、顔を上げた。

「フリッツ。小指に力を入れた方がいいよ」

箒を振り下ろした形のまま、フリッツが「小指?」と振り返る。

「そう。剣を握るときは、小指の辺りに一番力を込めるんだ。君が右利きだとしたら、左手の方により力を込めて。右手はその半分くらいでいい」

「半分でいいのか?」

「それくらいしないと、両手の力が均等にならないから。手首にあまり力は入れないで……うん、そのまま振ってみて」

「こ、こうだな? ――はっ!」

箒を振り下ろす音が、先ほどより鋭く響いた。

先ほどは斜めにずれていたその軌道が、ちゃんとまっすぐになっている。これなら、せっかくの力が分散されずに済むだろう。

「っ、すっげえ！」

自分の素振りが変わったのを、フリッツ本人も気が付いたようだ。

「ルーシャス、お前なんでこんなこと分かるんだ⁉」

「ちょっと剣の経験があるだけ。それよりフリッツはすごいね！　飲み込みが早い」

「いやいやいや、すごいのはお前の方だろ！」

きらきらと目を輝かせながら、フリッツが握り締めた箒を見つめる。

「でも、他人に教えてもらえるだけでこんなに変わるのか……！　これならいつか俺も、アルノルト皇子みたいに……」

「そこの君」

呼びかけられて、リーシェとフリッツは振り返った。そこには、ひとりの男性が立っている。

「皇族の方をそのように呼んではならない。くれぐれも、皇太子殿下とお呼びするように」

「は、はい！　すみません！」

フリッツが頭を下げるのに合わせ、リーシェも立ち上がって礼をする。

「分かれば良い。ふたりとも、顔を上げなさい」

許しを得て、リーシェたちは頭を上げた。

その男性は、三十代半ばくらいの年齢だろうか。少し長めな灰色の髪を、整髪剤できちんと整えている。清潔感のある身なりだが、目の下に若干の隈《くま》があった。

フリッツを叱ってはいるものの、纏っている空気は穏やかだ。

立ち居振る舞いからして、高位の貴族なのだろう。背が高く、服の上からでも筋肉がしっかりついた体であることが分かる。

「どのような形であれ、皇族の方々を敬うのは素晴らしいことだ」

「はい、ありがとうございます！　……あの、ところで、すみません」

フリッツは、恐る恐る口を開いた。

「もしかしてあなたは、ローヴァイン伯爵ですか？　うちの町の領主さまの……」

「いかにも、私がローヴァイン家の当主だが」

その男性とフリッツとのやりとりに、リーシェは目を丸くする。

（まさか、ルドガー・ラルス・ローヴァイン閣下!?　この人が……）

リーシェは眼前に立つその男を見上げた。そして、こくりと喉を鳴らす。

（――アルノルト殿下に、『大罪人』として惨殺される、ガルクハイン国の猛将）

その男の罪は、『皇帝アルノルト・ハインの暴虐を止めようとした』ことだった。

ルドガー・ラルス・ローヴァイン。ガルクハイン国の最北にある土地の伯爵だ。数々の武勲を立てた辺境伯であり、多くの人々に慕われたと聞いている。

しかしその忠臣ローヴァイン伯は、主君であるはずの人物に殺された。

いまから三年後、皇帝となったアルノルトの侵略戦争を諌《いさ》め、逆鱗《げきりん》に触れて惨殺されるのだ。

（生きたまま嬲《なぶ》り殺しにしたとか、一思いに首を刎《は》ねたとか、色んな噂を耳にしたわ。ローヴァイン閣下の『反逆罪』を贖《あがな》わせるために、皇帝アルノルト・ハインは一族全員を処刑したとも……）

諸国がひどくアルノルトを恐れるようになった一因が、ローヴァインの惨殺事件だった。

そんな人物がいま、リーシェの目の前に立っている。

灰色の目でじっと見据えられ、少したじろいだ。あくまで穏やかな表情なのに、纏っている雰囲気が武人そのものだ。

（辺境伯……国境という戦線を任されているだけはあるわ）

このままでは、女であることを暴かれてしまうのではないだろうか。そんな想像をし、リーシェは固唾を吞《の》んだ。リーシェの緊張感が高まった瞬間、彼はこう言い放つ。

「――君は、鶏肉《とりにく》は好きか？」

「へ？」

思わぬ問い掛けをされ、ぽかんと口を開けた。

一方のローヴァインは、至極当たり前のことを聞いたという顔だ。リーシェやその隣にいるフリッツの混乱を物ともせず、淡々と続ける。

「鶏肉が好きでなければ、ほかの肉でもいいのだが。それから豆、卵、牛乳。……嫌いか？」

「い、いえ好きです！　嫌いな食べ物はありません！」

「そうか。それは良いことだ」

一体なにを答えさせられているのだろう。聞きたくても聞ける雰囲気ではないのだが、ローヴァインはやはり生真面目な顔だ。

「食べるのに困る境遇でないならば、もっとたくさん食べなさい。君は見たところ、標準的な男より筋肉量が少ないようだ」

「は……はい！　ご指導ありがとうございます！」

そういうことか、と安堵《あんど》する。

人の体を作る食べ物については、薬師人生で学んでいた。いまはまだそれほど浸透していない知識だが、ローヴァインはそのことを言っているのだろう。

（いくら食べても男の人と同じ筋肉量になれないのは、騎士人生で実証済みなのだけれど……）

ローヴァインは満足したらしく、こくりと頷いた。

「若者はもっと育つべきだ。明日より私も君たちの指導に加わるが、よろしく頼む」

「うわっ、ローヴァインさまが俺たちの指導を!?　すげえ！　……じゃなかった、光栄です!!」

嬉しそうにはしゃぐフリッツを見て、ローヴァインはふっと表情を緩めた。

「未来ある者たちの育成に関わることが出来るのは、私としても楽しみだ。旅程が遅れ、今日の訓練には参加できなかったが、君たちの所感はどうだった？」

フリッツとリーシェは、互いに顔を見合わせる。先に口を開いたのは、フリッツの方だった。

「正直言うと、すごく俺たちを気遣ってくれてるなって内容でした！　騎士団の訓練ってもっと吐くまで走らされたり、立てなくなるような鍛錬をさせられるって覚悟してたんで！」

「僕も少し意外でした。定期的に水を飲ませていただけますし、休憩もありますし……。他国の騎士団の話を聞いたことがありますが、新人にはもっと厳しく指導するとばかり」

リーシェたちの発言に、ローヴァインは頷く。

「確かにごく数年前までは、この国でもそうだった。戦時中ということもあり、即戦力を必要としていたからな。新兵への厳しい訓練によって、『使えない者』をまず潰す。そうやって篩《ふるい》に掛けた人間を、短期間のうちに無理やり鍛え上げて次々と戦地に送り込んだ。――だがいまは、とある御方が訓練におけるその悪習を変えたのだ。君たちは安心すると良い」

(そういえば)

アルノルトの従者であるオリヴァーは、『負傷して、騎士を目指せなくなった』と言っていた。

仮にオリヴァーの負傷が、騎士になるための訓練によるものであるとすれば、その悪習を変えたのが誰であるのかはなんとなく想像がつく。

「我々年長者のやるべきことは、若者を選定するのではなく育成することだ。訓練期間中はよろしく頼む。――失礼」

ローヴァインが振り返った先には、彼を迎えに来たらしき騎士が立っている。

「閣下、間もなく皇帝陛下が謁見のお支度に入られると。謁見の間にお越しください」

「ああ、すぐに向かう。……それでは、また明日」

「お話、ありがとうございました！」

フリッツと並んで頭を下げ、ローヴァインが訓練場から出て行くのを見送る。リーシェはそのままの姿勢で、色々と考えた。

(……皇帝陛下。私は一度も会わせていただけないけれど、この皇城にいらっしゃるのよね)

リーシェがこの国に来て一ヶ月になる。いくら広大な城内とはいえ、ここまで皇帝との接触がないのは、やはり故意にそう仕向けられているのだろう。

(とはいえ、いま一番気になるのは、皇帝陛下よりも……)

しばらくして顔を上げると、フリッツが深呼吸しながら胸を撫《な》で下ろしていた。

「はー、緊張したなルーシャス！　まさかローヴァイン伯爵と話せるなんて思わなかった」

「そうなの？　フリッツは普通に振る舞ってるみたいに見えたけど」

「まさか！　でも、いまのでやる気出た。ルーシャスこのあと時間あるか？　一緒に飯食おうぜ」

そうしたいのは山々なのだが、そろそろ戻らなければならない時間だ。

「ごめんフリッツ、僕行かないと。午後は仕事があるんだ」

「そっか。残念だけど仕方ないな、頑張れよ！」

「ありがとう、それじゃあまた！」

慌てて訓練場を出たあと、近くの物置に飛び込んでカツラを外す。着替えるのはドレスでなく、侍女のための制服だ。

訓練着などの一式を洗濯籠に入れ、上からシーツを被せた。侍女の姿で離宮に戻ると、いつも通りバルコニーから部屋に戻る。震える腕でロープを登る際、ちょっと泣きそうになった。

「エルゼ、ただいま！」

「おかえりなさいませ。ちゃんと準備は万端です」

男装のことを唯一知っているエルゼに協力してもらいながら、浴室で手早くお風呂を済ませる。

汗を流し、清潔なドレスを着て身支度を調えた。

緩く波打つ珊瑚色の髪を乾かし、櫛《くし》を通して、これで万全だ。

「おはようございます、リーシェさま！」

「みんな、おはよう……」

うっかり疲れの色が出てしまい、『昼までぐっすり寝た上での優雅なお風呂』という設定が崩れそうだったが、侍女たちに気付かれなかったようでほっとする。浴室から部屋に戻るべく、数人の侍女を連れて歩いていると、意外な人物と鉢合わせした。

「アルノルト殿下」

「……ああ」

珍しいと言おうとして、彼がいる理由に思い至る。アルノルトのために準備をした執務室へ、複数人の騎士たちが荷物を運び込んでいるのだ。

「お引っ越しは順調ですか？」

「さあな。手を動かすのは俺ではないが」

「我が君、じゃなかった殿下！　困りますよ、きちんと指示をしていただかなくては……」

執務室から顔を出したのは、従者であるオリヴァーだ。彼はリーシェを見て、にこりと笑う。

「これはリーシェさま。殿下のために素晴らしいお部屋を、ありがとうございます」

「いいえ、オリヴァーさま。皆さまの働きやすい環境になっていれば嬉しいのですが。ところでいま、殿下のことを『我が君』と……」

尋ねながら見上げたアルノルトは、ひどく嫌そうな顔で答えた。

「その気色悪い呼び方はやめろと言っているが、こいつは一向に聞き入れない」

「そんなことより先月分の文献、右手の本棚でよろしいですね？　早くおいで下さい」

オリヴァーはさっさと執務室に戻り、他の騎士たちを動かしている。

（……あの呼び方。ご自身の主君が皇帝陛下でなくアルノルト殿下であることを、明確に区分しているように聞こえるわ）

近いうち、オリヴァーからも改めて話を聞いておきたい。そんなことを考えていると、アルノルトに名前を呼ばれた。

「リーシェ」

彼はすっと身を屈めると、口元をリーシェの耳に近付けてこう囁《ささや》く。

「……明日の午後二時、西門に来い。他の人間に見つかるな」

少し掠れた声で耳打ちをされると、なんだかくすぐったい。アルノルトが離れると、今度はリーシェが背伸びをし、口元に手を添えて返事をする。

「髪を染めた方が良いですか？」

「いや。そこまでする必要は無い」

「分かりました。では、街に溶け込める装いで参ります」

背伸びを終え、アルノルトから一歩離れると、そこで初めて侍女たちの視線に気が付いた。

(な、なに!?)

侍女たちは頬を染め、きらきらした目でリーシェたちを見ている。このときのリーシェは、お互いの耳元で内緒話をしている光景が、端から見るとどう映るのか気が付いていなかったのだ。

「殿下、早くいらしてください！」

「うるさい。……ではな」

オリヴァーに呼ばれたアルノルトが、面倒くさそうに執務室へ入っていく。

妙にそわそわしている侍女たちとも別れ、エルゼとふたりで自室に戻ると、エルゼまで落ち着かない様子で口を開いた。

「あの、リーシェさま。さっき、どうして内緒話を？」

「実はねエルゼ。明日の午後、アルノルト殿下と城下に出るの」

そう告げると、エルゼが目の色を変えた気がした。

「……それは、どのようなお出掛けなのですか？」

「内容は教えてもらえなくて。でも、私が殿下のご命令をなんでも聞くことになったのよ。だからきっと、何かご公務のお手伝いをするんだと思うわ」

「…………」

「とりあえず、明日は目立たない格好をしないと。茶色のドレスでいいかしら？　灰色のローブもあるから、それを程々に汚して旅人風の……わっ」

エルゼにがしっと手を掴まれ、リーシェは驚く。

「お任せくださいリーシェさま」

「え？　な、なにを――」

「明日のお支度は絶対ぜったい、ぜったい私にお任せください。大丈夫です、リーシェさまを一番可愛《かわい》くしますから」

「んんっ!?」

妙な宣言をされ、なんだか嫌な予感がした。

「あ、あのねエルゼ。ちょっとお仕事で街に出るだけだから、そんな手間をかけなくても」

「いけません……！　お洋服も髪も全部、明日は完璧でないといけません！」

こんな気迫のエルゼは見たことがない。怯《おび》えるリーシェをよそに、エルゼは気合いを入れてふんふんと息を荒くする。

「もちろん街に溶け込む服です。だけど可愛くないと駄目なのです」

「え、えええ……？」

「ディアナ先輩にお洋服を借ります。いますぐディアナ先輩を呼んできます!!」

「エルゼあなた、ディアナとすっかり仲良くなって……！　じゃなくて、あ、ちょっと待って!!」

そして翌日。

候補生としての訓練を午前中で終えたリーシェは、そこからすさまじい気迫で準備をしてくれたエルゼによって、アルノルトとの待ち合わせに送り出された。

フードを目深に被った状態で合流し、皇族用の隠し通路を通る。水路を兼ねた地下道から街外れに出て、数分ほど歩いたあと、アルノルトが立ち止まって言った。

「ここまで来ればもう良いだろう。フードを外して構わないぞ」

そう声を掛けられて、リーシェはぎくりとする。なるべく顔を隠しつつ、フードの下から恐る恐るアルノルトを見た。

アルノルトの方が身に着けているのは、普段よりも簡素な青色の衣服だ。

首元が隠れる詰め襟で、形だけは庶民服に近いものの、仕立てが上等で布も良い。金糸のさりげない刺繍《ししゅう》もあり、見る人間が見れば高級な品だと分かるはずだった。

その上から薄手の黒いローブを纏い、口元を隠しやすくしている。彼が首から下げているゴーグルは、旅人が風や日光を避けるために普及しているものだ。

いざというときに顔を隠せるようにするが、基本的には普通に街を歩くつもりだろう。皇族の顔など国民にはほとんど知られていないのだから、それが正解だというのは分かっている。

（分かってる、けれど……！）

フードを外すのを躊躇《ためら》い、ローブの前を手で押さえているリーシェを見て、アルノルトは訝《いぶか》しそうに言った。

「どうした？」

まごつくリーシェに対し、彼はこう続ける。

「それほど警戒しなくとも、俺やお前の顔を知る一般国民はまず居ない。いまから向かうのも妙な場所ではないから、後々俺たちだったと気付かれても問題は無いが？」

「そ、そうですよね」

「……そこまで頑《かたく》なに隠していると、却って怪しまれるぞ」

アルノルトの言う通りだ。リーシェは覚悟を決め、ローブを押さえていた手を離してフードを脱いだ。

そして意を決し、アルノルトを見上げる。目が合ったアルノルトは、少し驚いた顔をしていた。

白いローブの下に隠していたのは、ふわふわと裾の泳ぐ水色のドレスだ。

ディアナが貸してくれたこのドレスは、城下の女の子たちに流行している初夏の服装らしい。腰から下が花のつぼみのようなラインを描く、涼しくて可愛らしいデザインだった。

珊瑚色の髪は右側でまとめられ、ゆったりとした大きな三つ編みになっている。他にも細かな編み込みがあるものの、それだけならよくある髪型だが、いまのリーシェはエルゼによって髪にリボンを編み込まれていた。

さすがエルゼというべきか、ちゃんと『街にいる普通の女の子』でありながら、随所に可愛らしくて洒落《しゃれ》たこだわりが仕込まれている。とはいえ、その姿をアルノルトに晒《さら》していると思うと、自分の顔が赤くなるのを感じた。

（確かに、街には溶け込んでいるけど……）

しかし、どうにも落ち着かない。リーシェだってお洒落は好きだし、夜会などの場ではドレスや髪型に気合いを入れるが、今日はアルノルトと仕事をするはずなのだ。

「――……」

「いえ！　仰りたいことは分かっています!!」

アルノルトが口を開こうとしたので、リーシェはそれを遮った。

「今日がご公務だというのは、なんとなく察しがついていたのですが!!　あまり簡素でも浮きますし、なんというか」

「……お前のことだから、てっきり麻のドレスに質素なローブ辺りで来ると思ったが」

「そこまで分かりやすいですか!?」

読まれていたことに若干ショックを受けていると、アルノルトは改めてリーシェの全身を眺めた。

「侍女の仕業か」

「う……」

「誤解をしているようだが、その服装でなんら問題は無い」

「……ほんとうに……？」

そう言われ、少しほっとする。アルノルトは続いて、こんなことを言った。

「俺からも、後でよくお前の侍女を褒めておく」

それは一体、どういう意味なのだろうかと目を丸くした。だが、彼は答えてくれない。

「そろそろ行くぞ。このままでは、お前の危惧とは違う意味で注目を集めそうだ」

「え？　――あ、お待ちください！」

歩き出したアルノルトを、リーシェは慌てて追った。

しばらく一緒に歩いていると、だんだんと気恥ずかしさに慣れてくる。だから、先ほどよりは明るい声で告げる。

「出歩くにはぴったりの季節ですね。暖かくて、でも風は涼しくて」

「……そうか」

「はい。昨日の夜に雨が降ったおかげか、空気もきらきら澄んでますよ。改めて見ても、ここはとても美しい街です」

周囲の景色を眺めつつ、リーシェは頬を綻ばせる。

ガルクハインの城下は歴史ある都だ。荘厳な煉瓦《れんが》造りの街並みと、煌《きら》びやかで重厚な建築物の数々。その中に、新しい感性で造られた建物が交ざり合い、見事な調和を織りなしている。

春の終わりに吹く風は穏やかで、ふわふわしたドレスの裾をなびかせた。

「お城から見下ろしても綺麗ですが、やっぱり実際に歩くと楽しいです」

「なんだ。その物言いではまるで、城下を歩くのが初めてのようじゃないか」

「ぜ、前回は夜だったので!!」

城を抜け出した日のことを言われ、慌てて説明する。前を歩くアルノルトの表情は見えないが、絶対に意地の悪い顔をしているに違いない。

そんなやりとりをしているあいだも、アルノルトは目的地を教えてくれなかった。皇都の中心地に向かっているのか、周囲の人通りが徐々に増え始める。

向こうの方から、がやがやと賑《にぎ》やかな声が聞こえた。やがて目にした光景に、感嘆の声を漏らす。

「わあ……！」

通りかかったのは、人混みに溢《あふ》れた大通りだ。

通路の両脇は、数々の屋台で埋め尽くされている。軒先に並んでいるのは、実に多様な品物だ。燻製《くんせい》の肉や魚。綺麗な小瓶に入った調味料。異国情緒のあるランプを売る屋台もあれば、その向かい側では美しい食器の類いを扱っていた。

呼び込みの声が朗らかに響き、人々は楽しそうに商品を選ぶ。艶やかな果物が木箱に積まれ、芳《ほう》醇《じゅん》な香りがここまで漂ってくるではないか。

笑顔が溢れるその大通りは、リーシェが大好きなものだった。

「市場！」

思わず目を輝かせる。すると、そのまま通り過ぎようとしていたアルノルトが立ち止まった。

「……ただの市場だが。少々規模が大きいだけで、何の変哲もないものだぞ」

「そんなことはありません、たとえばあの屋台！　行商人が扱っているのはジュベル国の織物です。神聖な意味の込められているもので、他の大陸へ流通させる許可が滅多に下りないんですよ⁉」

あれを国外で見掛けることが出来るのなんて、きっとガルクハインくらいだろう。

「それからあれは、コキルト国の名産である葡萄《ぶどう》。あちらは希少なサルーフ鳥の卵。ああっ！　よく見たら卵だけじゃなくて、鳥籠の中に親鳥まで⁉」

「……」

「あそこで売っているアクセサリーは、この国の工芸品ですよね！　繊細な細工がとても人気で、各国の女性たちが買い求めるんです。お隣のランプ商人は、恐らく砂漠のハリル・ラシャから来ている一行かと。やはり好景気の国には、多少の長旅でも行商人が集まりますね」

「……」

「あそこの屋台も気になります。ここからでは人混みでよく見えませんが、ひょっとしてあれはコヨル国の――」

「……リーシェ」

「はっ!!」

そこでいきなり我に返った。

気が付けば、アルノルトにじっと見つめられている。それを見て、己の暴走を自覚した。

(いけないい、商人目線で語りすぎたわ! やっとこの国の市場に来られたからつい……!!)

こほん、と咳払《せきばら》いをする。

「い、市場を見ると街のことがよく分かると言われています。単純な経済状況はもちろんのこと、周囲の治安を映す鏡にもなるんですよ」

「……そうか」

「たとえばこの市場には、あからさまな用心棒や物々しく警戒する騎士がいません。防犯上それほど神経質にならなくても良いということで、治安の良さの証明です! そういった街では旅人も安心し、長く逗留《とうりゅう》してお金を落としてくれるので……市場の視察は……大切というか……」

「ふむ」

言い訳をしてみたところで、あまり取り繕えそうもない。やっぱり素直に謝るべきだろう。

「……すみません。嬉しくなって、はしゃぎすぎました」

頭を下げるリーシェを前に、アルノルトが懐から懐中時計を取り出した。

「お時間をいただいてしまいましたが、目的地に向かいましょう。ご命令をちゃんと果たしてみせますので、どうぞ遠慮なくお申し付けを……って、あの？」

時間を確かめたアルノルトは、時計を懐に仕舞いながら歩き始める。その進行方向が市場の方であることに気が付き、リーシェは驚いた。

「まさか……」

「時間にはまだ余裕がある。お前がそこまで言うのだから、無視するわけにもいかないだろう」

あまりの嬉しさに、眼前がぱあっと明るくなった。

「ありがとうございます！」

そしてリーシェたちは、皇都の市場へ足を踏み入れる。

人混みの中に入ってみると、ますます心が浮き立った。青い空の下、色鮮やかな布屋根が連なる光景は、それだけでとても美しい。

「どうだい、新鮮なベリーだよ！　一粒どうぞ、綺麗な色だろう？」

「ここに並んでるのは今日限り、明日には手に入らないコヨル国の名産だ！　一週間前シウテナに着いた船で来たばかり、これを逃すと次はいつになるか分からないぞ！」

「うわあ……」

もはや言葉にならない感動を覚え、リーシェは喜びを噛みしめる。

商人たちは活《い》き活《い》きしており、買い物客はお喋りしながら品物を選んでいる。生命力に溢れたこの空間にいると、それだけで元気になれそうだ。

「ご覧ください。あっちにほら、――……」

「……どうした？」

会話の途中で不自然に固まったリーシェを、アルノルトが不審そうに見る。だが、いまのリーシェが抱えている問題を気付かれるわけにはいかない。

「いえ、なんでも」

「……？　なんでもいいが、急に立ち止まったりしてはぐれるなよ。最悪の場合は紐を付けるぞ」

「あはは。なんだか冗談ではなくて、本気に聞こえますね」

「……」

「……冗談ですよね!?」

冷や冷やしつつも、気を取り直してアルノルトの袖を引いた。

「それより、あの果物屋さん。雪国コヨルから来ているようなので、少し見てきますね」

数メートル先の屋台に立ち寄って、積まれた果物の中から目視で一番良い物を選ぶ。代金を払い、この場で切り分けてもらえるか頼んでみると、恰幅《かっぷく》の良い女店主は快く頷いてくれた。

大きな卵形をしたその果物は、堅い外皮に覆われている。それをナイフで剝《む》いてもらうと、中からは熟れきった果肉が姿を現した。木の串に刺さった果肉を持ち、アルノルトの元に戻る。

「お待たせしました」

「……待て。なんだその赤くて不穏な物体は」

彼の視線は、リーシェが持っている果実に注がれている。リーシェはにっこりと笑い、串刺しになった果実をアルノルトに向けた。

「ココルの果物なんです。見た目は真っ赤でどろっとしてますけど、滋養があって栄養豊富で、とっても体に良いんですよ」

そう説明し、アルノルトの口元に持って行く。

「どうぞ一口」

「だから待て。どう考えても見た目が」

「体に良いんですよ？」

重ねて言うと、整った形をした眉が思いきり歪《ゆが》んだ。

味のことに言及しないのは、おそらく勘付かれているだろう。だが、リーシェがじっと見つめてみると、やがてアルノルトは渋々と口を開く。

開かれたのは少しだけだが、それは存外無防備な仕草だった。

アルノルトは、顔をしかめたままぎこちなく顎を動かす。その様子を観察しつつ、咀嚼《そしゃく》し終えるのを待って尋ねた。

「どうでしょう。栄養たっぷりですし、見た目よりは甘いと思うのですが」

「………………滋養に良さそうな味がする」

「まあ、苦いお顔」

とはいえリーシェは満足した。アルノルトはどう見ても働き過ぎだから、時にはこうした物を食べると良いだろう。

（そういえばこの果物。薬師の人生で、あの方によく召し上がっていただいたわね）

幼少期より病弱だったその王子は、薬と名の付く様々なものを摂取させられていた。

そもそも生真面目な人物だ。そのため彼は、普通の人間であれば全力で拒絶したであろう薬を、なんでも躊躇《ちゅうちょ》無く飲んでくれた。

（私が師匠と一緒に調薬したとんでもない味のお薬を、ちゃんと飲み続けて下さるなんて思わなかったものね……。一年半もあれに耐えていただけたお陰で、病も完治したのだけれど）

良薬とは、大半が美味とは言い難いものである。アルノルトはまだ顔をしかめたまま、手の甲で口元をぐっと拭った。

「……それで。他に見たい店は？」

「たくさんあります！　あちらの屋台――……」

再び先ほど同様に言葉を止め、無理やり笑顔を作った。

「あの。あちらの屋台に並んでいる革製品、とても素敵ではありませんか？」

「ここから馬車で二日ほどの場所に、革が特産の町がある。そこの品だろうな」

「な、なるほど……！」

笑顔を作って取り繕ったが、もしかして危うかっただろうか。

（気付かれた？　気付かれなかったわよね？）

今日のリーシェは、服装が気恥ずかしいということの他に、もうひとつ問題を抱えている。

（――やっぱり、どう考えても筋肉痛がひどい……‼）

先ほどから見て見ぬ振りをしていた問題に、リーシェは頭を抱えたくなった。

常に感じる鈍痛はなんとかなる。厄介なのは先ほどのように、ふとした折に感じる痛みだ。今日の訓練は、走り込みに加えて下半身を鍛えるものだった。

昨日は上半身のみだったから、訓練する箇所を日によって分散する方針らしい。鍛錬は毎日するよりも、休ませながらの方が良いという説があるのは知っている。

幸い、下半身にまだ痛みは出ていないが、太ももへ鈍痛のようなものが芽生え始めていた。

（それでも隠し通さなきゃ。筋肉痛のことを気付かれたら、殿下から追及を受けるかもしれないものね。……それにしても、ローヴァイン閣下の指導はさすがだったわ）

今日から指導役に加わったローヴァインは、候補生ひとりひとりをよく観察し、それぞれに合った助言を行っていた。

『君はとても身体能力に優れている。だが、その分むやみに前に出る傾向があるようだ。周囲をよく観察し、頭でも判断する癖をつけなさい。――君は、己の力量を冷静に判断できているようだ。それは素晴らしい能力だが、自分の選択肢を狭める方向に使ってはならない。やりたいことと出来ることの間に差があるのであれば、その埋め方を私と一緒に考えていこう』

ローヴァインの穏やかな声音と、朴訥《ぼくとつ》としているが誠実な口調は、言葉の説得力を増強させる。

（候補生たち全員に目を配って、将来的なことまで考えながら指導してくれているのがよく伝わる。それに、あの方は褒めるのがとてもお上手だわ。だけど）

リーシェは、隣を歩くアルノルトの横顔を見つめる。

（――そんなローヴァイン閣下を、アルノルト殿下が惨殺する）

それも、いまからたったの三年後に。

（色々と調べたいことはあるけれど、一番気になるのは今現在起きている『あの件』だわ。いくらローヴァイン閣下が優れた指導者であっても、やっぱりおかしい）

リーシェはそっと俯いて、昨日から違和感を覚えていることについて考える。

アルノルトを探るべきだろうか。しかし、リーシェが疑問を感じている状況を生み出したのが彼であるとは限らない。そもそもローヴァインは、アルノルトではなく、彼の父である現皇帝に仕えているのだ。そんなことを考えていると、不意に視線を感じた。

顔を上げると、アルノルトがこちらを見ている。気が付けば、つい先ほどまで隣に並んでいたはずなのに、いつのまにかリーシェが数歩ほど遅れていた。

（――紐!!）

本当に括られてしまう前に、急いで追いつかなければ。上半身が鈍く痛むものの、耐えられないほどではない。しかし、リーシェが駆け出す前に、アルノルトがこちらに戻ってきてこう言った。

「俺の歩調がまだ速いか」

「え。大丈夫です、けど……」

尋ねられ、言葉の意味に思い当たる。

（そういえば、今日のアルノルト殿下、いつもよりゆっくり歩いてくれてたような……？）

考えてみれば、彼に見抜かれないはずもないのだ。

リーシェの立ち居振る舞いに違和感があることなど、恐らく最初から分かっていただろう。しかし、それを口に出すことなく、さりげなく歩調を合わせてくれていたということになる。

（……何かしら。この、ふわふわした温かい気持ち）

リーシェは小さく息を吐いた。

（ここにいるアルノルト殿下は、やっぱり、とてもやさしい）

三年後に、理不尽な理由で人を殺す人物になるとは思えないほどに。

「平気です。……ありがとうございます」

にこりと笑ってお礼を言うと、アルノルトはリーシェから視線を外す。再び彼と歩きながら、リーシェはそっと決意した。

（私は、この人のことをもっと知らないと）

それが、皇帝アルノルト・ハインの生み出す惨劇を止める助けになるかもしれないのだから。

そんなことを考えながら、しばらく市場を見て回った。

今度はちゃんと美味しい果物を買い、屋台で焼いてくれる燻製肉を食べ、パンの試食を口にする。まだ食べるのかと呆れた顔をされたが、アルノルトには、買い物に付き合わされてうんざりしている様子はなかった。

やがて一通りの屋台を見終えたあと、アルノルトが懐中時計を取り出して、その盤を眺める。

「もしかして、そろそろお時間ですか？」

問い掛けると、懐中時計を仕舞いながらの返事がきた。

「そうではないが、移動する頃合いだろうな。あまりひとつ所に留《とど》まっていると、オリヴァーの使いに探し出される可能性がある」

「なるほど、オリヴァーさまに――……って、え!?」

食べ歩き用の焼き菓子を落としそうになったリーシェは、驚きのあまり目を丸くした。

「まさか今日のこと、オリヴァーさまにも内緒なんです!?」

「そうだが？」

「まるで当然のことのように……!!」

悪びれもせず言い切られ、愕然《がくぜん》とする。だが、アルノルトはしれっと言ってのけた。

「今日の仕事は終えてある。俺が半日不在にしたくらいで悪影響が出るような体制は組んでいない。多少の厄介ごとが起きても、オリヴァーが時間稼ぎくらいはするだろう」

本当だろうか。アルノルトはオリヴァーに対して遠慮がないように見えるので、そこが心配だ。

（ひょっとして、昨日の耳打ちはオリヴァーさまに聞かれたくなかったから？　でも、公務にまつわることであれば、ご自身の従者に隠さなくてもいいのに）

その瞬間、リーシェの中にひとつの疑問が芽生えた。

（このお忍びは、公務ではないというの？）

だとすれば、アルノルトのやろうとしていることはなんなのだろう。混乱するリーシェを見て、諸悪の根源が楽しそうに笑う。

「ほら、行くぞ」

「は、はい……」

訳が分からない状況だが、リーシェがあれこれと言うことは出来ない。なにせ勝負に負けた身で、なんでも言うことを聞くと宣言しているのだ。

そして市場から少し歩き、連れて来られた場所を見て、ますます混乱する羽目になった。

「ここは……」

リーシェは、目の前にある扉を見上げる。

連れて来られたのは、皇都の街外れにある一角だ。半地下へと延びる階段を降り、その先にあった重厚な扉には、『決められた回数のノックを』と札が掛かっている。

「ここの店主は、呼び出しても城には来ない。そのお陰でこちらから足を運ぶ必要がある」

「お店ですか？　一体なんの？」

アルノルトは質問に答えず、その扉をゆっくりと五回ノックした。

リーシェには聞こえなかったが、中から返事があったのだろう。彼はドアを開け、視線でリーシェを促す。警戒するべき要素が無さそうであることを確かめて、店内に入った。

最初に目に入ったのは、木製の大きなカウンターだ。

店内は、木張りの床になっている。華美な装飾はなく、商品が展示されているような棚もない代わりに、革張りのソファとローテーブルが置かれていた。

（一見すると質素な店構えだけど……あのカウンター、花梨《かりん》の木の一枚板だわ）

「お待ちしておりました、皇太子殿下」

こつん、と杖《つえ》を突くような音がする。奥から出てきたのは、総白髪の美しい小柄な老婦人だった。

柔らかい笑みを浮かべたその顔には、上品な薄化粧が施されている。そんな彼女を支えるように
して、二十代半ばくらいの男性が付き添っていた。老婦人はカウンターの前に立って、深々と頭を
下げる。

「皇太子殿下におかせられましては、ご機嫌も麗しく……」

「畏《かしこ》まった口上はいい。顔を上げろ」

アルノルトの許しを得て、老婦人は顔を上げた。それからリーシェの方を見て、にっこりと笑う。

「美しいお嬢さま。お初にお目に掛かります、わたくしはこの店の店主を務める者です」

「はじめまして。私はリーシェ・イルムガルド・ヴェルツナーと申します」

「この者はわたくしの孫息子です。ほら、お前もリーシェさまにご挨拶をなさい」

ずっと礼の格好をしていた男性は、少しだけ顔を上げた。

彼の顔色は青白く、ほとんど血の気が失《う》せている。肩も声も震えていて、何かに怯えているよう
だ。そして、頑なにアルノルトの方を見ようとしない。

（アルノルト殿下が怖いんだわ。……きっと、殿下の『悪評』に影響を受けているのね）

アルノルトの恐ろしい噂は、国民の耳にも入っている。彼が戦場で残虐に振る舞い、敵の死体を

積み上げたという噂が、目の前の男性を怖がらせているのだろう。国を勝利に導いた英雄とはいえ、実物を目の前にすると恐れられるというのは、当然の摂理なのかもしれなかった。

（当の本人は、心底どうでもよさそうだけれど）

ちらりと隣を窺《うかが》うが、アルノルトの端整な横顔には何の感情も浮かんでいない。そんなことを考えていると、苦笑した老婦人が言った。

「申し訳ありません、先ほどわたくしが酷《ひど》く叱ったものですから。というのも、孫は当店で扱う品の真贋《しんがん》を見抜けなかったのです」

恐らくは怯える孫息子を庇《かば》ったのだろう。孫想《おも》いの老婦人は、一方でこうも続ける。

「というのも、この見極めはなかなか難しいものでして。よろしければリーシェさまも、挑戦なさってみませんか？」

「お、おばあさま！　そのようなこと、皇太子殿下のお連れの方に失礼では……！！」

「あの箱を持ってきなさい」

老婦人に指示され、男性は躊躇いながらも奥に引っ込む。やがて彼は、赤いベルベット張りの箱を取って戻った。

「この中身が、こちらのお店で扱っていらっしゃる商品なのですね」

「ええ。どうぞご覧ください」

カウンターの上で開かれた箱を見下ろし、リーシェは目をみはった。

「――わたくし共は、しがない宝石商でございます」

宝石箱の中には、美しい石の粒が三つ並んでいる。

「ここに並ぶ石のうち、どれが模造石だとお思いになるか。ほんのお戯れ、どうぞ気負わずにお選びくださいまし」

「リーシェ。答えてみろ」

アルノルトにそう言われ、リーシェはまじまじと石を眺めた。

右端が淡いスミレ色。真ん中が蜂蜜を水に溶かしたような金色で、左が濃い赤の石だ。

（どれも透明度がすごく高いわ。カットが繊細でとっても綺麗）

「さあ、いかがです？」

宝石は、かつて商人だったリーシェが好んで取り扱っていた品でもある。たくさんの石をこの目で見てきて、学んだことは数多くあった。だからこそ、率直に答える。

「分かりません」

老婦人は笑みを浮かべたまま、ゆっくりと頷いた。

「……なんと透き通ったお答えでしょうか。分からないことを誤魔化さず、素直にそうお答えになるというのは、とても素晴らし――」

「なので、店主さま」

リーシェは彼女を見て、こう続ける。

「よろしければ、ルーペを貸していただけますか？」

その瞬間、老婦人が僅かに驚いたような顔をした。

「ピンセットと、念のためクロスも。それから少し失礼して、窓際の明るいところで拝見させていただいてよろしいですか？」

「……あらあら、まあ」

老婦人が小さな声を漏らす。

彼女の孫である男性が、震えながらも「どうぞ」と道具を貸してくれた。リーシェはそれらを受け取ると、窓際に移動してピンセットを手にする。

力加減は重要だ。勢い余って石を飛ばしてしまわないよう、慎重に拾い上げて光に透かした。

（こうして見てもやっぱり綺麗。だけど）

石の細部を観察するほどに、最初にいだいた印象が間違いではなかったと分かる。

「この石は、三つともすべて模造石ですね」

「……これはこれは……！」

老婦人たちの驚いた顔を見るに、恐らく正解なのだろう。アルノルトだけが、この展開を予想していたかのように小さく笑った。

「おみそれいたしましたリーシェさま。当てずっぽうや見た目の美しさで選ばず、鑑定道具までご所望されたご令嬢は、あなたさまが初めてです」

「大切な道具をお借りしてしまい、申し訳ありません。最低限これだけでも見ておかないと、判断が出来そうになかったので……」

男性に道具を返しながら、リーシェは思い出す。

（商人人生で思い知らされたものね……。美しさは、その真贋を保証する基準にはならない）

駆け出しの頃、偽物の宝石を掴まされた記憶に、リーシェはふっと遠い目をした。

「とはいえ店主さま。たとえ模造石であろうとも、この石たちは本当に美しいですね。きらきらして、透き通っていて」

リーシェはカウンターの前に戻ると、改めて宝石箱を見下ろした。

「石の素晴らしさを決めるのは、真贋だけではありません。……たとえ模造品だと分かっていても、この石たちを愛して慈しみたいという人は、きっとたくさんいらっしゃるでしょう」

ここにあるものはただただ美しい。

リーシェには、この石たちが心底愛《いと》おしかった。うっとりして、微笑みが零れてしまうほどに。

「……あなたは……」

目の前に立っていた老婦人は、小さな声でぽつりと漏らす。そのあとで、深々と頭を下げた。

「重ね重ね感服いたしました、リーシェさま。未来の皇太子妃殿下を試すようなわたくしの所業、心よりお詫《わ》び申し上げます」

「え!?　いえ、滅相もありません！　どうかお顔を上げてください」

老婦人に慌てて告げたものの、やはり先ほどの問いかけは、こちらを試すものだったのだ。

（アルノルト殿下は傍観していた。つまりこれは、私をここに連れて来た理由と繋がっている？）

一体、リーシェに何をさせるつもりなのだろうか。

（宝石の鑑定かしら。……本職の方々がいるお店なのだから、それは違うわね。たとえば売り上げ

的に困窮していて、それをどうにかしたいとか？　……いいえ、そんな雰囲気も感じられない）

色々と考えを巡らせていると、老婦人がにこやかに言った。

「息子夫婦は手広くやっておりますが、こちらの店はわたくしの道楽。世界中から集めた珠玉の石たちは、お売りするお客さまを選ばせていただいております」

商人の中には、そういう商いをする人も勿論《もちろん》いる。納得していると、思わぬことを告げられた。

「ですがリーシェさま。あなたのようなお方には、是非ともお手に取っていただきたいですわ」

（……ん？）

なんだか、話が不思議な方向に行っている気がする。

説明を求めて隣を見ると、アルノルトはいつのまにかカウンターを離れ、革張りの椅子に掛けていた。そして肘掛けに頬杖をつき、老婦人に向けて言い放つ。

「御託はいい。納得したのであれば、こいつの望む通りのものを」

「承知いたしました。喜んでご用意させていただきましょう」

置いてきぼりで話が進み、慌てて会話を遮った。

「あの、アルノルト殿下？　これは一体どういう状況ですか？」

「まあ。それではリーシェさまは、仔細《しさい》をお聞きになっていらっしゃらないのですね？」

リーシェがこくこく頷くと、老婦人は微笑ましそうに笑ったあと、こう答えてくれる。

「皇太子殿下は、花嫁さまが婚姻の儀で着ける指輪をお求めです」

「――――………へ」

思い切り変な声が出た。

（ちょっと待って。指輪って、指に嵌めて使うあの指輪のこと？）

恐らく間違いないだろう。ここは宝石店であり、装飾品を取り扱う場所だ。

（それじゃあ花嫁って一体だれ？　アルノルト殿下の花嫁、花嫁っていうと…………）

数秒ほど考え込み、リーシェは不意に思い至る。

（――――私だわ!!）

気が付いた瞬間、腰が抜けるかと思った。

慌ててアルノルトを振り返るも、彼はいつものすました顔をしている。頬杖をつき、当たり前のことをしていると言わんばかりの表情だ。そのせいで、却って分からなくなった。

（なんで、どうして？　もしかしてガルクハインでも、婚姻の儀に指輪が必要なの？　……いえ、そんな訳は無いわ！　左手薬指の指輪に意味があるのは、うちの国だけだもの！）

ぐるぐると考え込んでいるうちに、老婦人が言った。

「久々のお客さま、張り切ってしまいますわ。準備をして参りますので、どうぞお掛けを」

促されるまま、リーシェはアルノルトの隣に座る。そして、おずおずと尋ねた。

「殿下、あの、これはどういう……」

「なんだ。まだ分からないことがあるのか」

「あるに決まってます！　私は確か、『なんでも殿下の言うことを聞く』ためにお忍びへ同行したはずでは？　それなのに、どうして指輪を買うというお話になっているのでしょう」

どう考えてもおかしいではないか。そう思っていると、アルノルトは懐から取り出した懐中時計を眺めながら言い切った。

「俺がお前に要求するのは、『指輪を贈らせろ』という一点だ」

「だからどうしてそんな結論に!? もっとこう、色々あるのではありませんか。普段の私がやらなさそうで、殿下にご都合の良い命令が」

「なんだ。そういう命令をされたかったのか？」

「違いますけど！」

いいや、ある意味ではそうだと言えるかもしれない。

リーシェがこんな賭けを提案した理由は、アルノルトの本音や真意を引き出すためなのだ。なのにこれでは、新たな謎が生まれてしまう。

「それに、せっかく賭けで得た権利をこんなことで消費しなくてもよかったでしょう。何らかのご事情で私に指輪を着けさせたいのであれば、言って下さればそうしました」

「……あのな」

至極まっとうなことを言ったつもりだが、アルノルトは何故か呆れた顔をした。

「『指輪を買ってやるから好きなものを選べ』と告げて、お前が素直に選ぶとは思えない」

「うぐっ」

「恐らくだが、他人に物を買い与えられるなど良しとしないだろう」

ぐうの音も出なかった。

アルノルトの言う通り、そういった扱いを受けるのは落ち着かない。いまだって、こんな展開になって物凄く動揺している。

「であれば、こういった機会を利用するしかないな。ここで扱う石は一級品だ。金に糸目を付けるつもりはないから、お前の目利きで好きなものを選べ」

「ですが殿下。やはりあまり高価な品を、おいそれと買っていただくわけには参りません」

するとアルノルトは、見越していたように口を開いた。

「リーシェ。ここでお前が指輪を作れば、その分城下に金が落ちるぞ」

その言葉に、リーシェの肩がぴくりと揺れる。

「お前は商いごとに関心があるな。俺の私財は余っていて、それほど使い道もない。お陰で死に金になっているんだが、どう思う?」

「そ、それは……!!」

アルノルトはにやりと笑った。

「ここの店主は見ての通り、調度品に強いこだわりがある人物だ。ここで俺が金を使えば、店主はその利益で新たな調度品を仕入れるかもしれない。つまりは巡り巡って、商人や腕の良い職人を食わせることになるだろう」

「ううっ」

「他国から他の宝石を取り寄せる、というのならそれも良い。物や人間が動けば金も動くからな。――それでもまだ抵抗があるか?」

（ず、ずるい……!!）

しかし、アルノルトの言うことはもっともだった。

お金を持つ人に使ってもらえないというのは、商人にとって一番悲しいことだ。皇族が散財するのはもってのほかだが、私財が余っているというのであれば、それは国民に落として欲しい。

「……分かりました。では、選ばせていただきます。誠心誠意、全力で！」

「は」

腹をくくって気合いを入れると、アルノルトがおかしそうに笑った。

そうこうしているあいだに、老婦人が奥から戻ってくる。杖を突きながらやってきた彼女は、リーシェたちの向かいに掛けて微笑んだ。

「それでは、早速ですがお話を進めましょう。肝心なのは石選びですから、いくつか見繕って参りました。奥にまだまだございますが、まずは第一弾ということで」

老婦人はにこにこ笑いながら、自慢の収集品を見せてくれる。ひとつめの宝石箱を見下ろして、リーシェは思わず息を呑んだ。

「まあ……！」

そこに並ぶのは、くらくらするほどに美しい石たちだ。色や形、カットの素晴らしさだけではない。そもそもの顔触れがとんでもなくて、リーシェは目を輝かせる。

「もしやこれは、ハリル・ラシャの東の鉱山で数年間だけ採れていたという幻のオパールでは？」

「ご存知でいらっしゃる？　うふふ、こちらもご覧くださいな。綺麗なピンクダイヤモンドでしょう。こっちのアクアマリンも逸品で――」

「うわああ……！」

本当に、文字通りの宝石箱だった。

アルノルトは全く興味がなさそうだったが、リーシェは思わずはしゃいでしまう。老婦人が『珠玉の石』と呼ぶだけあって、ここにあるのはどれも素晴らしい品々だった。

だが、ここで困った問題が浮上する。

「――ああ楽しいわ！　それでリーシェさま、お気に召すものはございました？」

老婦人に尋ねられ、俯いた。

（そうだったわ。仕入れて売る品を見ているんじゃなくて、自分のための石なのよね）

そういった目線で考えると、これはなかなかに難しい。

公爵令嬢としてのリーシェなら、当然宝石を選ぶこともあった。けれどもそれは、王太子の婚約者としてふさわしいものをという視点である。けれど、今回は違うのだ。

（婚姻の儀で着けるんだから、やっぱりダイヤがいいのかしら。瞳の色と揃《そろ》えるならエメラルドだけど、私の国の王室を象徴する石でもあるから角が立つかもしれないわ。それにしてもこの宝石たち、派手好きなザハド王が見たらどれほど喜ぶか……じゃなくて、いまは自分用！）

考えれば考えるほど深みに嵌まる。しかも、ここにあるのはどれも素晴らしい石なのだ。

どれも素敵で絞れない。もっと言うのであれば、どれを選ぶべきか分からない。悩むリーシェを見て、老婦人が微笑んだ。

「リーシェさま。僭越《せんえつ》ながら、老婆心の助言をひとつよろしいですか？」

「はい。是非お願いしたいです」

顔を上げて老婦人を見ると、とてもやさしい目を向けられていた。リーシェを見守るようなまなざしで、彼女は言う。

「お気に入りの宝石を身に着けて、胸を張る。女の子は、それだけで勇気が湧いてくるのですよ」

そんな風に告げられて、息を吞んだ。

「皇太子妃にふさわしい装飾品としてではなく、あなた自身のお守りとして。宝石というものは、そんな気持ちを込めてお選びいただくのが一番なのです。――ただただ純粋に、あなたが好きだと感じるものを」

言葉の意味を、リーシェはじっと考えてみる。

「たとえばリーシェさま。あなたはどんな色がお好きですか？」

「好きな色、ですか？」

尋ねられた瞬間、心にはすぐさま答えが浮かんだ。

隣のアルノルトを見上げると、お互いの視線が重なる。アルノルトは卓上の石ではなく、リーシェのことを眺めていたらしい。

その瞳は、とても美しい青色だった。

弟のテオドールもよく似た碧眼《へきがん》だが、アルノルトの方が少しだけ淡い。その所為《せい》か、氷のような印象があるのだ。

（寒い国の、透き通った海を凍らせたみたいな、そんな色）

最初にそう感じたのは、騎士の人生で対峙したときだったろうか。あるいは今回の人生において、どこかで抱いた印象だろうか。

この一ヶ月、何度もこの瞳を見つめたせいで、もはや記憶が判然としない。それでも、この瞳に自分が写り込んでいるのを眺めるのは不思議な気持ちだった。

だから、自然と口にする。


「この人の瞳と、同じ色をした石はありますか」

「――――……」


アルノルトが僅かに眉根を寄せた。

これ以上は無いのだと、そう思えるほどに美しい色だ。リーシェにとっての本心だったのに、周りは何故かおかしな反応を見せている。

（……あれ？）

「あらあら。あらあら、まあまあ」

（ちょっと待って。いま私、とんでもないことを口走らなかった？）

さーっと血の気が失せるのだが、発言をなかったことには出来ない。老婦人の顔が喜色に輝くのを見て、リーシェは失態を確信する。

「いえあの、違うんです、いまの発言におかしな意図はなくて!!　本当に他意は無く、アルノルト殿下の目の色が好きで、『綺麗だな』っていつも思ってるだけなんです……!!」

「うふふふ、いつも思ってらっしゃるのね。分かりましたよ、少々お待ちくださいましね。そういう観点でございましたら、お勧め出来る物がありますからね」

「ああっ、店主さま!!」

杖を使っているというのに、老婦人は結構な早さで奥へと消えていった。その結果、リーシェとアルノルトだけが取り残されてしまう。

アルノルトは先ほどから何も言わない。だが、そのまま追及しないで欲しかった。

両手で顔を覆い、リーシェはその場で項垂《うなだ》れる。アルノルトの方などとても見ることが出来ない。

「……いまのはどうか、忘れてください……」

「………………」

＊＊＊

色々な騒動はありつつも、そこからなんとか石は選べた。奥から出された『とっておきの石』が、見事リーシェの望んだ通りのものだったのだ。

あの後しばらくは気まずかったものの、途中からはなんとか平常心を取り戻すことが出来た。指輪の意匠案は、孫息子である男性が描くということだ。

そしていま、店を出たリーシェは、アルノルトと共にとある場所にいる。

「――すごく見晴らしがいいですね。風も涼しくて、気持ちいい」

そこは、皇都を囲む外周壁の上だった。

ガルクハインの皇都は、街自体が要塞のようになっている。厚さ数メートルの壁が、ぐるりと街を囲んでいるのだ。

すぐ下は皇都入り口の大門で、馬車の往来がせわしない。それを眺めているのも楽しいが、いまはちょうど夕暮れ時だ。

「見てください。大きな夕陽《ゆうひ》が、もうじき皇城の方に沈みますよ」

「……そうだな」

「こちら側から見ると、こんな景色なんですね」

いつもの光景は、城の方から街を見下ろすものだ。反対側からの景色は新鮮で、色々と飽きない。

そう思っていると、隣に立つアルノルトがいきなり尋ねてきた。

「何故、左手の薬指なんだ」

「え？」

「指のサイズを測るのに、その指を指定しただろう」

「それは……固定観念というか」

それについて、深く突っ込まないで欲しい。リーシェの国では、結婚式に使う指輪がその位置なのは当たり前のことなのだが、それを意識したと思われるのは気恥ずかしかった。

「殿下こそ、どうして私に指輪を？　何か深い事情があるのですか？」

「別に、指輪だったことにそれほど意味はない。だが、お前は良く手を使った作業をしているだろう？　薬を調合し、雑事をこなして、色々と忙しく動き回っている」

そう言われてふと思い出す。アルノルトの前で作業をするとき、彼はリーシェの手元を眺め、興味深そうに観察していることが多かった。

「その指に、俺が贈った装飾品が嵌められているのは、さぞかし気分が良いだろうと思った」

「……それは」

そんな風に言われ、なんとも落ち着かない気持ちになる。

返事をどうしたらいいだろうか。迷った末、リーシェはぽつりと口にした。

「では、指輪が完成した暁には、一番にお見せします」

「ああ」

たったそれだけのやりとりを、やっとの思いで遂行する。ほうっと息をついたリーシェは、いまの時間が気になった。

（私は平気だけれど、アルノルト殿下は大丈夫なのかしら。今日は何度も時計を見て、時間を気にされていたし。そろそろ帰らなくちゃいけない時間なんじゃ……）

そこで、ふと気が付いた。

（違う）

アルノルトが確かめていたのは、城に戻る時間などではない。

（帰りの時間を気にしているなら、遅くなればなるほど時計を見るはずだもの。――けれど、この大門に来てからずっと、殿下は一度も時計を手にしていない）

それはつまり、時間を気にする必要がなくなったということだ。市場でも、あの宝石店でも、彼は何度も懐中時計を開いていたのに。

（もしかして）

リーシェにはここ数日、ずっと気になっていたことがあった。だから、深呼吸をして笑顔を作る。

「そういえば。侍女の噂によると、皇城にあのローヴァイン閣下がお見えになっているとか？」

「……ああ。騎士候補生の指導のために、短い期間ではあるが滞在させている」

「そうだったのですね。ご高名な方ですし、私も是非ご挨拶したいです。伯爵はどなたのお客さまなのですか？」

「俺が呼んだ。経験が浅い人間への指導役には、ローヴァインが最も適しているからな」

「殿下」

微笑みを消して、隣のアルノルトを見上げた。

「あなたはここで、誰を待っているのですか？」

アルノルトが、静かなまなざしでこちらを見返す。

「随分と唐突な質問だな」

「いいえ、元々変だと思っていたのです。ローヴァイン閣下が、皇城で候補生の訓練をなさると聞いてから、ずっと」

「ほう?」

「ローヴァイン閣下が守るのは、この国の最北端にある海辺の領地なのですよね? 他国から見れば、ガルクハイン国に攻め込む際の重要な拠点となるでしょう。しかし、そこに『猛将』ローヴァイン閣下がいらっしゃるお陰で、他国は迂闊《うかつ》に手を出すことが出来ません」

ローヴァインの存在は、敵となり得る存在に対する牽制《けんせい》なのだ。

平時とはいえ、つい数年前までは世界中で戦争をしていた。国々が腑抜《ふぬ》けるにはまだ早すぎる。

「なのに、その伯爵が領地を空け、遠路はるばる皇都までいらしている。……候補生の訓練のためだなんて、そんな理由だとは思えません」

だからこそ、おかしいと感じていた。ローヴァインが訓練に加わると聞いたときも、市場で今日の訓練を思い出していたときも。

その真相は、アルノルトが時計を見ていた理由と繋がるのではないだろうか。

当のアルノルトは、リーシェの推察を楽しむように笑っている。隠すつもりもないが、簡単に教えてやるつもりもないという表情だ。

「深い意味はなく、単なる顔見せだと言ったらどうする? 臣下と定期的に対面しておくのは、忠誠心を強固にするという点で有効だ」

「婚姻の儀が迫っていなければ、その説明で納得したかもしれませんね。しかし顔見せであれば、わずか二ヶ月後の機会でもよかったでしょう?」

ローヴァインを呼んだのがアルノルトだと言われなければ、違和感ももう少し小さかったかもしれない。しかし、リーシェの知るアルノルトは、訳もなく重要拠点を手薄にしたりしないはずだ。

「――俺に、待ち人がいると考えたのは何故だ？」

「ここは城下が見渡せると同時に、『外』からの来訪者を監視できる場所でもありますから」

アルノルトは、この大門に来てから時間を気にしなくなった。

要するにここで待っていれば、アルノルトの『目的』が訪れるということだ。その時間は間もなくであり、恐らくは外からの客人である。

「お前の言う通り、候補生の訓練というのは対外的な名目だ。ローヴァインが一隊を率いて皇都に滞在するためには、表向きの理由が必要だった」

こうして教えてくれるのは、想像が当たったご褒美といったところだろうか。現にアルノルトは、狙いが暴かれたのにもかかわらず、ひどく楽しそうだ。

「先日、とある国の王族から手紙が届いてな。婚姻の儀に参加できなくなったため、代わりに前倒しで祝いに来ると。――こちらはもちろん返事を出した。『前祝いは不要だ』とな」

それは、よくある社交辞令の応酬だ。そのやりとりを行ったあと、参加を辞退した招待客側は、『それでは必ず後日の祝福を』と返す。

つまり、実際に前祝いには来ないのが、社交や外交における当然の流れなのだった。

「私にそのとき教えて下さらなかったことは、いまは置いておくとして。先方からのお返事は？」

「こちらから返事を出すよりも先に、あちらからは追加の手紙が来ている。『一刻も早く祝福したいため、貴国からの返事を待たず出立する』とな」

「……つまり、こちらがお断りする前に、強硬手段に出たと」

どうにも厄介な予感しかしない。

「お手紙の主は、どなたですか」

「お前は予想がついているのだろう？」

彼の言う通りだ。アルノルトに呼ばれたのが、北の領地を守るローヴァイン伯爵だという時点で、なんとなくの想像は出来ていた。

「手紙を受け取った直後から、北の港町シウテナに偵察を出していた。船が到着したという報《しら》せがあったのは一週間前だ。そこから馬車の速度や休憩時間、途中の町での宿泊などを計算した結果、今日のこの時間帯だろうと目星をつけたが」

屋台で商人が言っていた。今日の市場で扱っている品の中に、『一週間前の船でシウテナに着いて、今日皇都に到着したばかり』のものがあると。つまりはアルノルトの考えた通り、港町に到着した品物や船は、今日の朝には皇都に着いているということだ。

食品を運ぶには馬車も急ぐが、王族を乗せた馬車であればもう少し遅い。そう考えると、このくらいの時間になるのは妥当だろう。

アルノルトの手が伸びてきて、フードを被らされた。恐らくはリーシェの髪色を隠すためだ。

顔を上げると、彼の視線は大門の外、平原に延びる馬車道へと向けられていた。それを追って、リーシェも馬車道の遠くを眺める。

（あの馬車の意匠は、コヨル国の……）

やはり、そうだったのだ。

コヨル国から不審な訪問がある場合、その警戒にあたるのは、海向こうの国々に長年目を光らせてきたローヴァインが最適だろう。

だからアルノルトはローヴァインを呼び寄せた。コヨル国からやってくる王族を、外交に支障なく牽制するため。

そして、婚姻の儀の参列者として名前が記されていたのは、コヨル国ではひとりだけだ。

『ヴェルツナー。僕はこの国を守りたい』

脳裏に蘇ったのは、とある青年の声である。

『そのためならば、手段は選ばないつもりだ。……それが、死に損なって生まれてきた僕に課せられている、最大の責務だろう』


（……カイル王子……）


雪国コヨルの、病弱で責任感の強い第一王子。

それは、薬師だった人生でリーシェが看《み》た、とある青年の名前だった。

第二章

カイルの皇都入りを確かめた、翌日のこと。この日も男装し、茶髪の少年ルーシャスに扮《ふん》したリーシェは、訓練場の片隅にあるベンチへ座り込んでいた。

（こ、呼吸が……!!）

ただでさえ汗だくなのに、胸元に巻いた布のお陰で熱がこもる。いまは休憩中だが、体力不足や筋肉痛も相まって疲労困憊《こんぱい》だ。

「大丈夫かルー。ほら、扇《あお》いでやるからしっかりしろー」

「ありがと、フリッツ……」

隣に座った候補生仲間のフリッツは、先ほど全員に配られた紙を使い、リーシェに風を送った。

「涼しい……けど、大丈夫だよ。このあとは手合わせなんだから、フリッツも休んでおかないと」

「遠慮するなって。こういうのってさ、人にやってもらった方が涼しい感じがするだろ？」

フリッツが扇子代わりに使っているこの紙には、三日間の中間評価が書かれている。

候補生全員の名前と、五段階評価の数字が載っている一覧だ。『ルーシャス』の名前の横には、体力判定と筋力判定が共に一だと記載されていた。

リーシェ以外の面々は、少なくとも三以上の数字が書かれている。フリッツはどちらも五だが、彼自身はまったく重要視していないようだった。

「それにしても、いよいよ今日は木剣を握らせてもらえるんだな！　あーっ、待ちきれない！

……あ、ローヴァインさま」

現れた伯爵に、リーシェたちは慌てて立ち上がろうとする。それを、ローヴァインが制した。

「立たなくていい、休憩中は体力の回復と温存に努めるべきだ。それよりルーシャス・オルコット、
昨日は十分に休めなかったのか？」

自分の体調を見抜かれて、リーシェは口ごもる。

（さすがはローヴァイン閣下。アルノルト殿下が認める指導者だわ……）

なにしろ昨日の午後は、アルノルトと城下を歩き回っていたのだ。

王子カイルの乗った馬車を見つけたあと、彼らがどこの宿に泊まるのかまで確認したので、皇城に戻るのは夜になった。早めに就寝するつもりだったが、畑の手入れや薬草の処理などもあったため、寝台に入ったのはいつも通りの時間である。

「自己管理が出来ておらず、申し訳ありません」

「責めているのではない。ただ、このあとは手合わせを行う。辛《つら》くなったらすぐに言いなさい」

「はい。ありがとうございます」

一般的な騎士団の訓練であれば、『辛い状況下で訓練してこそ、心身ともに鍛えられる』となるところだ。やはりガルクハイン国では、無理なく確実に育成していく方針らしい。

（こうした訓練の積み重ねが、五年後にとんでもない軍事力を誇る国を作り上げるんだわ）

しかも、ローヴァインの訓練は地道で誠実なだけではない。

このあとに手合わせがあるのだってそうだ。訓練が始まって三日目、候補生の多くは単調で辛い鍛錬に飽き始めている。だが、木剣を使った打ち合いは楽しいものだ。訓練内容自体に変化が生まれる上、剣技が上手《うま》くなるために努力が必要だということにも気が付ける。

候補生たちは手合わせ以降、いっそう熱心に鍛錬へ励むだろう。

（アルノルト殿下は、ローヴァイン閣下にカイル王子のことを伝えているのかしら）

まったく何も知らせていないということはないはずだが、どのくらい共有されているかは分からない。ひょっとしたら、リーシェは聞かされておらず、ローヴァインにだけ告げられている事実や作戦があるかもしれなかった。

（ローヴァイン閣下は、アルノルト殿下の指揮下に加わったこともあるんだものね）

先の戦争で、アルノルトは一体どんな振る舞いをしていたのだろうか。

「ローヴァインさま。差し支えなければ後学のために、戦時中のお話をお聞きしたいのですが。……たとえば、フリッツの故郷であるシウテナ防衛戦のこととか」

「あ！　それ、俺も聞きたいです。特にアルノルト殿下の話！」

アルノルトに憧れているフリッツが便乗してくれる。若者の教育に熱心らしきローヴァインは、前置きをしてから口を開いた。

「そうだな……シウテナ防衛戦において、ガルクハイン国軍の兵は七千。船により襲来した敵は、一万五千の兵力だった」

「うわあ。ほとんど倍の戦力差ですね」

「実際はそれ以上の戦力差だ。なにしろアルノルト殿下が戦線に立たせたのは、ご自身が皇帝陛下に預けられた兵のうち、わずか三千人のみだったからな」

「え⁉　ただでさえ少ない兵力を、なんで余計に減らしたんスか？」

フリッツの疑問に、ローヴァインが答える。

「残る四千は、速成で仕上げた年若い騎士や、農民に無理やり武器を持たせただけの者だったのだ。アルノルト殿下はその四千を、危険の少ない陽動や住民の避難、後方支援に回した。そして、ある程度の戦力になる兵のみで敵を迎え撃った」

「……それでも、殿下は勝ったのですね」

「そうだ。大雨というあの日の天候を利用し、港町シウテナの地形を利用し、相手の状況をも利用して戦った。――あの方は、兵力差を戦略で覆し、こちらの死傷者を極限まで抑え込んだのだ」

目を輝かせたフリッツが、ごくりと喉を鳴らす。

「同じ頃、似たような状況下での戦場があってな。ガルクハイン国が勝利したものの、数千人が戦死した。死者の多くは経験の浅い兵だ」

「それはつまり……兵力は多ければ良いってものじゃない、ってことッスか？」

「そうではない。兵力は当然、多い方が良いのだ。――だが、練度の低い者で数を揃《そろ》えても何ら意味はない。アルノルト殿下が、実際の戦場でそれを証明なされた通りにな」

ローヴァインは、静かに紡ぐ。

「殿下は弱者に一切の興味を示さない。弱き者が戦場に立ち、武功を立てるような機会をお与えにならない。……しかしそれは、悪戯《いたずら》に命を落とす者を、ひとりでも減らすことに繋《つな》がっている」

リーシェは俯《うつむ》いて考えた。

アルノルトは弱い人間を戦わせない。その代わり、彼が目指しているのは、すべての騎士が強靱《きょうじん》な戦闘力を持つ国だ。

(強くなろうとするのは、いつか世界と戦争をするため？)

「……世界は平和になった。だが、先の戦争で失った命は戻らない」

ローヴァインは柔らかく微笑《ほほえ》んだ。ぎこちないが、とてもやさしい表情だ。

「先の戦争では、若者が多く死んだ。私はせめて、その罪滅ぼしをしなくてはならない」

(……あ)

かつてのリーシェは、いまのローヴァインと同じ台詞《せりふ》を聞いたことがある。

『あの戦争で、僕とそう年齢の変わらない青年たちが命を落とした。僕は、戦場に近付くことすら叶《かな》わなかったというのに』

いまでもはっきりと覚えている。薬師だった人生のリーシェは、その人物に声を掛けたのだ。

『カイル王子、私の師匠も申し上げたでしょう？　生き延びることは、王族の大切な務めです』

『僕は、それが自国の民を犠牲にしてでも達成されるべきことだとは、どうしても思えない』

リーシェは無意識に、主城がある方へと視線を向ける。

「もうじき休憩時間も終わる。それまで少しでも休んでおくように」

「はい。ありがとうございます、ローヴァインさま」

リーシェとフリッツが頭を下げると、ローヴァインは他の候補生に声を掛けるためか、その場を立ち去った。

「やっぱすごいんだな。アルノルト殿下も、ローヴァインさまも」

フリッツの言葉に、リーシェは「そうだね」と頷《うなず》く。

考えるべきことは沢山あった。それから、果たさなくてはならないことも。焦燥感に駆られるが、ひとつひとつこなしていくしかない。

（そのためにも、やっぱり体力。とにかく体を鍛えなきゃ……！）

気合いの炎を燃やしていると、数人の候補生たちが目の前を通りかかった。

「ようルーシャス。評価一なのに、随分とローヴァインさまに目を掛けられてるんだな」

「……スヴェン」

にやにやと笑っている青年スヴェンは、候補生の中でもひときわ優秀な青年だ。

全員の手元に配られた評価によれば、体力が四、筋力が五となっていた。

「能力がない奴《やつ》は、その分手を掛けて教えてもらえていいよなあ。羨ましいよ」

「おいスヴェン。ルーシャスに絡むなって言っただろ」

「フリッツは優しいな。でも、俺たちだって優しさで言ってるんだぜ？」

スヴェンたちは、からかうような笑みを浮かべたままリーシェを見下ろした。

「貧民街出身の奴には分からないかもしれないが、この国の騎士団は実力主義なんだ」

「スヴェンの言う通りだぞ最下位くん。どれだけ努力しても無駄だって。訓練に時間を費やすよりも、その分他で働いた方がいいんじゃないか？」

（……これはまた、典型的というかなんというか……）

リーシェはそう感じた程度だが、フリッツは違ったらしい。いつも朗らかな笑みを浮かべている彼が、その瞳に怒りを湛《たた》えている。

「いい加減にしろスヴェン、ルーは真剣にやっているんだ。他人の努力を馬鹿にするなよ」

「ふん。勘違いしているようだけど、俺たちは仲良しごっこをしに来たわけじゃないんだぞ」

真剣な顔で怒ってくれるフリッツに対し、スヴェンは嘲笑を浮かべて肩を竦《すく》めた。

「なのにお前ときたら、俺たちがルーシャスを笑ってたらいつも怒るよな。騎士になりたけりゃ、お互いを蹴落としてでもって気概が必要なんじゃないか？」

「フリッツ。もしかして、いままでも僕のことを庇《かば》ってくれてたの？」

「庇うとかじゃない。俺はただ、友達を侮辱されんのが気に入らないだけだよ」

言い切られて、小さく息を吐き出した。

もうすぐ今回の休憩が終わり、手合わせが始まる頃合いだ。総当たり戦のため、リーシェは彼ら全員と剣を交えることになる。

（私に関わった所為《せい》で、フリッツまで侮辱されてしまうのは、本意ではないわね）

＊＊＊

「――それまで！」

訓練場に、短い号令が響き渡る。

対峙《たいじ》するのはリーシェとスヴェンで、勝敗は先ほどついたばかりだ。開始の掛け声が告げられてから、十秒も経《た》たないうちの出来事だった。

「『ありがとうございました』」

木剣の先をつきつけて、リーシェは彼に告げる。地面に尻餅をつき、顔を真っ青にしたスヴェンは、自分の鼻先すれすれで止まった剣先を見つめながら口を開閉させた。

訓練場は静まりかえっている。意外そうな顔をしていないのは、ローヴァインくらいだろうか。

「なん……っ、お前、なん、なんで」

必死に声を絞り出したスヴェンに、リーシェは手を差し伸べる。

「立てる？　スヴェン」

「嘘《うそ》だこんなの！　お前、体力なんかないじゃないか！　筋力の鍛錬だって全然……！」

「君を倒した方法は、体力や筋力を使ったものじゃないんだ」

手合わせを見守っていた他の候補生たちは、周りでいまだにぽかんとしている。スヴェンは彼らの視線を嫌うように、ぶんぶんと頭を振った。

「なんで。俺が、こいつに負けるはずが……！」

「怖い思いをさせていたらごめんね。だけど、フリッツにあまり迷惑は掛けたくないから」

リーシェは身を屈《かが》め、彼の目を覗《のぞ》き込んだ。

「――僕は、君とも仲良くしたいんだけどな」

「ひ……っ」

スヴェンは悲鳴を上げたあと、慌てて起き上がった。

他意はなかったのだが、無駄に怖がらせてしまったかもしれない。スヴェンが急いで仲間の元に戻っていくので、リーシェも隅へと引っ込む。すると、フリッツが目を輝かせて駆け寄ってきた。

「ルー！　お前やっぱり凄《すご》かったんだな!!」

「フリッツ。僕の所為で、色々と迷惑を掛けてたみたいでごめん」

申し訳ない気持ちで頭を下げると、フリッツはきょとんとしていた。

「なんで謝るんだよ？　俺がやりたくてやったのに。それよりルーこそ、俺のために悪かったな」

「フリッツのためだけじゃないんだ。スヴェンにとっても、敵を侮る癖を付けると、そのせいで死んじゃうかもしれないから」

リーシェの言葉に、フリッツが目を丸くした。

「それにね。勝負してみて分かったけど、スヴェンは反射神経がすごく良いんだよ。あれは確かに、もっとローヴァインさまに見てもらわないと勿体《もったい》ないと思う」

十日しかない訓練期間で、直接指導してもらう時間は重要だ。リーシェが真面目に考えていると、フリッツが楽しそうに破顔した。

「ルー。お前ってさ、けっこう変わってるよなあ」

「そういえば、そのルーって呼び方」

「ああ！　ルーシャスだから、あだ名を付けるならこれかなと思って。嫌だったか？」

尋ねられ、リーシェは首を横に振る。

騎士だったかつての人生において、その呼び方は確かに『ルーシャス』のあだ名だったのだ。そのためか、とても懐かしい気持ちだった。

「呼んでもらえると嬉《うれ》しい。ありがとう、フリッツ」

「……！」

リーシェが微笑んだその瞬間、フリッツが自分の胸の辺りを手で押さえた。

「どうしたの？」

「いや、なんか、なんだろうな」

具合が悪いわけではなさそうだが、フリッツはひとつ咳払《せきばら》いをした。

「えーと……あ、ああそうだ！　今日、訓練が終わったら町に昼飯を食いに行こうって話になってるんだけどさ。ルーはやっぱり仕事があるのか？」

「そうだね。このあとはちょっと、大変な仕事が……」

そして午後。

リーシェは男装を解くと、湯浴《ゆあ》みを済ませて身支度を整えた。

緩やかなウェーブを描く珊瑚《さんご》色の髪を、清楚《せいそ》な雰囲気のハーフアップにする。淡い月色のドレスを纏《まと》い、真珠の耳飾りをつけたリーシェは、爪紅で指先を淡いピンク色に彩った。

そして、普段の軍服にマントと白い手袋を着けたアルノルトと共に、応接の間に向かう。

主城内を歩きながら、リーシェはそっと尋ねてみた。

「カイル王子殿下は午前中、皇帝陛下と皇后陛下にご挨拶なさったのですよね。その際に、何か変わったことはありましたか？」

するとアルノルトは、いかにも面倒くさそうな顔をして口を開いた。

「父帝は、コヨルの王子が当面の間この国に滞在することを許可したらしい。婚姻の儀には『事情があって』参加できない人間が、どれほど長く滞在する気かは知らないが」

棘《とげ》のある言葉に苦笑する。とはいえ、今回礼を欠いているのはカイルの方なので何も言えない。

（でも、そこが変なのよね）

カイルは本来、とても生真面目で礼儀正しい人物だ。リーシェはそのことをよく知っている。

『――カイル王子。お薬を飲んだあとの体調について、細やかな記録をありがとうございます』

あれは確か、薬師だった人生で、師からカイルの治療を引き継いだ直後のことだっただろうか。

その日の公務を終えたカイルは、なおも書斎に籠もって机に向かい、ペンを走らせていた。

『ですが、どうか休んでください。あなたが体調を崩されては、元も子もありません』

『安心してくれ。もちろん無理はしていないさ、ヴェルツナー』

リーシェのことを名字で呼んでいた彼は、一文字一文字丁寧に書き綴《つづ》りながら言ったものだ。

『この新薬を作り出すために、君や君の師がしてきた苦労は知っているつもりだ。だからこそ、僕に出来る方法で報いたい。手を抜くわけにはいかないんだ』

『……うちの師匠なら、苦労なんて、薬が出来た瞬間に忘れていると思いますよ。あるいはカイル王子が完治して下されば、すぐにでも忘れられるかと』

リーシェが冗談めかして言うと、一方の彼は大真面目に、『善処する』と頷いたのだ。

（薬師以外の人生でお会いしたときも、誠意と礼節を持って接してくれたわ。少なくとも、訪問先の都合をなにも考えず強行突破するような方ではないのに……）

あれこれと考えているうち、応接の間に辿《たど》り着く。見張りの騎士が扉を開けてくれたので、アルノルトと揃って入室した。

アルノルトが先に着座するが、リーシェはまだ椅子に座らない。アルノルトと婚約中の身とはいえ、まだエルミティ国公爵家の令嬢に過ぎないからだ。

だからこそ、今回のような皇太子と王子の対面において、最初から同じ椅子につくことはない。

彼らの挨拶が一通り終わるまでは、こうして隅に控えている。

「コヨル国王子、カイル・モーガン・クレヴァリー殿下がお見えです」

その言葉に、リーシェはすっと頭を下げた。

アルノルトとカイルの挨拶が終わるまで、顔を上げることはない。そのためしばらくは、彼らの声だけを聴いている形だ。

「このたびはご婚約おめでとうございます、アルノルト殿下。このカイル・モーガン・クレヴァリー、コヨル国王である父の名代として、お祝いをしたく馳《は》せ参じました」

「遠路はるばるご足労いただいたこと、心より感謝申し上げる。貴国からの祝福は、我らの前途を照らす標《しるべ》となるだろう」

皇太子と第一王子、立場上はどちらも対等なはずだが、ふたりの話している雰囲気はそうではない。ココル国の方が、皇国ガルクハインに比べて、遥《はる》かに立場が弱いのだ。

（国力に差があるのは明白だわ。ココル国は宝石が産出されて、金鉱を有する国でもあるけれど）

問題は、それ以外の物資についてだ。

（冬は雪に閉ざされて、食料の確保や流通が難しくなる。生活必需品である薪《まき》の消費も激しくて、食料も燃料も自国だけでは賄えない）

金銭的に裕福だが、他国から狙われる要素を大いに含んでいる。その危うい立ち位置を、活発な外交と政略結婚でなんとか保ってきた国だ。そんなココル国にとって、海を挟んだ向かい側にある軍事国家ガルクハインは、絶対に敵に回してはいけない国だろう。

（いまから五年後、ココルは各国とガルクハイン国と敵対する。――そして敗北し、侵略される）

今のココル国が抱える問題といえば、軍事的な脆《もろ》さと、世継ぎであるカイルの体の弱さだ。そのカイルが、過酷な船旅を経てでも無理矢理やってきたということが、問題の厄介さを想像させる。

やがて挨拶の応酬が終わり、アルノルトがこちらを見たのが気配で分かった。

「リーシェ」

「はい。アルノルト殿下」

アルノルトに名前を呼ばれ、顔を上げた。隅に控えていたリーシェは、まだ着席していないアルノルトの隣へと歩み出る。

「妃《きさき》となるリーシェだ。以後よろしく頼む」

「お初にお目に掛かります」

リーシェは正面のカイルを見た。

陶器のような肌に銀色の髪。短く切り揃えられた銀髪は、表面に光を帯びている。

瞳は薄い水色で、意志が固そうな強い光が宿っていた。まるで、清らかな湖の水面だ。

（本当に、氷の精霊のようだわ）

少女たちが頬を染め、彼の噂《うわさ》をしていたことを思い出した。

「リーシェ・イルムガルド・ヴェルツナーと申します。カイル王子殿下にこうしてお目に掛かれますことを、大変光栄に感じております」

「カイル・モーガン・クレヴァリーと申します」

カイルは淀《よど》みなく膝をつき、リーシェの前にすっと跪《ひざまず》いた。

まるで本職の騎士のような、完璧な所作である。彼が目を伏せると、氷で出来ているかのような睫《まつげ》毛が光に透けた。カイルはその体勢のまま、ごく自然にこう述べる。

「――まるで麗しき女神のようだ」

（あっ）

大真面目な顔をして、カイルがリーシェをまっすぐに見上げた。

「お目に掛かれて恐悦至極。このような美しきお方の前で、口を開く無礼をお許しください。アルノルト殿下の細君ともあれば、さぞかし佳麗な姫君に違いないと考えておりましたが、これほどのお方とはどうして想像できましょうか」

（あ、ああ――……そうだったわ）

「我が国が誇る黄金も、リーシェ殿の溢《あふ》れんばかりの輝きには敵《かな》いません。満開に咲き乱れる花々ですら、貴女《あなた》の前では己の存在を恥じるでしょう」

真摯な表情で告げられる賛辞を聞き、リーシェは思い出す。

かの国では、『男性が女性を褒め称《たた》える』という文化があるのだ。

彼らは幼い頃から、日常的にその手法を教え込まれる。女性がコヨル国でぬかるんだ道を歩こうとすれば、見知らぬ男性が足を止め、危なくないよう紳士的にエスコートしてくれるのだった。

（『家から出られない冬の時季が長いから、家庭円満のために編み出された』と聞いたけど）

とにかくコヨルの男性たちは、身分が高いほどその文化を尊重する傾向にあった。

あくまで礼儀としてであり、カイル自身に他意はない。しかし、生真面目な彼があまりにも真摯に褒めるので、女性たちからは『つい真に受けそうになる』と評判だった。

「勿体ないお言葉です、カイル殿下」

微笑み、さらりと賛辞を流す。そんなことよりも、リーシェには気掛かりなことがあった。

（――カイル王子の顔色が悪すぎるわ……!!）

跪いているカイルを見下ろして、絶望する。

（ただでさえ白いお肌が、いっそ青白く見えるくらい。唇が乾燥していてひび割れている。眼《め》のふちに見える粘膜の色も、ちょっと白すぎじゃないかしら!?　姿勢にも普段より元気がないし、声のトーンが明らかに低いし！）

いまの彼に必要な栄養素と薬草を、頭の中で素早く計上した。そうこうしているあいだにも、カイルはリーシェを褒めそやす。

「花嫁殿は、指先までもがお美しい。まるで宝石を纏っていらっしゃるかのようです」

「ありがとうございます。この爪紅は今後、ガルクハインで製造する予定の品となっておりまして。ゆくゆくはコヨルの皆さまにもお楽しみいただきたいですわ。ね、アルノルト殿下――」

「…………」

隣に立つ婚約者を見た瞬間、リーシェはびっくりする。

アルノルトが、ものすごく冷たい目でカイルを見ていたからだ。

(え!? 私いま、何かヒントを見落とした!?)

アルノルトの表情は、第三者が見たら怯《おび》えて泣き出しそうなほど冷ややかなものだった。

いまのカイルとリーシェの会話に、何か重要な真相が隠されていたのかもしれない。とはいえカイルに見られる前に、さりげなくアルノルトの方に手を伸ばす。

「あ、アルノルト殿下……」

「……ああ」

リーシェが上着の裾をつんっと引くと、アルノルトは若干表情を和らげ、カイルに着席を促した。

「口上はこのくらいとしよう。どうか楽にし、貴国の城だと思ってくつろいでいただきたい」

「それでは、お言葉に甘えさせていただきます。――リーシェ殿。女神にも等しきお方の御前で、見苦しい真似《まね》をお許しください」

「滅相もございません。それから、私は未《いま》だ皇族の末席にすら加わっていない身の上。どうぞお気遣いなくお話しいただければと」

そんなやりとりを踏まえた上で、椅子に掛けて世間話をする。

会話が始まってみれば、アルノルトは普段通りの不愛想さだったものの、先ほどのような冷たさはない。そのまま数十分ほど会話をしてみたが、カイルの目的は掴《つか》めないままだった。

「――それでは、このあとは城の者が、貴殿の部屋へと案内させていただく。旅の疲れが癒えるよう願うばかりだ」

「勿体ないお気遣い。ありがたく頂戴いたします」

会談が終わり、カイルが退室したあと、リーシェとアルノルトはふたりで応接の間に残った。

椅子の背もたれに身を預け、深呼吸をする。怒濤《どとう》の社交辞令を浴び続け、リーシェはすっかり疲れてしまった。

アルノルトとふたりきりになると、なんとなく人心地ついた気持ちになる。もっとも、ここまでアルノルトと居るのが馴染《なじ》んできているのも、なんだか不思議な気持ちだけれど。

「……何か分かりました？　アルノルト殿下」

「掴めないな。今の会話では無難な発言ばかりで、カイルの真意のかけらも出ていない」

「え。じゃあさっき、視線だけで人を殺せそうなお顔をなさってたのは一体!?」

驚くと、アルノルトはどうでもよさそうな表情で頬杖《ほおづえ》をついた。

「そんなことより、カイルは何人かコヨルの学者を連れてきているらしい。この国の学者と情報交換をする場が設けられることになっているが、お前も話を聞きたいのであれば調整するぞ」

「よろしいのですか？」

思ってもみない提案に、リーシェは目を輝かせた。

「接待の面倒を掛けられる分、こちらも得るものがなければ割に合わない」

「い、一応名目上はお祝いに来て下さってるんですよ！　でも嬉しいです。実は、病弱だとお聞きしていたカイル王子に是非飲んでいただきたいお薬がありまして」

この時期になったのは予想外だが、カイルは元より婚姻の儀の招待客だ。

彼がこの国を訪れた際、病を治す薬を提供できるよう、リーシェは準備を進めてきた。彼の完治に必要な薬草は、すべて頭に入っている。

「コヨルの学者陣が納得して下されば、お料理にこっそり一服盛る必要もなくなりますから」

「……なに？」

「いきなりお薬を差し出しても、怪しすぎて飲んでいただけないでしょう？」

薬師以外の人生では、薬学の師匠であった人物宛に匿名の手紙を書き、カイルを治すための薬についてを伝えていた。あの師は、薬の研究のためならなんにでも手を出す人物なので、不審さが満載なリーシェの手紙もきちんと実行に移してくれていたようだ。

「お薬は、なるべくなら早めに飲み始めていただきたいですから。しばらくは食事に混ぜる戦法で、さりげなく服薬していただくしかないかなと考えていたんです」

リーシェが言うと、アルノルトが眉根を寄せた。

「……冗談ですよ？」

「お前が言うと冗談に聞こえない」

いつだったか、リーシェがアルノルトに言ったような台詞をそのまま返される。実は半分本気だったことは、この際黙っておくべきだろう。

「……ひとまず、次の面倒ごとは明日だ。カイルを歓迎する夜会を開くことになっているので、不本意だが俺たちも出席する」

「はい。支度を進めて参ります」

「カイルとローヴァインに顔合わせをさせるのは、その夜会が最も自然だろうな。カイルも牽制《けんせい》に勘付くだろうが、外交上の……おい、なんだその愕然《がくぜん》とした顔は」

硬直したリーシェを見て、アルノルトが顔をしかめた。しかし、テオドールとの約束がある以上、動揺の理由を明かすわけにはいかない。

（カイル王子を迎える夜会に、ローヴァイン閣下が参加するということは……!!）

考えてみれば当然の流れに、冷や汗をかいた。それはつまり、リーシェだってローヴァインに会わなくてはならないということを意味するのだ。

（私が『ルーシャス』であることが、ローヴァイン閣下にバレちゃう!!）

＊＊＊

その夜、リーシェは護衛の騎士ふたりに同行してもらいながら、いつもの通り畑へと向かった。洗いやすくて汚れの目立たない紺色のドレスを纏い、普段下ろしている長い髪は、高い位置で馬の尻尾のように結ぶ。黙々と薬草の収穫をしながら考えるのは、新たな懸念事項のことだ。

（ローヴァイン閣下に夜会で会ったら、『ルーシャス』の正体が露呈してしまうわよね……。訓練期間が終わったら謝罪するつもりでいたけれど、それまでは隠し通したいわ）

リーシェはこの国の騎士を学びたい。それは、自身の鍛錬や体力作りのためだけではなかった。

（そうすることで、五年後に『皇帝アルノルト・ハイン』が築き上げるもののことを、少しでも理解出来る気がする……）

小さな新芽を間引きながら息を吐き出す。それから、ぐっと気合いを入れ直した。

（カイル王子を歓待できて、ローヴァイン閣下に気付かれず、殿下にも怪しまれない方法を取るしかない。夜会はあの手で乗り切るわ！　すごく疲れるけど、五度目の人生の応用でいけるはず！）

手に付いた土を払い、籠を手にして立ち上がる。すると、夜風がふわりと頬を撫《な》でた。

春が終わると、この大陸には短い雨季がやってくるのだ。今夜の風は、そんな雨の時季を前にした心地よい風だった。

もうじき蛍の季節だろうか。ひょっとしたら、この城内でも見られる場所があるかもしれない。

そんなことを考えていると、少し離れた塔の窓に、いくつかの明かりが灯《とも》っているのが見える。

普段であれば、あの辺りは真っ暗なはずだった。リーシェが眺めていると、それに気が付いた騎士が教えてくれる。

「あの塔には、ココル国からお越しになった学者の皆さまが滞在なさっています」

「まあ。そうだったのですね」

ココルの学者というからには、何人かリーシェの顔見知りがいるはずだ。もちろん今の人生では、リーシェが一方的に知っているだけだが。

（ギディオンさんはいるかしら。グレッグさんは船が嫌いだから、ココルに残っていそうだけど）

懐かしい面々を思い出していると、必然的に浮かんでくる人物の顔がある。

（師匠は今、薬学の文献を求めてあちこち旅している時期ね）

薬師の人生では、いまからおよそ一年半後に薬学の師と出会う。独学で薬を学んでいたリーシェに目を掛け、色々と教えてくれた人だ。

その師匠とは二年ほど一緒にいたが、まだまだ教えてもらいたいことは山積みだった。

（今回のココル国ご一行に、師匠が交ざっているはずはないけれど……もし会えたら、色々と相談したかったわ）

カイルの件だけに限らず、今後のために作りたい薬はたくさんある。問題は、薬草の種類がまだ十分に揃っていないことだ。アリア商会に頼み、なんとか仕入れられないか相談中ではあるが、薬学大国であるレンファ国などを当たらなくては難しいかもしれない。

（とはいえ、いまはカイル王子だわ。なんとか学者さんたちを説得して、数日だけでも薬を試していただきたいけれど）

だが、この薬はとにかく不味《まず》いのだった。薬に毒性がないことを証明しようとしても、ちょっと時間が掛かりそうな程度には。

（でも、なんとか薬は飲んでもらわないと……このままだと五年後には、カイル王子は病床から起き上がることすら出来なくなるのだもの）

リーシェがそれを知って出来ているのは、一度目の人生で、商人としてカイルに接しているからだ。

商いで宝石を扱っていたこともあり、あるきっかけから、コヨル国王室との取引が生まれた。カイルはリーシェを重宝し、たくさんの取引をしてくれたが、彼の病状はどんどん重くなるばかりだったのだ。五年後のコヨル国は、第一王子カイルに見切りを付け、齢《よわい》五つの第二王子を世継ぎとして見るようになる。

（そういえば今年は、カイル王子の異母弟君がお生まれになる年。私と同じ七の月がお誕生日だったはずだから……来月なんだわ）

今ごろきっとコヨル国では、あのやさしい第三王妃が、初めての出産に挑むべく張り切っている頃だろう。起き上がる力も無く、掠《かす》れる声でそう紡いだ彼の言葉を、リーシェは今でも思い出す。

『王位継承権に興味は無い。意味があるとも思わない。……だが、僕を王子として尊重してくれたこの国と民に、恩が返せないまま終わってしまうことが恐ろしい』

（……とにかくカイル王子には、元気になっていただかないと）

畑の傍《そば》に屈み込み、カイルに飲ませる薬草を摘む。

（いままでの繰り返しの中で、カイル王子がこのタイミングでガルクハインを訪問したことはあるのかしら。どの人生でも起こっていた出来事かもしれないけれど、今回が初めての可能性もあるわ）

なにしろカイルが訪問した名目は、『アルノルトとリーシェの婚約祝い』なのだ。

（もしもこれが、いままでの人生とは違う変化点のひとつなら。つまりは少しだけ、世界の動きが変わったことになる）

そう思うと、これは紛れもなく希望である。

（意味がある。何かが確実に動いている。……よし、ますますやる気が出てきたわ！）

未来を変えて、一秒でも多く長生きしたい。それから一刻も早くごろごろしたい。目指すは毎日たっぷり十時間寝て、昼は木陰で本を読み、午後のお茶を楽しむ日々だ。夕暮れのバルコニーにハンモックを出し、湯上がりの髪を乾かしながら果物を食べるのは、どんなに幸せなことだろう。

その想像に没頭していると、騎士たちが張り詰めた声を出す。

「リーシェさま。お下がりください」

彼らとほとんど同時に、リーシェもそれに気が付いた。

「――驚いたな」

聞こえたのは、男性の柔らかい声である。聞き覚えのある声に、リーシェは思わず立ち上がった。

建物の陰になり、よく顔が見えないが、彼の羽織る白い上着はちゃんと見える。近衛《このえ》騎士たちが剣を抜かなかったのは、上着につけられたコヨル国の腕章が理由だろう。

「こんな畑を管理しているのは、私と似た職業の人間だろうと思ったのだけれどね。まさか護衛をふたりも連れた、貴い身分の人だとは」

「あなたは……」

男は軽い足取りで、リーシェの方に歩いてくる。

彼の顔が月明かりに照らされ、姿をはっきり見取ったリーシェは、予想外の事態に息を呑《の》んだ。

（どうして？）

その男性は、肩まである少し長めの金髪を、するりと指で耳に掛けた。

上着の前を閉めていないから、羽織っているだけのそれが風に煽《あお》られている。白衣の裾をなびかせながら、男は嬉しそうに微笑んだ。

どこか女性的でもある顔立ちは、彼の年齢を分からなくさせるような、妖艶な美しさを持っている。

（この人がいま、カイル王子のお傍にいるはずが……いいえ、その思い込みは間違いだわ！　私がこの人に出会うまで、どこで何をしていたかを正確に聞いたことなど無いのだから――）

その男は、火の付いた煙草《たばこ》を指に挟んでいた。

あれは細身の香り煙草で、葉巻のような毒素は入っていない。その代わりに、穏やかで甘い花の香を撒《ま》き散らす。それを知っているのは、彼の元で長く学んでいたからだ。

「こんばんは、私の同類らしき人。その薬草は何に使うおつもりかな？」

（――――先生）

かつてリーシェがそう呼んだ男、ミシェル・エヴァンが、目の前に立っている。

＊＊＊

『人間の生み出したるものは、正しく使われなくてはならない』

リーシェが彼と最後に会ったのも、ちょうどこのような月夜のことだった。

『それには概《おおむ》ね同意するけれど、この訓戒には問題がある。それはつまり、「正しさ」なんて、誰にも定義できないということだよ』

天才ミシェル・エヴァンは、あのときも香り煙草を咥《くわ》え、花の香りを纏いながら言ったのだ。

『私のこの「薬」を使えば、きっと世界は簡単に壊れる。でも、それは本当に間違いなのかな』

淡い金色の髪を耳に掛けながら、ミシェルはそっと微笑んだ。

『自分が生み出したものが、世界をどんな風に変えるのか見てみたいと願うのは、悪いこと？』

『……先生』

菫《すみれ》色をした瞳がリーシェを見る。

彼はこころ寂しげに、それでいて微笑みを消さないまま口にした。

『――さようなら、私の教え子。願わくは君の人生が、君にとって正しきものでありますように』

彼と会ったのはそれっきりだ。

そんなミシェルがいま、目の前に立っている。驚いて立ち尽くすリーシェを守るように、ふたりの護衛騎士が歩み出た。

「失礼いたします。お客さまとお見受けしますが、念のためお名前をお聞かせ願えるでしょうか」

「んん？　……ああ！　驚かせたのならすまないね」

ミシェルはそう言って一礼をした。体の重心に芯がない、ふわふわとした立ち居振る舞いだ。

「私はミシェル・エヴァン。君たちの推察通り、コヨルから来た者だよ」

「皆さまにお泊まりいただいている塔は、ここから少し離れた場所にあります」

「城内で迷われたようでしたら、ただちに他の騎士を呼び、塔までご案内いたしましょう」

普段はやさしい騎士たちが、どこか張り詰めた空気でミシェルに接する。当のミシェルは意にも介さず、にこにこ微笑みながらこう言った。

「やさしいね、でも私は迷子じゃない。そこの女の子に興味があるから、話を聞いてみたいんだ」

「エヴァン殿。失礼ながら、この方は我が国の……」

「大丈夫です。おふたりとも」

リーシェが止めると、騎士たちは「承知しました」と言い、一歩ずつ後ろへ下がった。守ろうとしてくれた彼らに感謝しつつ、リーシェはミシェルに向き直る。

（ここで先生に会ってしまったのは、本当にびっくりしたけれど）

ひとまずは初対面の人間として、初対面らしい挨拶と質問をしなくてはならない。

「リーシェ・イルムガルド・ヴェルツナーと申します。エヴァンさまは、カイル王子殿下がお連れになった学者の方でしょうか？」

「まあ、学者という言い方が最も適切かな？　私は研究優先で、現場での仕事はほとんどすることがないからね」

ミシェルはくすっと笑いながら、人差し指をこちらに向ける。

「――その爪」

彼が示したのは、爪紅でピンク色に彩ったリーシェの指先だ。コヨル国に爪紅を流通させる布石になればと、カイルと会う前に塗り、まだ落としていないものである。

「ジェルウッドの樹液かな。本来であれば乳白色の樹液を、染料で着色しているみたいだけど」

指摘され、こくりと喉を鳴らす。

（これを一目見ただけで、そこまで見抜くなんて）

この爪紅は、リーシェが作り出したものだ。当然ミシェルは存在を知らず、いま初めて目にしたもののはずだが、あっという間に分析されてしまう。

「硬化にはどんな方法を使ったの？」

「リッシ草にジビーの花蜜、ラペト草を加え、膠《にかわ》と一緒に調合しました」

「なるほど。それは上手な組み合わせだなあ」

ミシェルは感心したような声で、改めてリーシェの爪を観察した。

「キリル草を使わないのは、余計な気泡の発生を防ぐためかい？」

「仰《おっしゃ》る通りです。すべてお見通しなのですね」

「まあ、理論上の計算をしただけに過ぎないけどね」

ミシェルは言い、悪戯《いたずら》っぽい目を向けてきた。

「――そこに混ぜるものが、エストマの樹液だったらどうなると思う？」

頭の中に浮かぶのは、実験を繰り返してきた日々のことだ。

（エストマの樹液は、先生の元にいたときに何度も扱ったわ。だからこそ、思い描ける）

リーシェはミシェルの目を見上げ、頭の中に組み上がった推測を答える。

「私が調合したものよりも、もっと強力に固まるかと。欠けた歯の接着にも使える頑丈さで、濁りはなく、透明なまま硬化するように思えます」

「うん。私も君の意見に賛成だな」

「ですが、これはあくまで想像の域。結果がどうなるかは、検証しなくては導き出せません」

そう告げると、ミシェルは少しだけ目を丸くした。続いてふっと柔らかく笑み、満足そうに頷く。

「君はとってもいい子だね。理論の組み立てが出来て、応用も利いて、実験と実証を大事にしている。叶うことならば、私の教え子にしたいくらいだ」

「ありがとうございます、エヴァンさま」

かつての人生でも同じような言葉を掛けられた。だが、あのときと同じ返事はできない。

「師事することは難しいですが……エヴァンさまが滞在なさっているあいだだけでも、色々とご教示いただけないでしょうか」

「ああ、もちろん構わないよ。私もまだまだ勉強中の身で、知らないことは山ほどあるが」

「ありがとうございます。では、エヴァンさまは私の『先生』ですね」

「先生か。ふふ、なんだか面白いな」

機嫌の良いミシェルに微笑みを向けつつ、リーシェは考えを巡らせる。

（問題は、先生がガルクハインに来た目的だわ。もし、あの『薬』のためだったら……）

焦燥が胸の中にじわりと湧いた。しかし、余計なことを尋ねて矛先を向けたくはない。

彼は純粋に、カイルの命令で同行している可能性もあるのだ。様々な状況に考えを巡らせていると、ミシェルの視線が畑へと戻される。

「ところで我が教え子。最初の質問に戻るけれど聞いても良いかい？」

「はい、なんでしょう？」

「この畑に生えている植物は、私の専門分野とは少し外れているようだ。だからそれほど詳しくないし、あくまで推測になるのだが――」

指の間に挟んでいた香り煙草を咥えながら、ミシェルが言った。

「ひょっとして君は、カイルに一服盛るつもりかな？」

詳しくないなどと言いながら、しっかり用途を見抜くのはやめてもらいたい。お陰で傍らの近衛騎士たちが、驚愕《きょうがく》のまなざしでリーシェを見てくるではないか。

（たとえ専門の分野でも、『自分は詳しい』なんて仰らないのが先生だわ。『万物を知っているわけでもないのに、完璧に理解できたなんて言えるはずもない』って）

そんなところは相変わらずだ。いいや、このミシェルはリーシェの知る以前のミシェルだから、相変わらずだなんて言い方は間違いかもしれないが。

こほんと咳払いをし、リーシェは言った。

「あのですね、先生。そのことで、早速ご相談があるのです」

これは絶好の機会である。出会ってしまったからには、カイルのために働いてもらわなければ。

（——とは言ったものの……）

数十分後、自らが招いたその展開に、リーシェは頭を抱えたくなった。

やってきたのは主城の応接室だ。昼間に使った部屋とは違う、もう少し小さな一室である。その部屋には、リーシェとミシェルと護衛の騎士、それから呼び出されたカイルがいた。

（まさか、いきなりカイル王子のところに行くとは思わなかったわ）

カイルは困惑しきった顔をしつつも、リーシェには丁寧に挨拶を述べる。

「素晴らしい夜をありがとうございます、リーシェ殿。一日に二度も貴女にお目に掛かる幸運が訪れようとは、身に余るこの喜びをなんと表現したらいいか……」

「カイル殿下、どうかくれぐれもお気遣いなく。お心のままに発言なさってください」

「……では、お言葉に甘えて。ミシェル、お前は一体何をしているんだ」

カイルは困った顔のまま、自身の隣に座るミシェルを見た。ミシェルはにこにこ微笑みながら、やさしい声音で言う。

「中庭ですごい子を見つけたんだよ。良いものを持っていたから、カイルにも早く紹介したくて」

「言葉を慎むべきだ。そのお方は、ガルクハイン国皇太子殿下の婚約者殿だぞ」

「あれ、そうだったの？　でもこの子、ついさっき私の教え子になったんだよ。いいでしょ」

カイルから不思議そうな目を向けられて、リーシェは『すみません』と頭を下げる。ついついミシェルの身内のように謝ってしまうのは、彼の教え子だった人生の名残だ。

「この子は薬学に精通してるようでね。彼女の調薬したものが、カイルの体に効きそうなんだ」

「調薬？　リーシェ殿が？」

「なんと、レンファ出身の師匠に学んだんだって。少し話を聞いた限り、かなり私と気が合いそうなお師匠さまだったよ。ね？　リーシェ」

「あはは……」

ミシェルの問い掛けを笑顔で誤魔化す。そんなこと気にもせず、ミシェルは続けた。

「私は専門外の薬草だったけれど、それでも薬効くらいは把握している。確かに効果がありそうだし、副作用も日常生活に支障の無い範囲。これは是非とも、カイルで実験するべきだと思ってね」

「先生、一国の王子殿下をお相手に『実験』は駄目です……！」

「あれ？　失敗したかな。常識というのは難しいね」

ミシェルは驚いた顔の後、なんともいえない表情をしているカイルを見て、にこりと微笑んだ。

「でも、私は心から、カイルに早く治ってほしいなあと思っているよ」

（ああ、先生、その言い方は……）

カイルはとても生真面目で、誠実な心の持ち主だ。病弱な体を持ち、それによって迷惑を掛けているという意識が強い分、他人からの誠意を断れない。

「分かった」

（あーー……っ）

案の定、カイルは大真面目な顔で頷いた。有り難いのだが、その分心配にもなってしまう。

「カイル殿下、よろしいのですか？」

「我が国随一の学者が保証し、試してみたいと言っている薬です。元よりあらゆる手を尽くす覚悟の身、ここで新たな可能性が生まれたということであれば僥倖《ぎょうこう》だ」

それから彼は、はっきりと言った。

「なにより、女神にも等しいお方に用意いただいた薬ともあれば、それだけである程度の効用はあろうというもの」

「……では、これより準備いたします……」

リーシェは少し遠い目をしたあとで、早速立ち上がった。

カイルの調薬を始める前に、アルノルトへの報告が必要だ。護衛騎士のひとりに頼み、主城の執務室で仕事をしているはずの彼に伝言をしてもらう。アルノルトからの返事として戻ってきたのは、『分かった』という簡素なものだった。

どうやら彼は本当に、リーシェを限りなく自由にさせるつもりらしい。やはり真意が読めないと思いつつ、仕事に取りかかる。

（まずは、薬液を作らないと！）

薬草を積んだ籠を持って、リーシェは早速離宮に向かった。厨房《ちゅうぼう》のかまどに火を入れて、複数の薬草を処理したものを煮込む。鍋の管理を侍女に頼み、応接室に戻ってからは、問診を行った。

「……なるほど。それでは旅の道中は、あまりお食事を取ってらっしゃらないのですね」

「恥ずかしながら、船酔いが酷《ひど》く……。海上では、ずっと船室に籠もっていました」

「それは大変でしたね。では、ガルクハインに到着なさってからは？」

「……到着後はずっと馬車酔いで……」

カイルは本気でしょげているようだ。仕えている王子の姿を見て、ミシェルが柔らかく微笑んだ。

「でも、カイルも頑張ったんだよね。吐き気と闘って偉かったと思うよ。果物も吐いちゃって可哀《かわい》想《そう》だったし。なんとか水や氷だけは口に入れさせたけど、私は他人の世話に向いてないからな」

「……ミシェル。頭を撫でるのはやめてくれないか」

「私みたいな専門外の人間より、普通の薬師を連れてくればよかったのに」

するとカイルは、少し困ったような表情をした。

「もうじき王妃殿下のご出産だ。王室仕えの薬師は限られているのだから、ひとりでも多くお傍に残していくべきだろう。――もちろん、お前を残すという選択肢もあったのだが」

「だめだめ。出産なんていう素晴らしい分野、私の専門外に決まってるだろう？」

「つい先日、『牛の出産に立ち会わせてもらった』と血まみれで帰ってきたじゃないか。研究の一環ではなかったのか？」

「ううん。見たことなくて興味があったから、ついついはしゃいで参加しただけ」

「……お前、そんな理由でコヨル城を恐怖の渦に叩《たた》き込んだのか……」

相変わらずのやりとりを、リーシェは微笑ましく見守った。

（十八歳のカイル王子より、先生の方が幼く見えることが度々あるのよね。もっとも、先生が何歳なのかは誰にも分からないのだけれど……）

なにしろミシェル本人が、自分の年齢を覚えていないのだ。

外見だけでいうと、ミシェルは二十代半ばから後半くらいに見える。しかし、それよりももっとあどけなく思えるときもあれば、長い年月を生きているような物言いをすることもあるのだ。

「ともあれ、今日の夕食は食べられたし。カイルの体力も、ちょっとずつ回復していくはずだよ」

ミシェルは言うが、カイルは浮かない顔のままだった。

「自己管理が出来ていなくて情けないです。もっと、己を厳しく律さなければ……」

「カイル殿下。自己管理というのは、自分に厳しくすることではなくて大切にすることですよ。まずはたっぷり休んで、じっくりお風呂に入って、栄養のある美味《おい》しいものを食べます。伸び伸びと運動をして、いっぱい笑って、ご自分が好きだと感じられるような時間を過ごして下さい」

リーシェはカイルに微笑みかける。

「健康になるためには、そうやって人生を楽しんでいただかないと」

「人生を、楽しむ……」

噛《か》み締めるように繰り返した彼を見て、リーシェは頷いた。

「お帰りのことは心配なさらず。船に酔わないようにする薬を調合しますから、お土産に持ち帰って下さいね。今度はきっと、景色を楽しむ余裕も出来るかと」

カイルは少し驚いたような顔をしたあと、深々と頭を下げた。

「ありがとうございます。リーシェ殿」

「いいえ。どうかお気になさらずに」

「ところでリーシェ。薬が出来るまでのあいだ、私の書いたこれでも見るかい？」

ミシェルが無造作に指し示したのは、彼が持ってきた書物だった。

「先生、もしかしてこれは……」

リーシェと同様に、カイルも気が付いたようだ。

「先日見せてくれた、お前の研究記録だな」

「そうだよ。みんなに言われた通り、一応書き記してみたものだ。だけどやっぱり私には向いてないな、すべて自分の頭に入っているんだし」

「自分の興味がある研究以外、お前は忘れてしまうだろう？　とはいえ、その記録は内容が難解すぎる。初対面のお方にいきなりお見せするには……」

「ふわあああ……!!」

受け取った書物のページをめくり、リーシェは思わず声を漏らした。

（すごい！　私が先生と出会った頃には、すでに実験材料として燃やされていた研究結果だわ!!　何を書いたか覚えてないって言われるし、気になって気になって仕方がなかった記録……!!）

実験結果だけを割り出し、それで満足してしまったものがいくつもあるようだが、突き詰めればどれも様々な成果物に繋がりそうである。少し読むだけで、止まらなくなってしまいそうだ。

「……驚いたな。リーシェ殿には、ミシェルの研究内容が分かるのか」

「ふふ。やっぱり、とっても興味深い子だなあ」

それから一時間ほどのあいだ、ミシェルに色々な質問をしながら過ごしたあと、離宮に鍋の様子を見に行った。

ある程度煮詰まったようなので、それを冷まして小瓶に移す。応接室に戻ってから、部屋で休んでいたカイルを呼んだ。出来上がった薬の瓶を差し出したリーシェは、神妙な面持ちでこう告げる。

「完成したお薬はこちらになりますが……実はこの薬には、ひとつだけ大きな問題があります」

その言葉に、ミシェルが不思議そうな顔をする。

「副作用のことかい？　主立ったものは、眠気が出てくる程度のように思えたけれど」

「いいえ、副作用ではありません」

「お聞かせ下さいリーシェ殿。病を克服するためなら、僕はどんな試練も乗り越えましょう」

リーシェはそっと目を伏せる。つられて神妙な面持ちになったカイルが、ごくりと喉を鳴らした。

「この薬は、お味がとても不味いのです」

「『味がとても不味い』」

カイルに鸚鵡《おうむ》返しにされ、こくりと頷く。するとミシェルがにこにこ笑い、「なんだ、そんなことか」と言った。

「カイルは大丈夫だよ。何しろとても強い子だし、真面目で努力家だし。ね」

「先生、ハードルを上げるのは止《や》めて差し上げてください！」

「……いいえリーシェ殿、弱音を吐いている場合ではありませんから。これが僕に与えられた試練だというのであれば、全身全霊を以《もっ》て挑むだけです」

「そうだ、私がカイルに飲ませてあげよう。はいあーん」

「あああ先生!!　駄目です、せめて水を用意してから……!!」

リーシェが止める隙もなく、ミシェルが小瓶をカイルの口元に押しつけた。慌てて何か言おうとしたカイルの口に、濁った緑色の液体が流し込まれる。

「――――……」

口元を押さえたカイルが、俯いて数秒ほど固まった。

恐らくは飲み込めないのだろうが、口の中に留《とど》めておけばおくほど辛くなる。リーシェが立ち上がろうとしたのと同時、ごくりと嚥下《えんげ》の音が聞こえた。

「だ、大丈夫ですか？」

「だっ、……………」

カイルが何か言いかけて、げほっと咳《せ》き込む音がした。

どうやら大丈夫ではなかったらしい。けれども彼は気丈にも、顔を上げて声を絞り出す。

「……大丈夫です。以前、父に言われて食べていた土よりは、口当たりが良くて飲みやすい」

「口当たりも何も、このお薬は液体ですからね!?」

口当たりという概念において、固体と液体を比較するのは多分一般的ではない。

「ねえねえカイル、どんな味？　どんな味がする？」

「苦みと酸味の入り交じった中に、独特の臭いが襲い来る。飲み干した後の妙な甘みが、舌に絡みついてぬるぬると……うっ」

「カイル王子、実況は大丈夫ですから!!　すみません騎士の方々、どうかお水を……！」

「もうちょっと頑張って味わってみようか。ほら、もうひとくち――」

「先生!!」

それからしばらくのあいだ、応接室は大変な騒ぎになった。

それでもなんとか落ち着いて、カイルには自室へ戻ってもらうことにする。薬の効果は別にしても、休養はしっかり取ってもらわなくてはならない。

ココル国の騎士に護衛を任せ、応接室にはリーシェとミシェル、それから護衛の騎士が残された。

「先生も、そろそろ塔に戻ってお休みください。騎士の方が案内をして下さるそうですから、その方がいらっしゃるまで少しお待ちいただけますか?」

「分かったよ。どうもありがとう」

時刻は夜の十時を過ぎる頃合いだ。リーシェも離城に戻り、眠る支度をする時間だった。明日も午前中は訓練だから、塗っている爪紅を剝がさないといけない。リーシェがそんなことを考えているあいだ、ミシェルは興味深そうに薬の残りを眺めたり、すくって舐《な》めたりしている。

リーシェにとってはなんとなく、懐かしいような心地の時間だった。

(まさか、この人のことをまた『先生』と呼べる日が来るなんて)

思い出すのは、研究室と呼ばれる一室での出来事だ。

あのときのミシェルは、とある秘薬の材料を手にしていた。珍しい光景ではなかったが、その秘薬にまつわる諸々《もろもろ》を目撃する度に、リーシェの心はざわついたのだった。

恐らくは、その不安が表情に出ることも多かったのだろう。

『――お前は本当にこの秘薬が嫌いだねえ、リーシェ』

かつてのミシェルはそう言って、ふわりと笑った。

『お前は賢い子だ。それに、どこから得たのか興味深くなるような知識をたくさん持っている。教え子としての欠点を挙げるとすれば、その知識や技術を、人を幸せにすることにしか使いたがらないという点かもしれないね』

天才と呼ばれるその学者は、残酷にも見える微笑みを絶やさない。

『私は、他人の幸せをお前が決めるのは、間違っていると思うよ』

彼が指先で撫でるのは、秘薬の配合を記した紙だ。

『お前に分かりやすい喩《たと》えを使うのであればね。毒薬として生まれてしまったものの存在意義は、役目通りに人を不幸にすることじゃないかな？』

製薬方法を記した紙なんて、本当はミシェルに必要がない。仕えていた主君に命じられた時ですら、その記録を燃やしてしまったのだ。

そんなミシェルが、唯一自主的に書き上げたのが、くだんの秘薬の作り方だった。

『自分の生み出した薬には、その役割をまっとうさせてやりたいんだ。……ひょっとしたら、こういうのを親心というのかもしれないね』

冗談めかして笑ったミシェルに、あの頃のリーシェは言ったのだった。

『先生のことは尊敬していますが、私にはどうしても分かりません』

『分からないって、どんなことが？』

『先生の仰った、毒薬の存在意義についてです』

異を唱えるのは間違いだったのかもしれない。しかし、どうしても飲み込めなくてこう続けた。

『毒薬には、本当に、誰かを幸せにすることは出来ませんか？』

そう尋ねると、ミシェルは驚いた顔をする。しかし、リーシェは本気だったのだ。

『誰かを不幸にするため生まれたなんて、その決め付けこそが先生らしくありません。だって、それではまるで――』

『そんなに心配しなくとも、この秘薬はまだ完成しないよ』

リーシェの言葉を遮るようにして、ミシェルは笑う。

『薬としては出来上がっている。だけど、実験に必要な人材が手に入らない。――この薬を、私が望んだ通りに使ってみせる、そんな人間がいないんだ』

『……必要なのは、一体どんなお方なのですか？』

『んん？　そうだなあ』

ミシェルは人差し指を口元に当て、とびきり美しく微笑んだ。

『見つかるまでは、秘密にしておこう』

だから、この話はこれでお終《しま》い。

そんな雰囲気を言外に込めて、ミシェルは目を伏せたのだった。

（私と先生は、あの秘薬のことでどうしても分かり合えなかった。最後にはお別れをすることになって、それきり二度と会えなかったけれど）

七度目の人生を送る今、こうして目の前に現れたミシェルを見て、リーシェは考える。

（先生は、探していたような人に出会えたのかしら）

そう考えていると、ノックの音が聞こえてくる。

部屋の外には、廊下を見張る騎士が立ってくれていた。そこにひとり分の気配が増えているから、ミシェルのために手配した騎士が到着したのだろう。

「失礼いたしますリーシェさま。お迎えがいらっしゃいました」

思っていた通り、騎士が呼びに来てくれる。リーシェはお礼を言い、ミシェルに告げた。

「先生。お待たせいたしました」

「いえリーシェさま。到着なさったのは、エヴァン先生のお迎えではなく……」

不思議に思って見上げると、開かれた扉の前には、思ってもみない人物が立っている。

「リーシェ。帰るぞ」

「――――えっ」

どうしてか、毎夜遅くまで執務であるはずのアルノルトがそこにいた。

何度見ても整った顔立ちだ。思わずそんなことを考えながらも、リーシェは素直にぽかんとした。

（何故《なぜ》、アルノルト殿下が私のお迎えに……!?）

その疑問を察してか、傍らの騎士がそっと小声で進言してくれる。

「カイル殿下の護衛を手配する際に、アルノルト殿下の執務室にもお伺いしました。調薬が終わり次第、殿下をお呼びするようにとのご命令がありましたので」

「い、いいえ、私が不思議なのはそこではなく……」

「あの男が、件《くだん》の学者か」

アルノルトの目は、応接室のソファに座ったミシェルに向けられている。自分の疑問は横に置いておき、リーシェは「はい」と頷いた。

「コヨルからいらした、ミシェル・エヴァン先生です。とても博識なお方で、滞在中に色々と教えていただけることになりました」

「ふふ、ご紹介に与《あずか》り光栄だな。私もここはひとつ、よそ行きの顔をしておこうか」

ミシェルはソファから立ち上がると、アルノルトに向けて優雅に一礼する。金色の髪が、動きに合わせてさらさらと流れた。

「はじめまして、こんばんは。あなたがこの国の皇太子さまかな？　私たちが王立図書館に立ち入るのを許してくれたそうで、どうもありがとう」

アルノルトに挨拶するミシェルを、はらはらしながら見守る。

ミシェルは世俗に興味がなく、対人関係も至って自由なのだ。一国の王子であるカイルにも、教え子だったリーシェに対するのと同じような態度で接する。成人している王族の頭を撫でられる人など、ミシェルの他にはそういないだろう。

（万が一、先生がアルノルト殿下の頭を撫でようとしたら、なんとしてでも止めないと……）

身構えるものの、アルノルトは表情をほとんど変えずにこう言った。

「貴殿の知識を妻に共有する上で、何か必要な物があればこちらから提供する。明日は外務卿《きょう》が皇都内を案内するそうだが、不便があればなんなりと言うがいい」

寛容な言葉に、リーシェは吃驚《びっくり》してしまった。ミシェルの方は嬉しそうで、アルノルトの無表情を意にも介さずにこりと笑う。

「それは有り難いなあ。では、遠慮せず色々とお願いさせてもらおう」

「リーシェ。行くぞ」

「は、はい。では先生、おやすみなさい」

アルノルトを追って歩き出す。リーシェが退室する直前、後ろから声を掛けられた。

「リーシェ」

振り返ると、ミシェルはやはり穏やかに笑っている。

あの頃と変わらない微笑みだ。どこか懐かしい心地がして、リーシェは目を細めた。

「また明日ね。どんなことを知りたいか、考えておいで」

「……はい。ありがとうございます、先生」

そして、ゆっくりと扉が閉ざされる。

(あの頃が、ずっと遠い昔のことのよう)

そんな風に思いながら、アルノルトと共に主城の廊下を歩いた。

護衛の騎士は、少し離れた後ろからついてくる。先に口を開いたのは、アルノルトの方だ。

「あの男は、お前から見て有能なのか」

「先生ですか？　それはもう！」

ミシェルのことを知りすぎているのが妙に思われないよう、カイルを呼ぶ前に色々と会話をしておいた。うっかり未来の出来事まで話してしまわないようにしながらも、リーシェは説明する。

「先ほどお話を聞きましたが、あの方は界隈《かいわい》で知らない者がいないと言われるミシェル・エヴァン先生ご本人でした。数々の成果を出されていて、私なんかが評価するのもおこがましいです」

「そんな男が、何を好き好んでコヨルにいるんだか。あの国の出身ではなさそうだが」

「そ、それは、食べ物がお口に合うからとか……？」

本当は理由を知っているのだが、それは先ほどの会話で聞いていないので誤魔化しておく。

それにしても、アルノルトのコヨル国に対する評価はやはり低そうだ。そんなことを考えながら、先ほど抱いた疑問を尋ねてみることにした。

「それよりアルノルト殿下。どうして急にお迎えを？」

「帰るついでだ。俺の私室にあったものを、離宮の部屋に移し終えたらしい」

つまり、離宮への引っ越しが完了したのだ。

「ということは、今日から殿下と私はお隣さん同士ですか？」

「そういうことになるな」

（よかった……！）

これでひとまずは、アルノルトと彼の父に物理的な距離が生じることになる。

何が彼の父殺しに繋がるかは分からないが、その原因に辿り着くまでは、少しでも関わりを避けておいてもらいたい。隣を歩くアルノルトは、リーシェを不思議そうに横目で見る。

「なんだ、その安堵《あんど》した顔は」

「だって、ガルクハインに到着してからの一大事業だったんですよ？　離宮のお掃除をして、勉強会もして。ようやく殿下にお越しいただくことが出来たんだなあと思うと、感慨深くて」

真意とは外れた説明をしたが、その気持ちも嘘ではない。ここまで頑張ってくれた侍女たちにも、明日改めてお礼を伝えなくては。そう思っていると、アルノルトがふっと笑った。

「荒れた城に住んで、お前があれこれ計画するのを傍《はた》から見ているのも楽しそうではあったがな」

（元侍女の誇りに懸けて、そんなことは絶対に出来ません！）

口には出さず、心の中でそっと反論する。アルノルトは離宮の主になるのだから、完璧な仕事ぶりを見てもらいたいではないか。

「あ、ですが殿下。私はしばらくの間、お昼まで寝ていて午前中は起きませんので。離宮内で見かけなくとも、熟睡しているだけなのでお気になさらず」

騎士や侍女たちに説明しているのと同じことを、アルノルトにも伝えておく。実際は午前中ずっと、騎士候補生として訓練をしているのだけれど。

すると、アルノルトは少し呆《あき》れた顔で言う。

「たとえ昼まで寝ようとも、床に入る時間が遅ければ、体力回復の面で意味がないぞ」

「う。……一応、早く寝ようという努力はしています」

「少なくとも、この時間まで調薬なんぞをしている人間の言うことではないな」

アルノルトはそう言って、上着のポケットに手を入れた。かと思えば、取り出した何かをリーシェの前に放る。

「ほら」

「！」

リーシェは反射的に手を伸ばし、投げ渡されたものを両手に閉じ込めた。

手を開いてみると、そこにあったのは金色に輝く懐中時計だ。昨日の城下でのお忍びにおいて、アルノルトが使っていたものである。

「殿下!?　懐中時計なんて高価なもの、ぞんざいに扱っては……」

「難無く受け止めておいて何を言う。——貸してやるから、しばらくそれを持っていろ」

思わぬ提案に、リーシェは目を丸くした。

「貸してくださるって、まさか時計をですか!?」

この懐中時計というものは、いまから四年ほど前に生み出された代物である。

それまでの『時計』といえば、世界に一台だけ存在する大きな壁掛け時計と、晴れの日中にしか使えない日時計、寒い日には凍ってしまう水時計くらいのものだった。当然持ち運びも出来ないし、時間を確認する機会は限られてしまう。そんな中、この懐中時計が現れたのだ。

それほど数は流通しておらず、ひとつひとつも非常に高価である。一部の王族や貴族しか所有しておらず、実物を見たことがある人はおろか、庶民に至っては存在を知らないだろう。

「貴重なものですし、軽々しくお借りするわけには参りません」

「なんだ。使わないのか？」

正直なところ、手元にあれば非常に便利ではある。

「『歴史が浅い』というだけで信憑性《しんぴょうせい》を疑う者も多いが、調整さえ怠らなければ、正確なのは確認済みだ。日時計よりもよほど使い勝手が良い」

（はい、それは重々存じております……）

リーシェの脳裏に浮かぶのは、この懐中時計を生み出した人間の微笑みである。

「持ち運びも容易なおかげで、戦場では特に重宝した。実用に至るまでは、信憑性の検証を何度も重ねたがな」

アルノルトが無表情に言い放った言葉の理由を、リーシェは隣で考えてみる。

「重宝とは、作戦の上でということでしょうか？　時間を正確に把握できていれば、別働隊との連携が取りやすいとか」

「その通りだ。日の高さや自然を基準に動いていては、悪天候などの事態に対応できない」

とはいえ、アルノルトが戦場に立っていたのは、この懐中時計が生まれて間もない頃のはずだ。

（……アルノルト殿下は、新しい技術を柔軟に戦略へ取り入れているんだわ。盲目的に信じるのではなく、ご自身でも有用性を調べて、裏付けを取った上で）

古い考えに固執している国では、アルノルトとの戦争に勝てないのも道理だ。かつての人生で見えなかった敗因が、彼の傍にいるとよく分かる。

そのとき不意に、ミシェルの言葉が脳裏をよぎった。

『この秘薬を、私が望んだ通りに使ってみせる、そんな人間がいれば』

背筋がぞくりと粟立《あわだ》って、思わず歩みを止める。

数歩先で立ち止まったアルノルトは、怪訝《けげん》そうにリーシェを振り返った。

「どうした」

「……いえ」

深呼吸をしてから、再びアルノルトに並んだ。

「それではこの時計は、お言葉に甘えてお借りします。調合や調薬のときにも、手元にあって時間を計れると便利なので」

「ほう。調薬に？」

「実は懐中時計って、元々そのために生み出されたそうですよ。私の薬学の師だった方も、ちょっと悔しがりながら重宝なさっていました」

「ああ。確か、レンファ出身の師だったか」

「はい。師匠は変わり者ですが、本当にすごい薬師なんです」

リーシェは胸を張って頷いた。すると、アルノルトがこう尋ねてくる。

「薬学においては、レンファ国の出身者に他国の人間が及ぶはずもないと思うが。先ほどのあの男には、お前の師だった人間より優れた点があるのか」

「――ミシェル先生は、薬師の方ではないですよ」

アルノルトの隣を歩きながら、リーシェは答える。

「研究の一環で、薬品を混ぜたり調合したりということもなさるそうですし、薬学の知識もお持ちですけど。『薬のことは、知っているだけで専門外』だと仰っていました」

そんな説明をしながらも、リーシェは思い出す。ミシェルと最初に出会ったのは、二度目の人生で、薬学の師匠とコヨルへ滞在していたときだ。

（師匠は、ミシェル先生のことをずっと目の敵にしていたわ。『私の薬学と、この男の研究を一緒にするな』なんて言って）

最終的に、『私とあの男とは、似たもの同士で気が合わないんだ』と怒っていた。その言葉の通り、薬学の師だった彼女は、コヨル城で会うたびミシェルに絡んでいたように思う。先ほどミシェルが『リーシェの師匠とは気が合いそうだ』と言ったときは、苦笑してしまった。

（それにしても、ミシェル先生とこんなところで再会するなんて思わなかったわ。あの方がコヨルに長期滞在するのは、いまから三年後の未来だとばかり思っていたけれど……）

先ほど、畑でミシェルと会ったときの驚きを思い返しつつ、想像力の甘さを反省する。

（考えてみれば、二度目の人生で出会うのは三年後。三度目の人生で教え子にしていただくのは一年後。私と出会う前の先生がコヨルに居ないなんて、言い切れなかったわね）

昔のことを思い出しながらしみじみしていると、アルノルトが尋ねてくる。

「では、あの男は一体何者なんだ」

「あの方は……」

アルノルトに伝わる言い方は、どんなものがあるだろうか。少し迷ったが、ありのままの表現をするほかになさそうなので、リーシェは説明した。

「この世の様々な物質を研究して、新しい物質を作る、そんな学者の方です」

「新しい物質を作るだと？」

「はい。そして、その研究のために必要な薬品や器具も、これまでにたくさん開発したのだとか」

そんな職業に心当たりがあったのだろう。アルノルトは、僅かに眉根を寄せる。

「ミシェル先生の場合、黄金を生み出すことが目的ではないそうですが、最も近い名称で言うところんな呼び方になります」

アルノルトの目を見上げ、リーシェは口にする。

「――――『錬金術師』と」

それは、ミシェルの職業だ。

そして、三度目の人生で、彼の教え子だったリーシェも名乗っていた肩書きである。

＊＊＊

早朝、男装して騎士候補生の制服を身に着けたリーシェは、まだ誰も居ない訓練場に到着した。

静まりかえった訓練場は、清廉な空気に満ちている。訓練が始まるまでは、あと一時間半ほどだ。

（部屋を抜け出すのに細心の注意を払ってたら、いつもより五分遅くなっちゃったわね）

何しろ今日からは、隣の部屋にアルノルトがいる。この時間はまだ寝ているだろうが、少しの物音で気付かれてもおかしくはなかった。

（掃除を終えたら柔軟をして、てきぱき自主鍛錬を始めないと。――よし！）

気合いを入れて箒《ほうき》を掴み、訓練場の地面を掃く。壁際に立て掛けてある木剣の整頓をし、それから柔軟運動に入った。体の筋を伸ばしていると、訓練場に人影が見える。

「フリッツ！」

これも毎朝の光景だ。昨日までと同じように彼を呼んだのだが、フリッツはリーシェが呼びかけた途端にびくりと肩を跳ねさせた。その顔に浮かぶのは、なんだか引き攣《つ》った笑みである。

「お、おはようルー」

「おはよう。どうしたのフリッツ、何かあった？」

「え!?　ああいや！　実は昨日、あんまり眠れなくてさ！」

フリッツは照れくさそうに言って、がしがしと頭を掻《か》く。

それにしたって心配だった。彼は遠いシウテナの港町から皇都に来て、訓練をしながら慣れない生活を送っているのだ。ちょっとしたことで体調を崩す可能性だってある。

「顔色はそんなに悪くないけど、熱はどう？　食欲は？」

「朝からしっかり食べたし、熱っぽい感じもないな」

「じゃあ、目の下を指で押さえてみてくれる？」

粘膜の色を見てみるが、カイルと違って貧血ということもなさそうだ。とはいえ、もう少し詳しく診ておきたい。

「フリッツ、ちょっとごめん」

「おわ!?」

フリッツの手首を取り、太い血管のある位置に指を二本そっと当ててみる。その結果が芳しくなかったので、リーシェは顔をしかめた。

「……なんか、すごく脈が速いね」

「っ、あー!!」

フリッツは大慌てで身を引くと、やっぱりぎこちない笑みを浮かべる。

「城門からここまで走ってきたんだよ、訓練のついでに！　ってことで、眠れなかっただけで元気はいっぱいだ。そ、それに、眠れなかったのは体調が悪いせいじゃなくて」

「じゃなくて?」

フリッツはリーシェをじっと見たあと、困ったように顔を両手で覆った。

「………………俺、好きな奴が出来たかもしれない……」

「へえー！　おめでとう!!」

午後は皇都の観光をしていると言っていたから、そこで出会った相手だろうか。なんにせよ、新しい人間関係を育むのは素晴らしいことだ。

「昔、僕の知り合いが言ってたよ。『惚《ほ》れた相手がいる騎士は、強くなるのも早い』って！」

「そ、そうか……」

リーシェの祝福を受けて、フリッツは妙に複雑そうな顔をする。これはとある国の騎士団長の言葉なのだが、少々胡散臭《うさんくさ》かっただろうか。

そんなことを考えていると、訓練場の入り口に人の気配が近付いてくる。この時間にフリッツ以外の人が来るなんて、初めてのことだ。

やがて姿を現したのは、騎士候補生の青年だった。

「スヴェン。おはよう」

彼は昨日、訓練中にリーシェへ悪態をついてきた候補生だ。

挨拶には答えずに、スヴェンは押し黙る。その様子を見たフリッツが、リーシェの前に歩み出た。

「よおスヴェン。お前がこんな早い時間に来るなんて、初めてだな」

「お、お前が昨日の帰り際、『ルーシャスは毎朝、誰よりも早く来て訓練してる』なんて反論してくるからだ！　まさか本当だなんて……」

「そうだよ。ルーが俺たち全員に手合わせで勝ったのも、こうやって努力してるからだ」

ふたりのやりとりを聞いて、昨日の訓練後にあった出来事をなんとなく察する。リーシェを庇ってくれたらしきフリッツは、そんな素振りをおくびにも出さずいてくれたのだ。

「さあルー。スヴェンは放っておいて、今日の訓練を始めようぜ」

「ありがとうフリッツ。でもごめんね、少しだけ待ってて」

リーシェはスヴェンに向き直り、尋ねてみる。

「スヴェンも一緒に訓練しない？」

「っ、はあ!?　お前なに言ってるんだよ！　俺を誘うなんて、お前になんの得があるんだ!?　俺なんか放っておいた方が、お前にとっては好都合だろ！」

不思議なことを言われたので、リーシェは首を捻《ひね》る。

「騎士が強くならなきゃいけない理由は、国で一番の剣士になるためじゃないでしょ？」

「な、なに……？」

「護《まも》りたい人を護るためだ。だからこそ、みんなが成長しなくちゃ意味がないんだよ。自分だけが強くなったって、ひとりが護れる数には限りがあるんだから」

スヴェンははっと目を見開き、リーシェを見つめた。

今世のリーシェは騎士ではない。けれど、かつての人生で教わったことはしっかり覚えている。

「それにスヴェン。君は昨日の訓練のあと、ここに残って自主鍛錬をしたんじゃない？」

「ど、どうしてそれを!!」

「今朝の地面の状態が、昨日の訓練後に見たときとは違ってたから」

掃き掃除のときに箒で均《なら》しておいたが、恐らくは誰かと手合わせをしたのだろう。土の跡がそれを物語っていたし、スヴェンの手首には小さな痣《あざ》が出来ている。

「時間は限られているし、みんなで鍛錬した方が効率も良いよ。だから、一緒にどうかな？」

「……俺は、お前と鍛錬しようと思ってここに来たわけじゃない」

スヴェンはぐっと拳を握り締め、深呼吸をしてから口を開く。

「もう一度俺と手合わせしろ、ルーシャス」

「あのなあスヴェン」

フリッツが、呆れたような顔をして言った。

「昨日ルーが勝ったのは実力で、まぐれじゃないんだぞ。お前は認めたがらないけど……」

「分かってる！」

それは、振り絞るような声だった。

「俺とルーシャスには実力差がある。本当はそのくらい、昨日こいつに負けた瞬間に、ちゃんと理解してるんだ……！　だから必死で考えた。他の奴らにも、俺に足りないものは何か聞いて回った！　俺がルーシャスに勝つには、少しでも強くなるにはどうしたらいいかって……」

スヴェンはもう一度深呼吸をしてから、リーシェに向かってこう告げる。

「お前の方が実力は上だ！　そのことは分かった上でもう一度、手合わせを申し込みたい。どう努力すればお前を超えられるか、それを知るために！」

スヴェンの肩は震えている。悔しさや緊張や恥ずかしさといった感情が入り乱れているのか、顔が赤くて泣きそうだ。こうしてリーシェに頼むのは、とても勇気がいっただろう。

「お願いだ、ルーシャス。俺にもう一回機会をくれ」

「ルー」

振り返ったフリッツに頷いたあと、リーシェはにこりと笑って答えた。

「いいよ。やろう」

そんな風に言い切ると、信じられないという表情を向けられる。

「そ、そんな簡単でいいのか!?　俺は昨日、お前を馬鹿にしたんだぞ!?」

「フリッツに迷惑を掛けたくなかっただけで、そのこと自体はなんとも思ってないよ。それに、僕の方も試してみたいことがあるんだ」

慌てふためくスヴェンの言葉を聞きつつ、訓練場の壁際に立て掛けてある木剣を取りに行く。そこには、昨日も使った通常の木剣のほか、その半分しかない木製の短剣もあった。

「ちなみに、君が考えた方法っていうのを聞いてもいい？」

「……お前は強いけど、力はほとんど無い。だから腕力で圧して、攻撃を防がれないようにする」

「確かにその戦術で来られると、ちょっと辛いものがあるかな」

リーシェは苦笑しつつ、通常の長さの木剣を二本、短いものを二本選んで両手に抱えた。

「フリッツ。もし良ければ、君も手合わせに参加してくれない？」

「ああ、もちろんだ！　ルーと手合わせなんて、俺の方から頼みたいくらいだよ」

「ふふ、良かった。そう言ってもらえると嬉しい」

「お、おう……」

ほっとして笑うと、フリッツが何故か困ったような顔をした。不思議に思いつつ、彼に木剣を一本手渡し、スヴェンにも差し出す。

「それと実は、僕からもひとつだけ注文を付けたいんだ」

リーシェは二本の短い木剣を、両手に一本ずつ握り込む。そして、微笑んだ。

「ひとりずつ僕と手合わせじゃなく、ふたりで連携して戦って欲しい」

「な――……」

「ふたりで!?」

フリッツとスヴェンは声を上げたあと、それぞれに顔を見合わせた。

「ルー。つまりは二対一ってことか？」

「そう。付き合ってくれる？」

フリッツに尋ねると、すぐさま頷いてくれた。

「お前が『試したいこと』のためなんだよな。分かった、それでいいよ」

「は、話を進めるなよフリッツ！　ルーシャスひとりに対して俺たちふたりなんて、そんな卑怯《ひきょう》なことは出来ない！」

「あのなあスヴェン、数や力で挑めばルーに勝てるかもってのが間違いだぞ」

スヴェンは戸惑っていたものの、フリッツが乗り気なのを見て木剣を構えた。二本の木剣を手にしたリーシェは、右の剣先でスヴェンを示し、彼らに告げる。

「いつでもどうぞ」

「行くぞ！」

最初に踏み込んできたのは、スヴェンの方だった。

大ぶりだが、力強い動きだ。彼は木剣を構え、渾身《こんしん》の力で斬りかかってくる。

「力任せに振るんじゃ駄目だ」

一歩身を引いて、その一撃をかわした。スヴェンはすかさず次を振りかぶり、リーシェの肩口を狙ってくる。それを左手の剣で弾《はじ》くと、それだけで彼の体勢が崩れた。

「く……っ」

スヴェンは木剣を握り直す。焦っているようだが、いまので剣を落とさなかったのはすごい。

「剣に重心を預けるのは悪手。当たっても体勢を保ちにくいし、避《よ》けられたらもっと最悪だ」

「やあっ！」

「仕掛けるときは、必ず次の攻撃のことを考える」

説明しつつ、左の剣でスヴェンの一撃を止める。

かあん、と木剣のぶつかる音が響いた直後、別の気配が襲いかかって来た。リーシェは右手の剣を構え、頭上でその攻撃を受け止める。

「うわっ、さすがだなルー！」

明るい声に微笑みつつ、スヴェンとフリッツを押しやった。そのまま木剣の切っ先を返し、スヴェンの懐に踏み込む。柄《つか》をみぞおちに叩き込もうとしたが、スヴェンはそれを剣で払った。

「いい動き、でも惜しい！」

リーシェは体を翻し、そのままフリッツに斬りかかる。フリッツは木剣でそれを防ぐが、リーシェの攻撃は止まらない。

そちらが封じられたのであれば、もう一方に切り替えるだけだ。受け止められた左の剣でフリッツを押さえつつ、右手で木剣を繰り出した。

「スヴェン！　受け止めるな、避けろ！」

「ぐっ！」

「その調子！　スヴェンはフリッツの動きを良く見て、フリッツもスヴェンと呼吸を合わせる！」

リーシェの言葉に反応し、ふたりは動きながら視線を合わせる。同時に斬りかかってきたのだが、それだけでは足りない。

「もう少しだよ。自分がいま相手の立ち位置にいたら、どこを狙って攻撃したい？」

「あ……」

「そうか、確かに！」

先に叫んだのは、スヴェンの方だった。

「フリッツ、下だ！」

「分かった！」

その言葉を合図にし、フリッツがすかさず腰を落とす。地面すれすれの位置までしゃがみこみ、リーシェの足を木剣で払おうとした。

それを跳躍でかわした瞬間、スヴェンが正面から突っ込んでくる。リーシェは両手を掲げ、交差した木剣で受け止めると、着地と同時に上半身を捻った。

リーシェの回転に引っ張られ、スヴェンがフリッツの前へ体を投げ出す形になる。

フリッツはそれを護るように手を伸ばし、腕を掴んでスヴェンの体勢を立て直させると、すかさずふたりで斬りかかってきた。

左右の剣で受け止める。その衝撃を感じつつも、リーシェは思わずわくわくしていた。

（すごい、格段に良くなった……！）

これまで個別に挑んできていたふたりだが、連携を意識した途端に動きが変わった。

本人たちにも自覚があるのだろう。リーシェに剣を受け止められた状態でも、彼らの瞳は活《い》き活《い》きとしていた。見るからに、手合わせが楽しくて仕方ないという顔だ。

「フリッツ、次の一撃で押し切るぞ」

「ああ、やってやる！」

「良い判断だよ。――でも、残念！」

リーシェは短く息を吐き、そこからふわりと身を引いた。

「あ!?」

突然手応えがなくなったことに動揺し、彼らの体勢が崩れる。リーシェはその隙をつき、フリッツの剣に打ち込むと、そのまま切っ先をぐるりと回した。

絡みつくような動きに抗《あらが》えず、フリッツが木剣から手を離す。そのまま剣を遠くに弾き飛ばすと、続いてスヴェンの間合いに入った。

「うぐ……！」

左手の木剣を振り下ろせば、水平に構えた木剣に防がれる。だが、上からの衝撃に耐えられるよう構えた剣は、反対に下からの攻撃に弱い。

右手の剣で撥《は》ね上げるようにすると、スヴェンの手からも木剣が離れる。くるくると宙で円を描いた剣は、地面に落ちてから転がった。

「はあっ、はあ、は……」

手合わせはこれで終了だ。

ふたりはどこか呆然《ぼうぜん》としていた。リーシェは木剣をひゅんっと振って、彼らに微笑みかける。

「昨日の手合わせで感じた通りだ。君たちふたりとも、戦闘の相性が良いんだよ」

「お、俺とフリッツが……？」

「そう。ふたりが組んだところを見てみたかったから、早速こんな機会が来て嬉しいな」

恐らくだが、このふたりはどちらも才能がある上に、剣術の捉え方が似ているのだ。そうでなければ、リーシェが多少助言したくらいであんなに動けない。

ふたりが一緒に騎士になれば、きっとめきめき強くなるだろう。そんな未来を想像し、リーシェはにこにこした。だが、フリッツとスヴェンはやっぱりぽかんとしている。

「『試したいこと』って、お前自身の技とか戦法じゃなくて、俺たちのことだったのかよ」

「そうだよ？　すごく楽しかったから、明日もまたやりたいな！」

そう言うと、スヴェンはなんだか渋い顔をした。

「……お前って……」

「ふ、ははは っ！」

スヴェンとは反対に、フリッツがおかしそうに笑い始める。

「それじゃ、明日も朝練に集合だなスヴェン！　ルーに勝てるよう、ふたりで作戦会議しようぜ」

「くそ……！　来るよ、ルーシャスよりも早く来てやる！　お前が何時に来て柔軟始めてるのかは知らないけど、次は絶対に負けないからな！」

（本当は柔軟の前に掃除もしているけど、ただの習慣だし黙っておこう……）

そんなことを考えていると、スヴェンが絞り出すような声で言った。

「悪かった。その、色々と」

「言ったでしょ。なんとも思ってないって」

改めて告げると、スヴェンは少し泣きそうな顔をする。

「……っ、そのうちお前に勝ってやるからな」

「うん。でも負けないよ」

「くそ！」

そんなやりとりをして笑っていると、なんだか妙に視線を感じる。振り返ってみれば、フリッツがじっとリーシェを見つめていた。

「フリッツ？　どうかした？」

「……え!?　あ、いやなんでもない!!　なんというか、ルーはよく笑うなって思って……!!」

「そうかな、ありがとう。フリッツこそ、いつも笑顔で朗らかだよ」

本当はリーシェももっと笑顔でいたいのだが、気を抜くと心配事が思い出される。ふたりには気付かれないようにしつつ、そっと意識を訓練場の入り口に集中した。いまのところ誰の気配もないが、それは時刻がまだ早いせいだろう。

（ローヴァイン閣下が来るのはもうすぐだわ。……今夜のためにも、この訓練中にしっかりと『情報収集』しておかないと！）

きたる夜会に向けて、リーシェは人知れず気合いを入れるのだった。

＊＊＊

この日の夜会の装いには、深い青色のドレスが選ばれた。

侍女のエルゼによって結い上げられた髪は、編み込みながら後ろでまとめられている。顔の横の後れ毛をコテで巻き、適度な華やかさを作り出しつつも、全体的には上品で落ち着いた仕上がりだ。

リーシェが少し動くたびに、真珠の耳飾りがゆらゆらと揺れる。侍女に頼み、『華やかすぎず、控えめすぎない装い』をしたリーシェは、頭の中で作戦の整理をしていた。

そこに、ノックの音が響く。

「リーシェさま。お手紙をお持ちしました」

侍女から差し出されたのは、二通の手紙だ。

そのうち一通は、マリーという名の少女からである。この国に来てから文通を開始した彼女は、かつてリーシェの婚約者だった王太子ディートリヒの恋人だ。

（マリーさま。……あの王城で、ディートリヒ殿下のために頑張っていらっしゃるわね）

リーシェから婚約者を『奪った』マリーは、いまも王太子ディートリヒとの婚約を継続している。

だが、彼女がディートリヒと一緒にいるのは、以前までのような『家族のために我慢して、裕福な男性と結婚しなくては』という理由からではないらしい。

どうやらマリーは、父王からも見捨てられそうなディートリヒを更生させるため、王城で奮闘しているようなのだ。彼女自身への風当たりも強いだろうに、婚約者に対して時に優しく、時に厳しく接している様子が手紙からも窺《うかが》える。

(夜会が終わったら、すぐにお返事を書かなきゃ。それから――)

二通目の封筒を裏返すと、片隅に『灯水晶宝石店』という店名が書かれていた。

それは、アルノルトに連れられて向かったあの宝石店の名前だ。中から最初に出てきたのは、指輪のデザイン画だ。

意匠が描き込まれた図案を見て、リーシェは思わず声を漏らしそうになった。

(……きれい)

それはもう、時間を忘れて見つめたいほどに。

けれどもぐっと我慢して、手紙の方に目を通す。店主の老婦人からは、彼女の孫息子が描いた図案について、色々と注釈が添えられていた。それから、こんな風にも書き綴っている。

『指輪の完成までに一ヶ月は掛かるとお伝えいたしましたけれど、どうやらコヨルの職人が皇都に来ているようです。この職人に依頼をすれば、大幅に期間が短縮できますので、お喜び下さい』

その説明を意外に感じた。職人が変わるだけで、それほど納期に差が出るものだろうか。

(だけど良かった。指輪が早く完成していれば、それに合わせてドレスの意匠を変えられるわ。タリー会長にも、生地選びは急いだ方が良いと言われているし)

デザイン画を、再びじっと見つめる。

（普通は、指輪よりドレスが主役なのかもしれないけれど。だけど、なんとなく、指輪の方に比重を置いてしまうというか……）

「リーシェさま。そろそろお時間です」

「あ。そうね、ごめんなさい」

リーシェは深呼吸のあと、手紙を仕舞ってから夜会に向かった。

＊＊＊

今夜の夜会には、皇城で最も広大なホールが使われていた。

リーシェはこの日も、アルノルトに伴われて会場に入る。シャンデリアの光が煌《きら》めき、華やかな装いの人々に埋め尽くされたホールは壮観だ。

しかし、夜会が好きでないらしいアルノルトは、すでにうんざりとした表情をしている。

「……殿下。思ってらっしゃることがお顔に出てますよ」

「出しているんだ。問題はない」

そんな話をしていると、主賓であるカイルがこちらにやってきた。

「アルノルト殿下。私のためにこのような場を設けていただき、ありがとうございます」

カイルはそう一礼をしたあと、今度はリーシェに向き直る。

「リーシェ殿。昼間のあなたもお美しいが、こうした場でお見かけする姿もなんとお美しいことか。

さながら、月夜に咲く神秘の花のようだ」

「ありがとうございますカイル殿下。殿下にとって、今宵《こよい》がよき夜になりますよう」

社交辞令の台詞を流し、にっこりと笑う。

（カイル王子へのご挨拶は終わったわ。これで最低限の責務は果たしたわね）

次いでリーシェは、アルノルトを見上げた。

「アルノルト殿下。私はご婦人方とお話をして参りますね」

アルノルトはこれから、貴族諸侯にカイルを紹介しなければならない。

皇族が、他国の王子に対して高位の貴族を紹介する場だ。婚約者であるリーシェは同席しない。

結婚後ではなくて本当に良かった。これなら、ローヴァインとカイルの対面には同席せずに済む。

問題は、この会場内でローヴァインを回避しきれるかどうかだ。

「それではアルノルト殿下、後ほど。カイル殿下、楽しんで下さいね」

とびきり丁寧な一礼をし、さりげなくその場を離れる。本当はすぐさま『対策』を取りたいのだが、アルノルトの傍で妙な動きをすると勘付かれてしまいそうだ。

（このくらい離れれば大丈夫かしら。……さて、集中して……）

壁際に逃れたリーシェは、その場で深く呼吸をする。辺りの様子を観察し、耳を澄ました。

会場のざわめきや人々の靴音、それらの音が混ざり合う。ひとつの塊になったあとは、またひとつひとつの物音へと分解されていった。

感じ取れるのは音だけではない。視界の中には、鮮やかな色のドレスやマント、男女入り交じった様々な人々の姿が映る。

ひたすら集中していると、見える範囲が少しずつ広がり、感じ取れるものが増えてきた。

（――みつけた）

研ぎ澄まされた感覚の中で、リーシェはとある一点に目を遣《や》る。

ほとんど顔が認識できないような遠距離に、ローヴァインの気配があった。

間違えようもない。なにしろこの数日間、訓練場で指導を受けてきた相手だ。とりわけ今日の午前中は、今夜のためにローヴァインの気配を覚え込んだ。

リーシェは再び深呼吸をし、目を瞑《つぶ》る。

視界を閉ざしていても、先ほど見つけたローヴァインの気配が移動するのが分かる。目を開き、正解であることを確かめて、リーシェは次の行動に移った。

「ごきげんよう、リーシェさま」

「バルテル夫人。先日は、素敵なお茶の銘柄を教えていただきありがとうございました」

「リーシェさま、素晴らしいドレスをお召しですわね。こちらはどの商人が？」

「光栄です。こちらのドレスは、アリア商会というところからの品でして――」

様々な女性たちと挨拶を交わしながら、会場内を悠然と移動する。社交の場を乱さないように、客人たちに失礼がないように。

そして、ローヴァインから逃げていることを、誰にも一切悟られないように。

（ローヴァイン閣下の気配が会場中央へ向かっている。――そして、アルノルト殿下とカイル王子

はその西側に。ローヴァイン閣下の性格上、殿下のお姿を見つけたらそのまま方向を変えるはず）

気配を読み、移動の法則性を推測しながら、リーシェは自然な足取りで夜会の会場を歩き回った。

（立ち止まったわ、誰かと会話を始めたのね。私の方も、立ち止まってお喋《しゃべ》りをしても大丈夫）

そう判断し、先日の夜会で顔見知りになった相手と談笑をする。ローヴァインの気配が動き始めたら、同じようにリーシェもその場を切り上げた。

膨大な集中力を要するのだが、夜会のあいだくらいは頑張らなければならない。

（五度目の人生では、半日くらい気配を読み続けてても平気だったのに。そういえば集中力って、体力と連動しているのよね……）

やっぱり、もっと体力をつけておきたいところだ。

そんなことを考えていると、少し離れた場所にアルノルトとカイルを見つけた。姿ははっきり分かるけれど、話していることは一切聞こえないくらいの距離だ。

カイルに貴族を紹介しつつも、アルノルトは気だるそうな、少し不機嫌そうな表情をしている。

一方のカイルは大真面目な顔で、ガルクハイン貴族たちと言葉を交わし、何か意見を交換しているように見えた。

（……すごく絵になる光景だわ……）

黒髪のアルノルトと、銀髪のカイル。系統は違うものの、どちらも非常に美しい外見のふたりに対し、周囲の女性たちは釘付《くぎづ》けになっている。

（あの方たちを対にした肖像画が描かれたら、きっととんでもない値段がつくわね。上流階級から庶民にも広まれば、一枚の絵が莫大《ばくだい》な利益を生み出すことに……）

「まあ、リーシェさま。凛々《りり》しいお顔をなさって、いかがなさいました？」

「こんばんは。この会で学んだことを、経済の活性化に繋げるための構想を練っておりました」

「それはそれは、なんと素晴らしいことでしょう！」

リーシェの前に現れた侯爵夫人は、にこにこしながらこう言った。

「そんなリーシェさまに、紹介したい方がいらっしゃいますの。こちら、ヴェールマン男爵です」

「お目に掛かれて光栄です、リーシェさま」

「初めまして、男爵閣下。こちらこそ、今日のこの場でご挨拶できましたこと、嬉しく思います」

ドレスの裾を摘《つま》んで一礼しつつ、リーシェは記憶を辿る。ガルクハイン貴族の情報は、すべて頭の中に入れてあった。

（ヴェールマン男爵。先代当主が商人として財を築き、男爵位を授かった一族だわ）

男爵は柔和な笑みを浮かべていた。実に穏やかで、紳士的な物腰の人物だ。

「本来であれば、未来の皇太子妃殿下とお話しするなど恐れ多いのですが……老母からリーシェさまの話を聞き、是非ともご挨拶をさせていただきたく、夫人に取りなしていただいた次第です」

「お母さま、といいますと？」

「はい。リーシェさまは先日、母の店のお客さまになって下さったとのことで」

その途端、ざわっと周囲がさざめいた。

「リーシェさまが？　まさか、あの気難しい店主から……!?」

「先代の皇后陛下ですら、あの店の客にはなり得なかったのだろう？　それを……」

そのやりとりを耳にして、リーシェは男爵の『母』に思い至る。

「もしかして」

「宝石のお買い上げ、ありがとうございます。母も大変喜んでおりましたよ」

「聞いたか！　リーシェさまはやはり、あの店から宝石を買ったそうだぞ……！」

ざわめきがますます大きくなり、リーシェは困惑する。

確かにあの店は『客を選ぶ』と聞いたが、ここまで大騒ぎされるようなことだとは思わなかった。

なので、一応はそっと訂正しておく。

「私は宝石を選んだだけなのです。母君から宝石を買ったのは、私でなくアルノルト殿下で……」

「な、なんだって!?」

「アルノルト殿下が、女性に宝石を……!?」

（……そうですね、私もそこはびっくりしました……）

心の中でそっと返事をしつつ、これ以上は何も言わないことにする。男爵は微笑みのあと、自然な流れで話題を変えてくれた。

「私どもの愚息めが、家に戻ってから夢中になってデザイン画を描いておりましたよ。お気に召さない点があれば、なんなりとお申し付けください」

「とんでもありません、とても美しく繊細な案をいただきました。完成がとても楽しみです」

リーシェはふと気になって、男爵に尋ねてみる。

「そういえば、ココルから職人の方がいらしていて、指輪の納期が大幅に短縮されると教えていただいたのです。職人が変わると、それほどまでに納期が短くなるのでしょうか」

「……リーシェさま。実はガルクハインには、腕の良い職人がいないのです」

思わぬ理由を告げられて、リーシェは驚いた。

「意匠を凝らした装飾品を作りたい場合、技術のある職人を当たる必要があり、最も近いのは海を挟んだココル国です。制作にいただく期間の大半を輸送に費やすのですが、今回は職人がガルクハインに来ており時間短縮できたため、母はそのようにお伝えしたのではないかと」

それを傍らで聞いていた夫人が、男爵に尋ねる。

「宝飾品の完成が遅いのは不便に思っていたのだけれど、そんな事情だったのね。でも、何故ガルクハインに職人がいないの？」

「戦争の影響ですよ、マダム」

「まあ」

夫人が目を丸くしたが、リーシェも想像していた通りの理由だった。

「ガルクハインは武勇を尊ぶ国でしょう？　多くの若者は、剣術や武術の腕を磨きます。お陰でもともと宝飾職人が居なかったところに、近年の戦争で一段と減りましてね」

それと同様の光景を、商人人生で見たことがある。新しい宝石を買う者が少なくなり、職人の仕事がなくなると、彼らはみんな兵士として戦場に出てしまった。

（私が未来の戦争で見てきた光景は、過去の戦争で繰り返されたものなんだわ。……貴金属の装飾が優れている国は、戦争への参加が消極的な国が多い。良い職人の多いコヨルだって、戦争での主な役目は同盟国への支援ばかりだった）

それに、雪国コヨルは冬場に家から出ることが出来ない。室内で過ごす時間が長いことや、国内で宝石が採れることも、職人が育つ土壌のゆえんなのだろう。

「鍛冶職人は多くいますが。武器として使える鉄を鍛える技術と、金属を加工する技術はまったくの別物ですから……おっと。このようなことは、女性の前でお話しすることではありませんでしたね」

男爵の言葉に、夫人が慌てて同調した。

「そ、そうですわ、男爵閣下。あなたの戦争談義好きは、女性には少し毒ですわよ。……怖い話を聞かせてしまってごめんなさいね、リーシェさま」

「いえ。とても勉強になりました」

リーシェは丁寧に頭を下げ、考える。

（ガルクハインは、戦争に勝つことで多くのものを手に入れてきたと思っていた。……だけど、無敗を誇るこの国にも、失ったものがあるんだわ）

もっと話を聞きたい気もするが、そうも言っていられない。引き続き談笑するふりをしながらも、標的の気配を探る。

（ローヴァイン閣下は、向こう側の壁際で話し込んでいるわね）

それを確かめたあと、リーシェはふと気が付いた。

（……アルノルト殿下とカイル王子が、バルコニーへ？）

気配を察知して視線をやると、カイルが人目を避けるように、アルノルトをバルコニーへ連れ出しているのが見える。

リーシェは適当な挨拶をしてその場を離れると、そっとアルノルトたちの後を追った。バルコニーに近付いて気配を探り、その場にアルノルトとカイルのふたりしかいないことを確かめる。

アルノルトであれば、不用意に近付く人間がひとりでもいれば、すぐに気が付いてしまうだろう。それが分かっているからこそ、リーシェは最大限に気配を殺す。踵《かかと》が高い靴を履いていても、靴音を立てないように歩くことは出来るのだ。

慎重に注意を払い、ローヴァインの動向にも気を付けつつ、柱の陰から耳を澄ませる。

「ガルクハインは実に素晴らしい国ですね。これほどまでに国が栄えているのも、皇帝陛下とアルノルト殿下の手腕の賜物《たまもの》でしょう」

カイルの声は、硬い響きを帯びていた。

さり気ない会話から切り出そうとしているのかもしれないが、それでは駄目だ。緊張や覚悟が滲《にじ》んだその声を、アルノルトが許容するはずもない。

「回りくどい前置きも、社交辞令が見え透いた賛辞も不要だ」

思った通り、アルノルトはあっさり切り捨てた。

「本題をお話しいただこう。貴殿が病弱な体を押して、遠路はるばるこの国に来た理由をな」

その言葉を聞いて、カイルが深呼吸をする。

「私は心から、貴殿の皇太子としての功績を尊敬しています。貴殿の行う政治は、か弱い民にこそ配慮し、手を差し伸べるような施策を取っておられる。……貴殿であれば私の想《おも》いを分かっていただけるのではと考え、お父君にではなく、こうして貴殿とお話しさせていただいています」

「……」

「どうか、我が国ココヨルに力を貸していただけませんか。――金銭や、医療等の支援ではなく」

カイルはそのあとで、アルノルトに告げる。

「軍事の上で、ガルクハインに支援をいただきたい」

その言葉に、リーシェは息を呑んだ。

雪国ココヨルは、決して戦争に積極的な国ではない。

何故ならば軍事力に乏しいからだ。極寒の地にあり、なおかつ周囲を大国に囲まれているココヨルは、外交術と豊かな財源によって国交を行ってきた。

「ご存知の通り、ココヨルに軍事力はほとんどありません。……ですが、望んで兵を育てなかったわけではない。長い歴史の中で、周辺諸国から軍事力を持たないように圧力を掛けられ続けた結果です。戦う力を持たず、周辺国に宝石を提供し続けることを条件に、存在することを許されている」

いつだったか、カイルが同じような言葉を悔しそうに零《こぼ》していたことがある。あれは一体、何回目の人生のときだっただろう。

「王室は他国に国の命運を握られ、『その気になればいつでも滅ぼせる』と脅迫され続けてきました。……その境遇から抜け出し、自国の運命を自国で決め、民を守ることに全力を尽くしたい。そこに至るために、どうか力を貸していただけないでしょうか」

アルノルトは、普段より少し低い声音でこう尋ねた。

「つまり、コヨルは周辺国との同盟を破棄し、代わりにガルクハインとの盟約を結びたいと？」

「仰る通りです」

バルコニーは、少しのあいだ沈黙に包まれた。

すぐそばに夜会のざわめきがあるせいで、この場の静寂が強調される。それと共に、カイルの緊張が伝わってきた。

「……一体何を言い出すのかと思えば……」

しばらくして、アルノルトの冷たい声がする。

「平和ボケした王族というものに、存在価値があるのかは疑問だな」

「っ」

その瞬間、空気が一段と張り詰めた。

「海を挟んだこの国に、隣国と戦うための戦力を求めること自体が愚かしいが。仮に話を進めるとして、我が国が軍事力を提供するのと引き換えに、コヨルは何をもたらすつもりだ？」

「……これまで同盟国に輸出してきた宝石と金銀を、ガルクハインに最優先で輸出するとお約束しましょう。我が国の採算は度外視し、自国で採掘するよりも安価で提供いたします」

その言葉を聞いて、リーシェは理解する。

カイルの話したことは、表面だけ捉えれば、国防を最優先に考えた末のなりふり構わない行動だ。

だが、そうではないことは明白だった。

（駄目です、カイル王子）

リーシェは俯き、心の中で語り掛ける。

（あなたはとても真面目なお方。……嘘をつくのには、向いていない）

「笑わせるな」

アルノルトは案の定、カイルの発言にあった綻びを逃さなかった。

「俺がお前の立場であり、仮に他国へそのような申し出をするならば、宝石の輸出条件には必ず適用期間を設ける。最大の財源である宝石を、利益を無視して提供し続けるなど、緩やかな自害でしかないからな」

「……それは……」

「お前はどうやら、わざわざ期間を区切る必要がないことを知ってるらしい。それが無意識に滲んだと見えるが」

アルノルトの言う通りだ。そしてリーシェの中には、その推測を裏付ける知識がある。いまから数年後までのあいだ、コヨル国の輸出状況がどんなものだったかを思い描き、理解した。

「コヨル国では最早《もはや》、宝石をさほど採掘できなくなりつつあるのだろう？」

カイルが息を詰めた気配がする。

（そう、だったのね）

これまでカイルとは、様々な人生で関わってきた。

そのつど絆《きずな》を結んできたつもりでいたけれど、彼やコヨル国の抱えていた大きな問題は、一介の商人や薬師でしかなかったリーシェには秘密にされていたのだ。

(当然だわ。こんなこと、国の中核を担う人たちにしか明かせない)

コヨル国は、財力と、政略結婚による外交の力だけで国としての存在を守ってきた。

そのコヨルから財力が消え失《う》せるということは、そのまま国家の滅亡に直結する。

コヨルに差し出せるものがなくなれば、周辺国はコヨルを巡って争い、勝った国が領地を自国のものにしてお終いだろう。

(……それに近いことが、未来でも起きていた)

それは、皇帝となったアルノルトが、世界に戦争を仕掛けた際のことである。

コヨルのように戦う力のない国は、戦いの前に降伏することが、最も被害の少なく済む方法のはずだった。だが、コヨルを取り囲む周辺諸国はそれを許さなかったのだ。

なにしろ、ガルクハインからの航路はすべて、コヨルの港に繋がっている。コヨル国がガルクハインに奪われれば、北の大陸諸国にとっては大きな痛手だ。

だからこそ同盟国は、一緒に戦うことをコヨルに強いた。コヨルがそれを拒むのであれば、ガルクハインよりも先にコヨルへ攻め入ると布告したのである。

コヨルは仕方なく戦争に応じた。

国内にほんの僅かしかいない騎士たちを掻き集めて戦場に投じ、結局そのほとんどが殺されてしまったという。薬師の人生での出来事を、リーシェはいまも覚えている。

『ヴェルツナー。僕はこの国を守りたい』

あれはもはや、ココルにまともな騎士など生き残っていない状況下でのことだ。自ら剣を手にしたカイルは、リーシェが止めるのも聞かずに言った。

『そのためならば、手段は選ばないつもりだ。……それが、死に損なって生まれてきた僕に課せられている、最大の責務だろう』

カイルがそれからどうなったのか、リーシェは知らない。

他ならぬリーシェ自身が、薬師として出向いたある戦地で命を落としてしまったからだ。

「しかし、どうにも解せないな」

そう口にしたアルノルトは、実際のところ、さほど興味もなさそうに尋ねる。

「お前の行動は、愚行というほかにない。無策にも等しい状態で、何故この国に来た」

その問い掛けには、すぐに返事がくる。

「私の命は、きっとそれほど長くないでしょう」

一種の悲愴な覚悟を帯びたカイルの声が、ゆっくりと語る。

「もうじき我が王家には、新しい命が生まれてくる。その子の未来のためにも、そして自国の民のためにも、私はいま私に出来ることをしなくてはならない」

「……は」

アルノルトがひとつ、嘲笑を零した。

話にならないとでも言いたいのであろう、雄弁なものだ。

それからアルノルトはカイルに向けて、思わぬことを告げた。

「俺の知る、戦争の勝ち方を教えてやろうか」

「いま、なんと仰いました？」

カイルと同様に、隠れて聞いているリーシェも驚く。だが、アルノルトは意にも介さない。

「――王においては、普段から民心を掴んだ政治をすること。軍の将には、知謀と指揮統率力に優れた者を置くこと」

こつりと硬い靴音が響く。

「兵は熟練した者を選び、命令と規律の遵守を徹底させること。兵に対する賞も罰も、どちらも公平かつ厳格に行うこと。戦場の地形を掌握し、可能な限り自軍に有利な天候、気候下で進めること。……他にもあるが、基本はこんなものだろうな」

カイルに手の内を語ったアルノルトは、こうも続けた。

「だが、俺がいま告げたような知識をお前が持っていようと、コヨル国は戦争に勝てないだろう。それは、お前たちにこの知識を実行に移す力が無いからだ。お前の国民は冬を越すための薪を割る手を止めて、訓練に励むことが出来るのか。土地を肥やす工夫に使う時間を、他国との争いに使っている暇があるのか？」

「それは……」

「出来ないと判断したからこそ、かつての王族は外交に活路を見出したのだろう」

カイルに向けて、アルノルトは容赦せず言葉を向ける。

「能力がある者というのは、身につけた知識を実用できる者のことだ。そして俺は、無能な人間に興味はない。……それが、近隣国の王族であろうとな」

「お待ちください、アルノルト殿下」

「断る。そもそも思い違いをしているようだから言っておくが、この国の皇帝と俺は同類だ」

その瞬間、場の空気がさらに冷たさを帯びた。

「他国と手を結ぶよりも、侵略して支配下に置く方が、俺の性には合っている」

「……っ」

アルノルトの靴音が、バルコニーから響いてくる。

リーシェは彼に気付かれる前に、すぐさまその場を離れた。

ローヴァインの気配に注意しつつ、足早に一度ホールを出る。大勢の人々が談話する声を背に、主城内の廊下の隅へと逃れた。

そして物陰で考える。頭の中で渦を巻くのは、もちろん先ほどの出来事だ。

(――これは、ひとつの転換点だわ)

リーシェは短く息を吐く。

(カイル王子がアルノルト殿下に対し、同盟締結を提案した。ガルクハインの歴史においては、ほんの些細《ささい》な出来事かもしれないけれど……コヨル国にとっては、五年後に起こる悲劇を変えるための、大きな歴史の分岐になる)

なにしろかつてのコヨルには、ガルクハインに滅ぼされるか、周辺諸国に滅ぼされるかの選択しかなかったのだ。

けれど、もしもここでガルクハインと友好関係を築き上げることが出来れば。

それを契機に、周辺国に怯えずに済むだけの力を手に入れることが出来たのなら、それはコヨルの命運を変えるのではないだろうか。

（絶対に、ここで間違えるわけにはいかない）

リーシェはくちびるをきゅっと結ぶ。

（カイル王子は、ガルクハインとの同盟を組むためならなんでもする覚悟のはず。だけど、それでは無意味だわ。コヨルが従属的な立場のままでは、コヨルの支配者が、同盟国からガルクハインに変わるだけ）

そうなれば、目指すべきはただ一点のみだ。

（――つまり、決して大きな力を持たないコヨル国に、強国ガルクハインとの対等な関係を結んでもらう必要がある……？）

リーシェはその場に蹲《うずくま》りそうになった。

果たしてそんな方法があるのだろうか。ガルクハインの皇帝に会えない以上、リーシェが何か出来るとすれば、それはアルノルトの考えを変えるしかない。

『他国と手を結ぶよりも、侵略して支配下に置く方が、俺の性には合っている』

そう言い放った声音は本気だった。

掴み取らなければならない道の途方もなさに、リーシェはぎゅっと両手を握り締める。

第三章

「――よし！　ルーシャス、これはどうだ!?」

びゅんっと風を切る音のあと、騎士候補生のスヴェンがそんな風に声を上げた。

少年姿に男装していたリーシェは、目を輝かせながら拍手する。スヴェンが握る木剣は、とても見事な剣筋を描いたのだ。

「スヴェンすごい！　いまの型、とっても綺麗《きれい》だったよ！」

人が上達する姿というのは、外から見ていてもわくわくする。

リーシェの言葉に対し、スヴェンは一瞬嬉《うれ》しそうに顔を綻ばせたあと、すぐさま引き締めるように居住まいを正した。

「まあ、俺ともあればこのくらいは当然だけどな。……へへっ」

素振りを何度も繰り返し、先ほどの感覚をなぞっている。反復練習は基本のひとつなので、積極的なのはとても良いことだ。

リーシェは自分の木剣を下げると、陽《ひ》の高さでおおよその時間を確かめる。

「そろそろ時間だから、少し休憩したら訓練場を掃除しようか」

「ふん、俺はお前に掃除でだって負けないぞ。その前にちょっと、水でも飲んでくる」

井戸の方に向かったスヴェンを見送り、リーシェはくるりと振り返った。

「ねえフリッツ。さっきの手合わせで……」

「うわあ！」

声を掛けた途端、後ろで素振りをしていたフリッツが木剣を取り落とす。

「ごめん！　集中してたんだね」

「あ、そ、そういうわけじゃないんだ！　いや、集中はしてたけどさ！」

慌てて木剣を拾おうとしたフリッツの指が、同じく手を伸ばそうとしたリーシェの指に触れる。

たった一度、ほんの一瞬だけ当たった程度だ。それなのに、フリッツは「わーっ!!」と声を上げて後ずさった。

「……あ、もしかして静電気？　おかしいな、湿度のある季節には起きないはずなんだけど」

「違くて、ルー!!　お前なんでそんなに指が細くて華奢《きやしや》なんだよ……！」

「ゆ、指!?」

そんなことを言われてぎくりとする。騎士だった人生において、ある人物に骨格で女だと気付かれたのを思い出し、慌てて笑顔でごまかした。

「普通じゃないかな。フリッツたちは鍛えてるから、手も人よりしっかりしてるのかも」

「そ、そっか……いまのが普通、普通なんだな……」

ぶつぶつと呟《つぶや》いているフリッツを見て、やっぱり心配になる。昨日も寝不足だと言っていたし、やっぱり体調が悪いのではないだろうか。

「お、俺のことよりもルーの方こそ大丈夫か」

「ん？　僕は大丈夫だよ、筋肉痛も落ち着いてきたし」

「ならいいけど、今日はなんだか元気がないだろ？　いつも訓練中、どんなにキツくても落ち込んだ顔なんてしてないのに。さっきもちょっと俯《うつむ》いて溜《た》め息《いき》ついてたみたいだから気になったんだ」

思わぬところまで見られていたことを知り、リーシェは驚く。

（やっぱりフリッツは、騎士としての素質がすごく高いわ。周りを注意深く観察しているし、自分の訓練をしながらここまで人に気を配れるなんて、簡単に出来ることじゃない）

こういう騎士は、隊長職にも向いているのだ。フリッツを頼もしく感じつつ、心配を掛けてしまったことを詫《わ》びた。

「ごめん。実はちょっと、色々考えることがあって」

「そっか。無理に聞いたりはしないけど、俺に出来ることがあったら、なんでも相談してくれよ？誰かに話すだけでも、すっきりするからさ」

「ありがとう、フリッツ」

「良いって、それよりもうちょっと座って休んでろよ。俺が水を汲《く》んでこようか？」

「ううん、平気だよ。でも、フリッツはちゃんと水分を取ってきて」

「ん。分かった、じゃあ行ってくる」

井戸に向かうフリッツに手を振ったあと、リーシェはゆっくりとベンチに座り込んだ。

（……でも、言えるはずないわよね……）

数年後に戦争が起こる未来を変えたいことも、目下の課題がコヨル国との友好関係であることも、口には出来ない。仮にリーシェが『両国に対等な関係で同盟を結んでもらうには、どうしたらいいと思う?』と相談したら、フリッツはどんな顔をするだろうか。

昨夜、バルコニーでの会話を盗み聞きしたあと、リーシェはアルノルトと話せていない。

正確には、当たり障りのない会話はしたのだ。しかし、夜会の客人や護衛騎士たちの目があり、込み入ったことを聞くことは出来なかった。もっとも、仮にふたりきりになれていたとしても、彼がカイルと話していたことには触れられなかっただろう。

(いままでの人生でも、夕べの出来事は起きていたのかしら)

夕べはあまり眠れなかった。

膝を抱え、その上に額を押し当てて、リーシェは考える。

(カイル王子がこの国に来たのは、私と殿下の結婚祝いが名目だもの。あれはもしかしたら、今回の人生で初めて起きたことなのかもしれない)

仮に、昨夜の会話に似たやりとりが過去の人生で起きていたとしても、ガルクハインとコヨルが同盟を組んだことは一度もない。つまり、すべて決裂していたはずだ。

改めて、今回を逃すわけにはいかないと感じた。ぐるぐる考え込んでいると、知っている気配が近付いてくる。

「オルコット。早いな」

「ローヴァインさま!」

反射的に身構えてしまったせいで、訓練場に入ってきたローヴァインが少し不思議そうな顔をする。ほとんど表に出したつもりはないのに、さすがの観察力だ。だが、まさか『昨晩ずっとあなたの気配から逃げていたので、つい反射で』とは言えなかった。

「先ほど、フリッツ・ノーランドの悲鳴が聞こえたのでな。何かあったのかと来てみたのだが、君が体調を崩したのか？」

「いえ、僕は単純に休憩してただけで！」

服についた砂埃《すなぼこり》を払いつつ、リーシェは弁明する。

「情けないことを考えていまして。それで後ろめたくて、つい挙動不審になってしまいました」

誤魔化しの説明ではあるが、まったくの嘘《うそ》というわけではない。

「情けない、とは？」

少し悩んだあと、リーシェはこう尋ねてみた。

「もしもここに来ている騎士候補生が騎士になったあと、どこかの国と戦争をすることになったら。……そのときは、みんなが戦争に行くんですよね」

「そうだな」

「騎士を目指したその先に、みんなが危険な目に遭う未来があるかもしれないって。……そう思ったら、なんだか怖くなって」

その思いは、少し前からリーシェの中にあったものだ。

騎士として戦っていた頃のリーシェにとって、ガルクハインは敵国だった。かの国の騎士たちは本当に強く、敵として大変な脅威だったが、彼らが誰ひとり死ななかったわけではない。

フリッツたち候補生を見ていると、夢を叶《かな》えてほしいと思う。

けれど、いまのままでは確実に戦争が起きてしまうことも、リーシェは知っているのだ。

「私の息子は、先の戦争で命を落とした」

「――――！」

ローヴァインは、柔らかい笑顔でふっと息を吐く。

「誇り高く戦った末の、素晴らしい最期だったと息子を讃《たた》えたい。……しかし、私はその感情と同じくらい、息子に生きていてほしかったのだ」

「ローヴァインさま……」

何も言えなくなったリーシェに対し、ローヴァインがなおも聞かせてくれる。

「いまを生きている若者には、どうか健やかに成長してほしい。その未来は、大いなる希望に満ちていてほしい。……息子を亡くして以来、私は心からそう思う」

やさしいけれど、さびしい声音だ。

ローヴァインはいつも、自分たち候補生を見守ってくれる。そのまなざしが穏やかな理由を、ここに来てようやく思い知った。

「戦争は誰かの未来を奪うものだ。その恐怖を克服するには、立ち向かうしかない」

「立ち向かう、とは」

「自分の願い、感情を否定しないこと。そして、それを糧にして前に進むことだ。自分に出来ることは何か、それを見極めなさい」

その言葉に、リーシェは考える。

（私の願い。――それから、私に出来ること）

リーシェもかつては騎士だった。

尊敬できる主君に出会い、その人たちを守り抜くと誓った。そのためならば命は惜しくなかった
と、いまでもそんな風に考えている。けれど、とも思うのだ。

大切な人が危険に晒《さら》され、仲間たちが命を落としていく光景は、決して見たくなかった。

「ありがとうございます、ローヴァインさま」

「何事もなかったようなので、私は一度戻る。また後程」

頭を下げ、ローヴァインが訓練場から出て行くのを見送った。そのあとで、改めて考える。

（自由に生きたい。死にたくない。そのために戦争を止めたいし、コヨルにも滅んでほしくない。

だけど、それだけじゃなくて）

再び地面にしゃがみこみ、自分の内面を覗《のぞ》き込む。

（……いまのガルクハインは、武力によって世界各国から恐れられている国。圧倒的な強国だから
こそ、対等で友好的な関係を築けている他国が存在しない）

好戦的な政治を行ってきたのは、アルノルトの父である現皇帝のはずだ。

しかし昨晩のアルノルトは、『自分と皇帝は同類だ』と言い放った。どこか自嘲的な響きも含ま
れていたあの声音を、リーシェは思い出す。

（アルノルト殿下は、『他国と手を組むよりも、侵略する方が性に合っている』と仰《おっしゃ》っていた。だ

けど、本当にそうなのかしら）

ガルクハインに来て一月半が経《た》つ。

そのあいだ、ずっと傍《そば》で見てきたアルノルトのことを考えると、リーシェはそうは思えなかった。

（アルノルト殿下が、ご自身をそういうものだと捉えていらっしゃるのであれば）

ゆっくりと、目を開く。

（――私は、そんなことはないのだと、あの方に伝えたい）

そのことを、アルノルト自身が知らないとしても。

言葉で告げるだけではなく、アルノルト自身にも分かってもらえるように。

（ガルクハインが支配するのでもなく、敵対関係になるのでもない。そんな国が、コヨルだけではなく世界中に増えていったら、アルノルト殿下の未来の行動も変わるかもしれない）

リーシェはゆっくり立ち上がると、深呼吸をしたあとに自分の頬を叩《たた》いた。それから、しっかりと前を見据える。

（考える、自分の願いを叶えるために進む！　どうせ時間は進んで行くんだもの、行動しなくちゃどうにもならないわ！）

自分に発破を掛けていると、水を飲みに行っていたスヴェンとフリッツが戻ってきた。

「ルー、お待たせ。……あれ、なんかちょっと元気出たか？」

「うん。考えるのは必要だけど、悩むのは意味がないって気が付いたんだ」

まずはこの訓練が終わったあと、どんな行動を取るか計画する。フリッツの言う通り、少し元気が出てきた、その矢先のことだった。

＊＊＊

「――……諸君らの訓練を、特別にご覧いただくことになった。このお方こそ、諸君らが命を賭してお仕えすべき主君であり、この国の皇太子殿下であらせられる」

「……」

訓練の開始後。

訓練場に並ばされていた訓練生たちは、現れた人物の姿にざわついていた。

騒いではいけないと分かっているが、みんな興奮を隠しきれない様子だ。リーシェの隣に立つフリッツなど、最初に彼の姿を見たときは、驚きすぎてよろめいていたほどだった。

そんな中でリーシェだけが、悪い方に表情が引き攣《つ》りそうなのを必死にこらえている。

だというのに指導役のローヴァインの声は、容赦なくその人物の名を紡ぐのだった。

「アルノルト・ハイン殿下だ」

「――――……」

リーシェは頭を抱えたくなる。

目の前に立つ、世界一美しい色の瞳を持った男が、不機嫌そうな表情でリーシェを見ていた。

（ど、どうしてアルノルト殿下がここに!? 候補生の訓練に皇太子が来るなんて!!）

テオドールだって、この訓練場にアルノルトが足を運ぶことはないと言っていたはずだ。だが、目の前に立つ美丈夫の姿を見間違えるはずもない。

「……」

アルノルトに無言で見つめられ、冷や汗がだらだらと伝うのを感じた。

時間にすれば一秒ほどだろうか。他人には瞬きほどの短さだろうが、リーシェからすれば随分長く感じられる。騎士人生において、緊迫した戦闘中に周りの光景がゆっくり見えることがあったが、剣も握っていないのにこの緊張感はなんなのだろう。

「――……」

リーシェが身構えたそのときだ。

アルノルトは、ふっとリーシェから視線を外し、隣に立つ臣下にこう命じた。

「ローヴァイン。さっさと訓練を始めろ」

（……んっ!?）

拍子抜けしたリーシェとは裏腹に、アルノルトが淡々と言葉を続ける。

「訓練生たちの動きを見たい。訓練項目はどうなっている?」

「は。すでに手合わせは取り入れております。柔軟と走り込みのあとに実施し、そのあと筋力鍛錬となっておりますが、如何《いかが》いたしましょう」

「では柔軟後に手合わせを。体が十分に解《ほぐ》れ、体力的な消耗のない状態を確認する」

アルノルトが何か喋《しゃべ》るだけで、訓練生たちは背筋が伸びるようだった。アルノルトは先ほどの一度を除き、あとはリーシェの方を見もしない。

（ま、まさか気付かれてないのかしら……!?）

そんな訳はない。心の中に湧いた希望的観測に、自分で思いっきり訂正を入れる。

短髪のカツラを被《かぶ》っているとはいえ、顔立ちはほんの少し化粧で印象を変えただけだ。リーシェを知っている人が見れば、一目で気付かれてしまうだろう。

そもそも、なにかしらの方法で顔立ちを大幅に変えていたとしても、相手はアルノルトだ。リーシェの立ち姿や歩き方、ちょっとした動きの癖などで見抜かれてしまうに違いない。

（それでも、ほんの十日間だけ逃げ切れば良いはずだったのに！　公務に多忙なアルノルト殿下とここで鉢合わせするなんて、どういうことなの……!?）

アルノルトの命令を受けて、ローヴァインが候補生たちに指示を出す。

「いつも通り柔軟から入りなさい。殿下がいらしているからといって、浮足立つことのないように」

「はい！」

声を揃《そろ》えて返事をし、それぞれいつもの場所に散らばる。リーシェも駆け足で訓練場の隅に向かいつつ、アルノルトの気配をそっと探った。

「なあルー、すごいな！　あのアルノルト殿下、本物だぜ!?」

「う、うん、よかったねフリッツ」

引き攣《つ》り笑いを浮かべたリーシェは、もうひとつの希望的観測を抱いてみる。

（もしかして、見逃して下さるつもりかも）

リーシェの存在など気付かなかったことにし、何も言わないでいてくれるのかもしれない。そうであれば、リーシェもここでの訓練を続けられる。ほのかな期待を抱きつつ、いつも通りの訓練と手合わせを終えた、そのあとだった。


「――――で？」

「……………」


訓練後、訓練場の裏手に呼び出されたリーシェは、壁とアルノルトの間に挟まれて絶望していた。

訓練のあいだ中、アルノルトは一切リーシェに構わず、訓練生たちの様子を分析していたのだ。このまま何事も起きずに終わることを祈っていたのだが、そんな思いは打ち砕かれる。

「お前は一体、ここで何をしている」

「え、えーっと……」

間近から見下ろされ、まともにアルノルトの顔が見られない。壁に背中を張り付かせたリーシェは、ぎこちなく顔を逸《そ》らす。

「こ……皇太子殿下におかれましては、ご機嫌麗しゅう……。一介の訓練生に直々のお声掛け、恐悦至極に存じます……」

「……ほう？」

白々しいことは承知の上で、一応は訓練生のふりをしてみる。それに、周りに誰の気配もないのは分かっているが、下手に会話を聞かれてもいけない。

「なるほどな」

リーシェの言葉を聞いたアルノルトは、おもむろに手を伸ばした。

最近は黒い手袋を着けていることが多いアルノルトだが、いまは何も着用していない素手だ。何かと思えば、アルノルトはその両手でリーシェの顔をくるみ、むにっと頬を押さえるようにした。

「むっ!?」

「お前が俺の思っている人物でないのなら、俺が直接触れても構わないということになるが？」

「!!」

突然そんなことを言われ、びっくりしてしまう。

「俺は基本的に、婚約者に対する契約を破ることはないよう努めている。……だが、一介の騎士候補生が相手ならば、そのような配慮をする義務はないな」

（か……顔が近いんですが!?）

両手で上を向かされたまま覗《のぞ》き込まれ、整った顔立ちがますます近付く。

何度見ても芸術品のように美しいアルノルトの容姿は、至近距離で見るには毒と言えるほどだ。

（それに、この感じ、前に一度どこかで……）

そう考えて、不意に思い出した。

頬に触れられ、上を向かされて、アルノルトのくちびるに触れられたときのことを。

あの瞬間の、息が止まりそうな感覚が鮮明に過《よぎ》り、頬が一気に熱くなった。

「……っ！」

アルノルトの手が、ひんやりとして冷たい。

思い出してしまったことを、アルノルトに悟られただろうか。そう考えると、ますます彼の目が見られなくなった。しかし、そんなリーシェに対し、アルノルトは容赦がない。

「ほら。早く俺に反論してみろ」

「殿下……!!　最初は怒ってるのかと思いましたけど、実はぜったい楽しんでますよね!?」

「なぜ？　俺にただの候補生で遊ぶ趣味はない」

そんなことを言いつつ、アルノルトはリーシェの頬を両手で押さえる。むにむにと動かされると上手《うま》く喋れないのだが、そのとき不意に気が付いた。

「アルノルト殿下、いったん離れてください！」

「断る」

「だって、人が来……っ」

足音がする。アルノルトだって分かっているはずなのに、やめてくれる様子はない。

「おーい、ルー？　ルーシャス、何処《どこ》に……」

思った通りの人物が、訓練場の裏手に足を踏み入れた。思いっきり目が合って、息を呑《の》む。

そこにいたのはフリッツだった。

「あ」

そして、思いっきり目撃される。

アルノルトに壁際へと追い詰められ、顔を両手で包まれて、間近に覗き込まれているこの現状を。

「あ、アルノルト皇子!?」

思わずそう呼んでしまったらしいフリッツが、慌ててそれを言い直す。

「じゃ、じゃなくて皇太子殿下!!　えっ、あれっ、ルー!?　なんで!?」

「フリッツ！　違うんだ、これは！」

別にこれは、冗談で遊ばれているだけなのだ。アルノルトの振る舞いが誤解される前に訂正しようとしたのだが、フリッツは裏返った声で叫んだ。

「し、失礼しました!!」

(何が!?)

リーシェが何か言う前に、フリッツが慌てて駆け出す。

「ちょ、フリッツ、待っ……！」

呼び止めたのだが、彼の気配は一直線に走り抜けていった。

「あ……アルノルト殿下!?　人に見られましたよ今、思いっきり！　彼は絶対大丈夫ですけど、相手次第ではどんな噂《うわさ》が立つことか！」

「噂を立てられたからどうだというんだ。問題があるか？」

「大有りです！」

「へえ。どういった点が」

「こ……」

「こ？」

何故《なぜ》か無性に恥ずかしいことを言わなくてはならないような気持ちで、リーシェは続ける。

「婚約者の方が、いらっしゃるのでは……」

「……」

すると、アルノルトがぴたりと手を止めた。

妙な沈黙が流れるが、これは一体なんの時間なのだろう。そう思っているとやがて、アルノルトが言った。

「まあ、いるな」

「そ、そうでしょうそうでしょう！　だから、こんな所でただの騎士候補生を……」

「とはいえ」

「わぷっ」

再び頬をむにっと押され、変な声が出た。

「『ただの騎士候補生』が、この俺に向かって随分と無礼な口を利くじゃないか」

「うぐぐ……」

覚悟を決める。協力してくれたテオドールには申し訳ないが、ここが限界だ。

「……申し訳ありませんでした」

「なんに対する謝罪だか分からないな。何をしたのか、自分の口でちゃんと言え」

「わ、私は殿下に秘密で男装し、候補生の訓練に潜り込んでいました！　誠に申し訳ありません！」

「上出来だ」

ぱっと手が離れ、ようやく解放されたリーシェは、その場にへなへなとしゃがみこんだ。

「はあ……」

アルノルトにくるまれていた頬が熱いような、手の冷たさがまだ残っているような、なんだか不思議な感覚だ。自分の両手で上からくるみ、深呼吸をする。

アルノルトはやっぱり、少しだけ楽しそうではなかっただろうか。訓練以上に消耗したリーシェを見下ろして、彼はこう尋ねてきた。

「それで？　こんな真似《まね》をして、今度は何を企《たくら》んでいる」

「純粋に、体を鍛えたくて」

「……」

「本当ですよ!?」

疑いの目を向けられて心外だが、一度欺こうとしたのは確かなので仕方がない。

「殿下こそ、どうして自ら候補生の視察にいらしたのですか？」

尋ねると、アルノルトは僅かに間を置いたあと、表情だけはどうでもよさそうにこう言った。

「……今期の候補生には、テオドールの名で推薦があったと聞いた」

それはつまり、リーシェのことだ。

しかし驚くべきは、『アルノルトが、弟の推薦した人物を気に掛けていた』という事実だろう。

（テオドール殿下は、兄君が候補生の訓練の場に顔を出すことはないと仰《おっしゃ》っていたけれど……）

でも、そうではなかったのだ。リーシェは嬉《うれ》しくなるのと同時に、このことをテオドールに早く教えてあげたくなる。

（テオドール殿下、どんなお顔をなさるかしら）

「そんなことより、話を戻すぞ」

「ひっ」

ぎくりと体を強張《こわば》らせた。

「もう一度聞くが、なぜこんな真似をしている」

「申し上げた通り、体を鍛えるためです……」

「それだけが理由とは思えん。専任の指導者を用意させるなど、他にも方法があっただろう」

アルノルトは断定的な口調で言い、しゃがみこんだままのリーシェを見下ろす。

「そうだな……『自分のために人手を割かせるわけにはいかない。指導現場で行われている実際のやり方を知っておきたい。性別や立場を考慮されないよう、男として身分を偽る方が良い』。これまでに見てきたお前の思考法則を踏まえれば、そんなところか？」

（見抜かれてる……!!）

「しかし、それでも解せないな。鍛錬内容は当然ながら、男の体力や筋力に合わせて組まれている。そこにお前が参加したところで、ついていくのがやっとであることは想像がついたはずだ」

リーシェが最初に懸念していたことまで指摘され、ますます言葉に詰まった。

「た……体力や筋力が乏しいからこそ、この訓練に参加する意義があると思いまして」

「お前の剣技は、身のこなしと体幹、斬り込みの的確さ辺りが軸になっている。体力だけならまだしも、筋力鍛成はさほど重要ではない」

アルノルトの言わんとしていることは、おおよそ想像がつく。候補生としての鍛錬は、止《や》めるべきだと考えているのだ。

（それでも、とりつく島もなしに『止めろ』とは仰らない）

先ほどの彼は、リーシェに対する契約を破らないよう努めていると言ってくれた。

それはもちろん、求婚時に彼が掲げた誓約のことだ。リーシェが望むことを、アルノルトの出来る範囲で極力叶《かな》えると言った、あのことを指しているのだろう。

（だからこそ、私がここにいる理由を聞いて下さるんだわ。殿下に納得いただければ、私は最終日までここにいられる）

アルノルトに言い当てられていないのは、協力してくれたテオドールにも告げなかった最後の動機だ。こうなると、それを正直に告げるしかないだろう。

「殿下の仰ることは分かります。……でも」

「でも？」

わがままであることは、よく分かっている。

だからこそ、リーシェはしょんぼりと眉を下げ、小さく丸まって呟《つぶや》いた。

「……あなたの考案した訓練を、私だって、受けてみたかった……」

「…………」

うっかりして、しょげた子供のような言い分になってしまう。

アルノルトが眉根を寄せた。けれど、先日アルノルトとした手合わせは、あのたった一度だけでリーシェの血肉になったように思えたのだ。

騎士だった人生において、リーシェはアルノルトに敗北した。それはもう、完膚なきまでの負けである。そんな人物が、新人を鍛えるために考案したすべがあるのなら、身を以《もっ》て知っておきたいではないか。

（――って、これじゃあなんの説明にもなってないわ！）

黙り込んだアルノルトを前に、リーシェは急いで立ち上がった。

「た、確かに私の基礎体力は、今回の訓練に適していないかもしれません。ですが指導役のローヴァイン閣下は、訓練過多にならない線を的確に見抜いて下さいます。訓練生同士の手合わせも出来るので、互いに足りない点を指摘しあって、この数日で着実に強くなれたかと！」

「……」

「私の知る鍛錬といえば、体を壊す限界まで自分を追い込むようなものでしたが、この訓練でそうではないことを学べました。残り数日できっちりすべて学び取れれば、専任の指導者についていただかなくとも、あとは自主鍛錬のみでなんとかなります」

「……」

「そうなれば、個別に人手を割いていただく必要は金輪際ありません」

やはり、この説明では弱いだろうか。そう思ったが、アルノルトはなぜか額を押さえ、深い溜《た》め息《いき》をついた。

「あ、アルノルト殿下？」

「……なんでもない。それと、体力的に厳しいはずの訓練に対し、お前がまったく負の感情を抱いていないこともよく分かった」

「それは当然です。楽しいですし、勉強にもなりますし」

アルノルトは渋面のままリーシェを見る。そして再びの溜め息のあと、こう尋ねてきた。

「……体を痛めたり、著しく消耗したりはしていないな？」

「はい。ローヴァイン閣下がそのように指導して下さいます」

「朝の五時には部屋を抜け出しているようだが。夜は何時に就寝している」

「うっ。お布団に入るのは、なるべく夜の十一時くらいまでに……」

慎重に部屋を出ていたはずが、気配を読まれていたらしい。それでも見逃されていたのは、畑の世話に行っていると思われたのだろうか。

寝台に入るのは十一時だが、しばらくはガルクハインの地理を暗記したり、外交記録を読みあさったりしている。そのため実際に眠る時間はもっと遅いのだが、さりげなく伏せた。

何か考えている様子だったアルノルトが、やがてゆっくりと口を開く。

「条件がある」

思わぬ提案に、リーシェは目を丸くした。

「あと一時間は早く就寝しろ。何より、くれぐれも性別を悟られないよう注意を払え。いいな」

「続けても、よろしいのですか？」

まさか、許してもらえるとは思っていなかった。

しかしアルノルトはリーシェを見て、子供に尋ねるかのように念をおしてくる。

「守れるか？」

「……はい！　ありがとうございます、アルノルト殿下！」

ぱあっと世界が明るくなった。

そんなリーシェに対し、再三の溜め息をついたアルノルトが尋ねてくる。

「候補生の視点から見て、この騎士団はどう映った」

「とても素晴らしいです。訓練生のみんなには申し分ない素質がありますし、ローヴァイン閣下の指導も的確でした。候補生ひとりひとりに目を掛けて下さいます」

「……そうか」

「騎士を、とても大切になさっているのですね」

そう告げると、アルノルトは感情の読めない無表情でこう答えた。

「人材は国の財産だ。尊重するに越したことはない」

（……だけど）

心の中で、そっと唱える。

（数年後、あなたはローヴァイン閣下を処刑して、多くの騎士を侵略戦争へと引き連れるのですよ）

一度だけ深呼吸をしたあと、リーシェは切り出す。

「……カイル王子の目的を、耳にしました」

すると、アルノルトが面白そうに笑った。

「やはり昨晩、お前が近くにいたか」

「気付いていらしたのですね。完全に、かつ慎重に気配を絶ったつもりでしたが」

「途中からだがな。あそこまで俺に気取らせない人間はそういない」

次回があるならば、もっと気を付ける必要がありそうだ。そう考えながらも、リーシェは問う。

「コヨル国に、どれほどの猶予がありますか？」

「……当然、宝石の採掘量についての話をしているわけではないな」

「もちろん。私が知りたいのは、お父君……ガルクハインの皇帝陛下に対する猶予です」

そう告げて、アルノルトを見上げる。

「私もアルノルト殿下も、カイル王子がこの国にいらした理由が分からずに警戒し、真意を探りましたよね。そしてそれは、あなたのお父君も同様のはず」

リーシェは現皇帝のことをほとんど知らない。だが、昨晩のアルノルトは言っていた。

『他国と手を結ぶよりも、侵略して支配下に置く方が性に合っている』人物だと。

そうでなくとも、息子であるアルノルトの妃《きさき》として、『人質の価値がある国外の人間』を必要条件とする父親だ。

「……残念ながら、父帝がどこまで把握しているかは俺の知るところではない。だが、ココルの状況を知れば、国力を失って他国に奪われる前に動こうとするだろう。あの国そのものに価値はないが、北への航路は必要だからな」

やはり、状況は芳しくないようだ。

ココル国とガルクハインの関係を変えようにも、ガルクハイン皇帝に知られてからでは遅いのである。そうなれば、年数を要するような計画は立てられない。

「お前の考えていることは、おおよそ予想がつく。だが」

アルノルトが、リーシェに一歩近付いた。

そして、その整ったかんばせに、美しくも薄暗い笑みを浮かべる。

「――父帝《あのおとこ》に攻め込ませるくらいなら、俺にしておくべきだと思うがな」

「……っ」

ぞくり、と背筋が粟立《あわだ》った。

「何を……」

「ココルとの和平を結ばせるべく、俺を説得しようとしているのだろう？　しかし、あの国にそのような材料はない。下手に俺の動きを止めて、そのあいだに父帝がココルの窮状に勘付けば、俺が動くよりもよほど厄介な事態になるぞ」

アルノルトは、リーシェの反応を楽しむかのように覗き込んでくる。

「いずれ滅ぶのを待つだけの国に、誰がとどめを刺すかというだけの話だ。大人しく自国で蹲《うずくま》っていれば、数年は誤魔化せただろうに。他国に助けを求めようなどという愚行の所為《せい》で、手の内を晒《さら》して付け込まれる羽目になる」

「アルノルト殿下」

「父帝に気付かれればどうにもならない。お前がココルに情けを掛ける気があるのなら、是非とも俺があの国を侵略するのに手を貸してもらいたいものだな」

冗談めいた口ぶりの中には、本気の声音が滲《にじ》んでいた。

彼と出会ったばかりであれば、ひどく恐ろしさを感じていたかもしれない。だが、いまのリーシェはちゃんと知っている。

「……殿下は時々、とても嘘《うそ》つきですね」

少し寂しい気持ちになって、そう告げた。

「あなたが本当に、『友好的な関係を築くよりも、相手を蹂躙《じゅうりん》する方が性に合っている』と思っていらっしゃるのであれば。……面倒な約束など交わさずに、無理やり私を娶《めと》ればよかったはず」

そう告げると、アルノルトが眉根を寄せた。

「あなたにどんな目的があって、私に求婚なさったのかは分かりません。ですが、格下国の公爵令嬢ごとき、あなたであれば自由に出来たでしょう？　にもかかわらず、そのようなことはなさらなかった。私がこの国に来てからも、変わらずに私のことを尊重して下さいます」

先ほどだってそうだ。彼が『訓練を続ける条件』として挙げたものも、リーシェのために言っているような忠告ばかりだった。

そのアルノルトが、どうしてあんな未来を選ぶのだろう。

分からなくて、目の前に居る彼の瞳を見上げる。海のような色をした双眸《そうぼう》には、暗い光が宿っていた。けれどもその光は、ややあって静かに薄れてゆく。

「お前が、どのように俺を評そうと勝手だが」

アルノルトはゆっくりとリーシェから離れる。そして、こう言い放った。

「覚えておけ。この国にとっての戦争は、非道な選択でもなんでもない。……ただの政治の手段のひとつだ」

＊＊＊

リーシェが初めてコヨルを訪れたのは、商人として生きた一度目の人生でのことだった。

コヨルにも短い夏がある。あれはそんな季節であり、凄《すさ》まじい雷雨の夕刻だ。タリーとリーシェは、半ば遭難しそうになりながら、湖の畔《ほとり》に建つコヨル城へと辿《たど》り着いた。

雨よけの外套《がいとう》も役に立たず、いっそ諦めがつくほどの土砂降りだった。裏口に通されたあと、出迎えてくれた侍女にタオルを渡されて、ようやく一息つけたのを覚えている。

『はっははは!! 大雨が降る降るとは言われていたが、想像以上の土砂降りだったな』

上司のタリーは大笑いし、ずぶ濡《ぬ》れになった前髪を掻《か》きあげた。

『リーシェ、だからついてこなくて良いって言っただろ？ 商談時間を遅らせない判断をしたのは俺だ。お前も他の連中と一緒に、宿で留守番していれば良かったのによ』

『そんなことよりタリー会長！ 夏にもこれだけ雨が降るなら、雨除《あまよ》けの外套が売れるのではありませんか？ 雪用よりも薄くて軽くて、見た目も明るく涼しげなものが！』

『それは良い案だがお前さん、自分の有り様はどうでもいいのかい。せっかく整えた髪もドレスも、商品を守ってめちゃくちゃじゃねえか』

『だって、人間は拭けば乾きますし』

『はっは!!』

タリーはひとしきり笑ったあと、リーシェを見る。

『駆け出しがよく俺についてきた。そういう性根のやつは、ここのお得意さんに好まれる』

『お得意さま？ ……いずれにしても、この格好でお城に滞在するのは失礼ですよね。納品は間に合いましたし、おいとまを……』

そう言いかけたリーシェをよそに、タリーがにやりと口の端を上げた。

『お久しぶりです、カイル殿下』

突然そんな風に言い放ったタリーは、そこで紳士めいた一礼をした。リーシェも咄嗟《とっさ》に体が動き、ドレスの裾を摘《つま》んで頭を下げる。

（『殿下』って、もしかして……）

　こつこつと靴音が響いてきて、リーシェたちの前で止まった。

『久しぶりだなタリー。荒天の中、急がせてしまってすまなかった』

『こうしてお目に掛かれたことを、嬉しく思っております。とはいえ、お見苦しい姿で失礼をば』

『一刻も早くと頼んだのは父王だ。すぐに着替えと湯を用意させよう。こちらの女性は？』

『私めの部下で、ヴェルツナーと言う者です』

『では、挨拶をせねばならないな』

　まさか、王族がここに来たのだろうか。一介の商人を迎えるために、わざわざ裏口まで。

『お初にお目に掛かります。リーシェ・イルムガルド・ヴェルツナーと申します』

　リーシェは頭を下げたまま名乗る。ぽたぽたと髪から雫《しずく》が落ち、床を濡らした。

　すると現れたその王子は、濡れた床に迷わず跪《ひざまず》いたのだ。

『カイル・モーガン・クレヴァリーだ。貴殿たちの来訪を、心より歓迎する』

『か、カイル殿下!?』

　リーシェは悲鳴を上げそうになった。

　ひょっとして、これが『コヨルの男性は女性を尊重する』という文化だろうか。そう思ったのは一瞬のことで、リーシェはすぐに彼の真意を知る。

『雨の中、馬と馬車を守りながらの道中は苦労しただろう。それでなくとも船旅で、危険を冒してまで良く来てくれた。この国は物資に乏しく、あなた方のような商人に支えられ、それによって国民の生活を守ることが出来ている』

水色の瞳を持つその王子は、リーシェの目をまっすぐ見て言った。

『僕はあなた方商人に、尊敬の念と感謝を捧《ささ》げよう』

これが最初の出会いである。

カイルは王族でありながら、様々な立場の相手に対して敬意を抱く人物だったのだ。使用人のことも、カイルを守る騎士のことも。自国の国民にも、老いた人にも、自分よりずっと幼い子供にさえも。

それを目の当たりにしたのは、商人の人生だけではない。

『君がハクレイの弟子か。彼女からの手紙でも、将来有望な薬師だと聞いている』

――薬師の人生では、病弱な体を押してまで港に迎えに来てくれた。

『ミシェルが教え子を取るなどと、想像してみたこともなかった。苦労はお察しするが、優秀な錬金術師にお越しいただけたことは嬉しく思う。あなた方の持つ叡智《えいち》を、少しばかり我が国に貸していただけないだろうか』

――錬金術師の人生でも、世間一般のように怪しい学問だと切り捨てるようなことはなく、リーシェやミシェルがやりたいことに耳を傾けてくれた。膝をつき、同じ目線で話を聞いて、相手に寄り添おうとする。

カイルは決して横柄に振る舞うことはなく、それでいて、王族としての責任を果たそうと努めていた。そんなカイルと一番長い時間を過ごしたのは、錬金術師としての人生だろう。

リーシェはミシェルと出会い、彼の教え子となって、それから共にコヨルへと渡った。

そして、学問に関する公務を担当していたカイルの元で、様々な研究をすることになったのだ。

カイルがリーシェたちを叱るとき、彼はまるで保護者のようでもあった。

『ミシェル。先日あれほど言ったのに、また部屋の掃除を怠ったそうだな』

その日もカイルは、自分よりずっと年上であるはずのミシェルをソファに座らせ、自分はその前に腕を組んで立っていた。

『他の学者から苦情が来たぞ。全身血まみれで戻ってきたお前が、研究室に閉じこもって恐ろしかったと。研究室の絨毯《じゅうたん》を汚して、今度はなんの研究をしていたんだ』

困ったように眉を下げたミシェルが、隣に座るリーシェに尋ねてくる。

『どうしようリーシェ、覚えていない。先日そんなことがあったのかな？』

『先生、あのときですよ。牛のお産を手伝って、代わりに検体をもらったと仰ってた件です』

『ああー、あれかあ！』

ぱっと嬉しそうになったミシェルを見下ろし、カイルは難しい顔をする。

『それだけじゃない。研究室に寝泊まりばかりして、私室に戻っていないだろう。部屋に手つかずの食事を放置したままにしているから、卵が腐って悪臭を放っているらしい』

『あはは。最近天気もよかったしね』

『すみません、カイル王子……』

自然の摂理を受け入れているミシェルに代わり、教え子であるリーシェが頭を下げた。

『今後は十分に気を付けます。汚れた姿で研究に没頭することは控えていただきますし、配膳された食事は完食いただくようにしますので……！　もう二度と、「食事を取りに行くのが面倒だから」という理由で、お庭の花を食べてしまうようなことを見過ごしたりしません！』

『待て、最後のは僕も初耳だぞ。それに、問題にしているのはミシェルのことだけではない』

へ、と声が出る。リーシェが顔を上げると、カイルはこちらを見下ろしていた。

『君もだヴェルツナー。本を大量に貯蔵していて、「石床すら抜けかねない」と報告が入った。読み終わったものに関しては、どこかに移すのが適切ではないか？』

『え!!　そ、それは……！』

『それに、君の身長より高く本を積み上げるのはやめるよう言ったはずだ。地震などで倒壊する危険もあるし、危ないだろう』

『……返す言葉もございません……』

とはいえ部屋にある本は、どれも貴重で勉強になるものだ。

何度も読み込み、内容は頭に入っている。けれども本というものは、読むタイミングによって全く違う気付きが得られるものでもあった。

（居候の身だし、お城に迷惑を掛けるわけにはいかないわ……。でも、手放そうにも優先順位がつけられない!!　せめてあと二週間、いいえ三週間は検討と最後の一読に費やさないと……）

『よって、僕の持つ部屋のひとつを、書庫として君たちに開放する』

『……すみませんカイル王子、やっぱり処分には一ヶ月ほどお時間を……って、え!?』

衝撃の言葉に、リーシェは心底驚いた。

『よ、よろしいのですか？　部屋にあるのは錬金術の本です。使うのは私くらいのものなのに、部屋をいただいてしまうのはご迷惑なのでは』

錬金術師というものは、『資金と時間を使うばかりで、結果の方はほとんど出せない』という目で見られるのが常だ。

ミシェルがコヨルに招かれているのも、求められているのは錬金の知識ではなく、薬学をはじめとする様々な知識を期待されてのことだった。

カイルには本来、『錬金術師』としてのリーシェたちを尊重する理由など、無いはずなのだ。けれども彼は迷わずに言った。まっすぐな意思を感じさせる、凛《りん》としたまなざしで。

『君たちを支えるのが僕の義務だ。僕自身の振る舞いに、一切の妥協はしたくない』

『カイル王子……』

そのときだけではない。カイルは何度もリーシェたちを助けてくれた。

『お前たち、また食事も摂《と》らず研究に没頭しているのか……!?　待て、分かった動かなくて良い、フラスコを見ていて良いからすぐさまこのパンを口に運べ。先に水を飲め』

『研究資金であれば、僕が父に掛け合おう。――お前たちであれば、必ず結果を出すと分かっているんだ。必ず首を縦に振らせてみせる』

『上手くいったのか!?　……そうか、おめでとう。何よりも、お前たちの頑張りが報われたことが、僕にとっては本当に嬉しい』

　ガルクハイン皇城の一室で、リーシェは静かに考え込む。

（……カイル王子には、どの人生でも本当に良くしていただいた。だからこそ、私は……）

「リーシェ」

　目の前のミシェルに呼び掛けられ、顔を上げる。

　午前中、アルノルトに訓練の継続を許されたリーシェは、午後になってコヨルの学者たちが滞在する塔を訪れていた。

「一通り目を通したよ。着眼点がとっても良いし、面白い。私も結果に興味があるな」

「ありがとうございます、ミシェル先生」

　卓上に並べたのは、ミシェルと再会してから数日間のあいだに書き出した研究の案だった。

　これらは錬金術師の人生において、志半ばのままに終わってしまったものだ。今後の戦争回避計画に使えそうなものもあったため、ミシェルの意見を聞いておきたかった。

「どれもこれも、ある程度の検証がされてるんだね」

「実家にいた頃に、趣味で少々。この国に嫁いできた関係で中断してしまいましたが」

　リーシェは真実に嘘を混ぜる。実際は、研究の途中で死んでしまったせいなのだけれど。護衛の騎士たちに見守られながら、リーシェはミシェルに色々と尋ねる。

（……いまのコヨル国が持つ武器には、ミシェル先生という学者の存在があるけれど……それでは駄目だわ。コヨルと同盟を結ぶよりも、先生ひとりを引き抜こうとなさるはずだもの）

それに、ミシェルとアルノルトを近付けたくない理由はもうひとつあるのだ。かつてミシェルと袂《たもと》を分かったときのことを思い出し、ぎゅっと両手を握り締める。

「ねえリーシェ」

議論の言葉を止めて、ミシェルが柔らかく微笑《ほほえ》んだ。

「君は勉強が好きなのかな？」

「はい、とても！　新しいことを学ぶのは、どんなことでもわくわくします。世界がどんどん広がって、昨日までの景色すら違って見えますから」

「ふふふ、そうだねえ。学ぶことは楽しいし、それを実践するのも楽しい。……それに、やっぱりそうだって確信した」

ミシェルは机に頬杖《ほおづえ》をつき、とろけるような微笑を浮かべて言うのだ。

「君は、お妃さまになんか向いていないよ」

「！」

護衛の騎士が何か言いかけたので、リーシェは視線でそれを止めた。

ミシェルに悪気はまったくないのだ。彼は晴れ晴れとした声で、こう続ける。

「だってそうだろう？　君には、望んだときに何処でも行けて、なんにでも挑戦できるような自由が似合ってる。そんな生き方のほうが、ずっと向いているはずだけどな」

「……先生」

「私のところに来ればいいのに」

彼が首をかしげると、金色の髪がさらさらと零《こぼ》れる。

「そうすれば、君の知らないことをたくさん知ることが出来るよ。全部なんでも教えてあげるよ？」

「……お誘い、本当にありがとうございます。ですが、私がいま最も知りたいことは……」

リーシェは窓辺に視線を遣った。

遠くには、リーシェたちの部屋がある離宮が見える。アルノルトは執務に戻り、あの一室で公務をしているはずだ。

「アルノルト・ハインか」

ぎくりと体が強張った。

ミシェルが目を伏せると、その長い睫毛《まつげ》の影が頬に落ちる。

「私も彼に興味がある。カイルのお願いが断られたそうなのだけれど、そのときの断り文句がとても私の実験向きでね？　とある薬品を彼に渡したら、どんなことが起きるかを知りたいんだ」

「あ……」

嫌な汗がじわりと滲むのを感じた。

「私は火薬と名を付けた。君の旦那さまであれば、ふふっ」

ミシェルは、どこか暗さを感じる瞳でリーシェを見つめながら言う。

「――とても効果的に使ってくれるような気がするよ」

第五章

「……」

　動揺を顔に出してしまったのはほんの一瞬だった。リーシェはすぐにそれを消し、微笑《ほほえ》む。

「アルノルト殿下との実験だなんて、とっても興味深いです」

　偽りの好奇心を滲《にじ》ませて、純粋な興味のふりをした。心臓の鼓動が速いのは、ミシェルに気付かれていないはずだ。

　ミシェルの作った『火薬』という薬品は、あらゆるものを破壊できる代物である。

　初めてその威力を目の当たりにしたとき、リーシェは信じられない思いだった。実験用の小屋は内側から爆《は》ぜ、石の壁が砕け散り、一瞬にして崩れ去ったのだ。

　そしてミシェルは、その『火薬』を使わせる人間をずっと探していた。教え子だったリーシェは、そんな人物が永遠に現れてほしくないと願っていたのである。

　だが、とうとう見つけてしまったのだ。

　リーシェの想定しうる限り、世界にとって最悪の候補者を。

「まさか、この国で出会えるとは思わなかったな」

　ミシェルの声は、先ほどまでとは違い、囁《ささや》くように穏やかなものだ。

　どのくらいの音がどの方向に、どんな距離まで届くのかを把握して話すミシェルの声は、騎士たちにほとんど聞き取れないだろう。

「私の火薬を渡すのは、戦争の実権を握れる人物が良かったんだ。だから長年、各国の王さまが行った政策のことを調べてきた。だけどガルクハインの皇帝は、記録を読むだけでも感情的で面倒くさそうなのが伝わってきてね。そして息子の皇太子さまは、明らかに私の実験には向いていないと感じた。――だって彼の政策は、まさに『善き王』そのものだったから」

柔らかな微笑みのあと、ミシェルは髪を耳に掛けた。リーシェは焦燥を気付かれないよう、あくまで無邪気に問い掛ける。

「先生が探していらしたのは、一体どんなお方なのですか？」

今回の人生であれば、ミシェルは話してくれるかもしれない。祈るような気持ちのまま見つめると、ミシェルがふっと笑った。

「暴虐の王も善良な王も、私の『実験』には適さないんだ。ガルクハインの皇帝と皇太子は、それに当て嵌《は》まると判断してしまってね。私としたことが、早計だったな」

（……だから、いままでの人生における先生は、アルノルト殿下に接触しなかったんだわ）

皇帝アルノルト・ハインの起こした戦争に、ミシェルの火薬は使われていない。

アルノルトが火薬の存在を知っていれば、彼は必ず実用し、『効率的』な戦争を行っただろう。

リーシェに貸してくれた懐中時計を、作戦の決行に利用したと言っていたように。

（先生は人の噂《うわさ》に興味を持たない。アルノルト殿下に関する『冷酷な皇太子』という評判よりも、あの方が行った政策という『結果』を信じた。――そして、アルノルト殿下が皇帝になってからは、

現皇帝と同じ理由で実験対象から外したのね）

だが、ミシェルはアルノルトを見付けてしまった。

「……アルノルト殿下は、とても善良な皇太子さまですよ！」

リーシェはそう言って、にこりと微笑む。

「ああ見えて、すごくおやさしい方なのです。国民が戦争で貧しくならないよう心を砕き、騎士たちが訓練で負傷するのに心を痛め、自ら訓練方法を考案なさったくらいですから」

慎重に言葉を選びながら、表面上は明るく振る舞う。

「その上に、私の我《わ》が儘《まま》をいくらでも聞いて下さいますし。先日も、とある賭けに負けた私が『なんでも言うことをお聞きします』と言ったところ、命令をするのではなく私に指輪を贈りたいと言って下さったのです。ふふ、素敵でしょう？」

あたかも婚約者の自慢をしているように。

ミシェルへの説得に聞こえないように、リーシェはにこにこと微笑みながら話す。

「カイル殿下に何かひどいことを仰《おっしゃ》ったのだとしても、恐らく本意ではありません。ですからアルノルト殿下は、先生の探していらっしゃるような方では……」

「ねえリーシェ」

とろけるような微笑みが、リーシェに対して向けられた。

「君の旦那さまに会わせてくれない？」

「――……」

自然な笑顔を保ったまま、リーシェは頷《うなず》く。

「もちろんですわ。近いうちにお時間を作っていただけないか、お願いしてみます」

「それなら今から会いに行こう。君の言う通りにやさしい人なら、きっと許してくれるよね？」

「ミシェル先生、それは……」

「分かるよ。本当は、私に会わせたくないんだよね」

「！」

ミシェルはくすっと笑いつつ、リーシェを見つめる。

「だったら君でもいいんだよ、リーシェ。アルノルト・ハインと同じくらい、君のことも興味深いと思うから」

「……ご冗談を。私など、先生に興味をいだいていただけるようなものは、何も」

「そんなことはない。だって」

彼はリーシェを覗《のぞ》き込んだまま、こんなことを言った。

「『火薬』がどんな物なのか、君は一度も尋ねなかったね」

失態を悟る。

大袈裟《おおげさ》に驚きすぎないように注意したつもりが、まんまと裏目に出てしまった。

「君を調べてみるのも面白そうだ。それに同意してくれるなら、アルノルト・ハインには近付かなくても気が済むかも……なんて、ひどいことを言ってごめんね。だけどこれは、私の使命なんだ」

「使命、ですか？」

「そう。毒として生み出されたものは、人を殺す使命をまっとうしてこそ価値がある。私の存在価値も、それと同じなんだよ」

ミシェルはやはり、微笑んでいる。

「世界を滅茶苦茶《めちゃくちゃ》にするために生まれてきたような人間は、その使命の通りに振る舞わなくちゃ。私の錬金術の能力は、そのために授けられたものだからね」

花のように甘い匂いがした。これは、ミシェルがよく吸っている香り煙草《たばこ》の匂いだ。

「私が探していたのも同じだよ。――世界をひっくり返して、ぐちゃぐちゃにする。そんな王たる資質を持つ人間を、ずっとずうっと探していた」

＊＊＊

護衛の騎士を伴ったリーシェは、主城の廊下を歩いていた。

あのあとすぐ、カイルの遣いにミシェルが呼び出され、『授業』の時間が終わりになったのだ。

ミシェルはにこにこしながら『また明日ね、リーシェ』と言い、何事もなかったかのように部屋を出ていった。廊下を歩きながら、溜《た》め息《いき》をつきたくなる。

（きっと今後ミシェル先生は、手段を選ばずアルノルト殿下に接触するわ。そしてアルノルト殿下は、先生の提案に耳を傾ける。新しい技術や知識に対して柔軟なお方だというのは、一緒に過ごしていて分かったもの……）

アルノルトが火薬の存在を知り、戦争の未来を回避できなければ、それがどんな結果に繋《つな》がるかは想像がつく。

（アルノルト殿下に火薬の存在を悟らせない。併せてコヨルとの友好関係も目指す。……それも極力迅速に……）

考え込みながら歩いていたせいで、周囲への注意が散漫になった。その結果、横の通路から不意に伸びてきた手に捕まってしまう。

「テオドール殿下！」

公務先から戻ってきたばかりなのだろうか。外出用のマントを着けた彼は、リーシェを見てくちびるを曲げている。彼から何も聞かなくたって、むすっとした表情の理由は明確だ。

「バレたの？　男装の件」

「も、申し訳ありません……!!」

テオドールはリーシェから手を離すと、腕を組んでじとりと見下ろしてきた。

とはいえ、それでも護衛の騎士たちに聞こえないように小声で話してくれている。そんなテオドールに対し、リーシェは平謝りするしかない。

「本当にごめんなさい、せっかく協力していただいたのに……」

「バレてしまったのは仕方ないいし、兄上を君が騙《だま》しきれても複雑だったから別に良い。そんなことより反応は？　君ひとりで楽しもうったってそうはいかないから！　というかなんで兄上が候補生の視察に!?　いままで一度もそんなことしなかったのに。貧民街で公務をしてたらそんな情報が入ったから、内心気が気じゃなかったんだけど！」

「あ。そのことなのですが」

『アルノルトは、テオドールの推薦した候補生を気にして様子を見に来た』という事実を彼に伝える。聞き終えたテオドールは、たっぷり数秒沈黙したあと、両手で顔を覆って静かに俯《うつむ》いた。

「テオドール殿下？」

「……いや。ちょっとその話は消化しきれないから、いったん考えずに置いておく……。兄上がどんな反応だったかについても、いまじゃなく後日改めて教えてほしい……」

（た、大変そうだわ……）

長年色々とあっただけに、すぐには色々と呑《の》み込めないものらしい。ほとんど蹲《うずくま》りそうなテオドールの背中を眺め、リーシェは尋ねる。

「それにしても、貧民街にお出掛けだったのですよね？　アルノルト殿下が視察にいらした情報が、それほど迅速に届くのですか？」

「僕の『臣下』は優秀だからね。兄上に関する事件が起きたときは、たとえ僕が城下にいてもすぐに分かるよう、完璧な情報網を敷いているんだ」

テオドールは大真面目に言い切った。さすがは皇子として優秀な力を持ちながら、その実力をすべて兄にだけ注いできただけのことはある。

ここで彼の言う『臣下』とは、皇室に仕える騎士を指してはいないはずだ。テオドールに恩義を感じている貧民街の人々や、ならず者のことを言っているのだろう。

「兄上のことだけじゃないよ。訓練生の情報だって、一通り調査は出来ている。城下に滞在中の素行がどうかとか、妙な遊びを覚えないかの監視もね」

「なるほど。皇子殿下として、騎士の卵を陰ながら見守っていらっしゃるのですね」

「まあ、それもあるけど」

リーシェが首をかしげると、テオドールは非常に不本意そうな顔で言った。

「義理の姉を送り込むんだ。その集団に妙な人間が交ざってて、万が一にも義姉上に何かあったら、兄上に申し訳が立たないだろ」

驚いたことに、彼はリーシェのためにも動いてくれていたらしい。

「ありがとうございます。それと、ご心配をお掛けしてごめんなさい」

「別に、君を心配したわけじゃない。どれもこれも全部、兄上のために決まってるだろ」

「ふふ、分かりました。……それではテオドール殿下」

思わず頬が緩んでしまったが、リーシェはその笑みを消して彼を見上げた。

「あなたの優秀な『臣下』の方々を、少しのあいだお借りできないでしょうか」

リーシェの願いに、テオドールが目を丸くする。

「それは、兄上の役に立つことに繋がるの？」

「いいえ。――これはむしろ、アルノルト殿下への反逆です」

その回答に、テオドールはすぐさま口の端を上げ、悪戯《いたずら》っ子のような笑みを浮かべた。

「……いいよ。面白そうだから乗ってあげる」

「では、交渉成立ですね」

こうして義理の姉と弟は、そっと密約を交わしたのだった。

＊＊＊

テオドールと別れたあと、リーシェは急いで何通かの手紙を書いた。

それを侍女に託してからは、ひとりで夕食を摂《と》り、そのあとに畑で仕事をする。侍女たちの仕事ぶりを確かめたあと、湯浴《ゆあ》みをして自室に戻った。

髪を乾かし終えてからは、侍女を休ませてひとりになる。部屋に一脚だけ置かれた椅子に腰を下ろし、ふうっと息をついた。自然と考えてしまうのは、ミシェルのことだ。

錬金術師の人生で、リーシェは彼に連れられて、コヨル国の北端まで出向いたことがあった。

『ありがとうございました、先生！　まさか、あんなオーロラが見られるだなんて』

きっかけはなんでもない一言だったと思う。

コヨル国のある大陸では、オーロラが観測できるのだ。けれどもリーシェはどの人生でも、それを目の当たりにしたことがなかった。

『ちょうどいい条件が重なっていたからね。あれはしばらく暖かい日が続いたあと、急激に冷え込んだような晩によく見える。だけど急がないと、数時間後に雨が降りそうだな』

雪原を歩きながら、ミシェルは硝子《ガラス》瓶を取り出した。

コルク栓がされた瓶の中には、ミシェルの作り出した特別な薬品が入っている。普段は無色透明なそれは、天候が崩れるときにだけ、雪のような白い結晶を生み出すのだ。

王室に報告できるほどの正確性はないが、リーシェたちが日常で使う範囲では非常に助けられている。ミシェルの言う通り、帰り道は急いだ方が良さそうだった。

『それで、リーシェ。詰まっていた研究のヒントになったかい？』

『はい、とっても！』

手にしたランタンを揺らしながら、『それはよかった』とミシェルが笑う。

リーシェも毛皮の外套《がいとう》を着ているが、寒がりなミシェルは一段ともこもこだ。何重にも首巻を巻いていて、動きにくそうなほどだった。

『ごめんなさい先生。私のために、わざわざ遠出をしていただいて』

『どうして謝るの？　だって君は、私の教え子なんだから』

白い息を吐き出して、ミシェルが首をかしげる。

『君が見たがるものは、私がなんでも見せてあげるよ。知らないものがあるならば、持ちうるすべての知識を使って教えてあげる。もちろん、君が自力で辿《たど》り着きたいときは、邪魔しないけれど』

リーシェに対し、ミシェルは度々そんな風に言ってくれる。

周囲の人がそれを見ると、決まって驚いていたものだ。『ミシェル・エヴァンは、研究のことしか考えていない。他人のことなんかどうでもいい』というのが、ミシェルに対する評価だった。

けれども、実際は違う。

『先生は、どうしてそんなに目を掛けて下さるのですか？　教え子なんて取らない方が、ご自身の研究に没頭できるはずなのに』

雪の除《よ》けられた道を歩きながら、ミシェルは顎に手を当てた。

『私の人生で出来そうな「善いこと」が、たったのそれくらいだからかなあ』

ぽつりと呟《つぶや》いたその声は、周囲の雪に吸い込まれたかのように響いた。

『まあ、そんなことは君が考えなくていいんだよ。色々と学んでたくさん吸収して、どんどん育って大きくおなり』

『先生。私は身体的には、これ以上は成長しないのですが』

『あれ？　君はもうそんな年齢だったっけ？　……まあ、これだって言うなれば詮無きことだ』

彼はリーシェを振り返り、本当にやさしく笑ったのだ。

『――君がどんな学者になるのか。私は、とても楽しみにしているんだよ』

あの言葉は、ミシェルにとっての本心だろうと思う。

彼はカイルにも目を掛けていたし、コヨル国に住む人々のことも好いていた。他人に敵意があるわけではないし、火薬による『実験』を願うのは、意地の悪い気持ちや残酷さによるものではない。

だからこそ、手が打ちにくい。

（私がこの国を離れ、ミシェル先生と行くことを選ぶなら、殿下に接触しないと仰ったわ）

そう言って、『ごめんね』と微笑んだ。

「……」

思考がぐるぐると頭の中を巡る。深呼吸をして、ゆっくりと目を開いたそのときだった。

カーテンを閉めないでおいたバルコニーの向こう側に、違和感を覚える。

(光？)

顔を上げてみると、ごく小さな光の粒が、すうっと外を横切って行った。

その正体に気が付いたリーシェは、椅子から急いで立ち上がると、ナイトドレス姿のままバルコニーに出る。そして、思わず声を漏らした。

「……わ」

辺りには、たくさんの蛍が飛び交っている。

それはまるで、星のかけらがここまで降りてきて、ふわふわと舞い遊んでいるかのような光景だ。

リーシェはそれを見上げ、目を輝かせる。

これまで繰り返してきた中には、こうした生き物に慣れ親しんだ人生もある。そのお陰か、光り方の特徴を見るだけですぐにその種類が分かった。

(レトホタルだわ。なんて綺麗《きれい》なの……)

陸地に生息するもので、かなり高くまで飛べる蛍だ。この大陸では比較的よく見られる種類だが、こうして目の当たりにすると、やっぱりしみじみと美しい。

(ひとりで見るなんて勿体《もったい》ないわ。侍女のみんなはお風呂の時間だし、かといってあの人は……)

リーシェはちらりと隣のバルコニーを見る。

そのときだった。

かちゃりとドアの開く音がする。かと思えば、たったいま思い浮かべた隣室の主が、部屋からバルコニーに出てくるではないか。そして、互いに目が合った。

「こ……こんばんは」

「……ああ」

昼間の出来事を思い出し、いささか気まずい。アルノルトの方はなんともないようで、涼しい顔だ。その手に剣を持った彼は、リーシェからすぐに視線を外すと、周囲を飛び交う光に目をやった。

「これはなんだ」

「蛍です」

「蛍……」

耳慣れない言葉を咀嚼《そしゃく》するかのように、アルノルトが紡ぐ。

しばらく考える表情のあと、彼はおもむろにこう言った。

「お前が駆除を望むなら、そのように命令するが」

「え!? 何故《なぜ》!?」

「蛍というと、つまりは虫だろう」

あまりに情緒のない発言に、リーシェは愕然《がくぜん》とした。

それ以前に、この生き物が美しい光を放とうとそうでなかろうと、駆除だなんてとんでもない。

「防虫は必要ありますが、殺虫を無闇に行っては駄目です！　人間を含めたどんな生き物も、大きな循環の中にいるんですから。その中の一種を殺しすぎてしまうと、すべてに影響するんですよ」

アルノルト側の手摺《てす》りに駆け寄って、リーシェは彼を説得する。隣の部屋とこの部屋のバルコニーは繋がっておらず、手摺りのすぐ傍《そば》に立ったとしても、アルノルトは少し遠い。

「それに、これは人間の勝手な都合ですけれど、見てください」

光の線を描く蛍を指で示し、アルノルトに笑い掛けた。

「ね。とっても綺麗」

リーシェを見たアルノルトは、しばらくの沈黙のあと、小さく息をついてこう漏らす。

「――そうだな」

分かってくれたようで本当によかった。嬉《うれ》しくなりつつ、一方で複雑な気持ちにもなる。

（変な感じだわ。私が色々と悩んでいる原因は、アルノルト殿下に起因するものばかりなのに）

そんなことを考えながらも、しばらくのあいだ、それぞれの部屋のバルコニーに立って蛍を眺めた。リーシェの目の前を過《よぎ》った光は、そのまま素通りしていき、アルノルトの近くで舞い遊ぶ。

「なんだか、アルノルト殿下の方にばかり飛んでいませんか？」

若干の恨めしさを込めて言うと、アルノルトが少し意地の悪い顔をして笑った。

「だったら、お前もこちらの部屋に来れば良い」

そう言われて、なるほどと納得する。

「そうですよね。距離にしても、およそ一メートル半くらいですし」

「……？」

リーシェはナイトドレスの裾を摘《つま》んだ。

バルコニーの手摺りに手を掛け、ひょいっと膝を乗り上げて、そのまま手摺りの上に立つ。

「おい。まさか……」

アルノルトが何か言いかけているが、移動してから聞けば良い。そう思い、ふわりと跳んだ。

手摺りの上を飛び移るくらい、リーシェにとってはなんでもない。向こう側の手摺りに一度着地し、そこから再び跳んで、アルノルトのいるバルコニーに飛び降りるはずだった。

それなのに。

「ひゃ」

リーシェは思わず声を上げる。バルコニーに飛び降りた瞬間、まるでリーシェを守るかのように、アルノルトから抱き留められたからだ。

からん、と大きな音がする。

あれはきっと、アルノルトの剣が落ちた音だ。彼はどうやら、手にしていた剣を投げ出してまでリーシェのことを抱き留めたらしい。それを認識した瞬間、息が止まりそうな心地がした。

「アルノルト、殿下」

必死の思いで声を出し、どうにか彼の名前を呼ぶ。

心臓がばくばくと早鐘を刻んだ。そうなってしまうのは当然で、なにしろリーシェはいま、アルノルトの腕に閉じ込められているのだ。

「あ、あの……！」

何故か離してもらえずに、リーシェは慌てて言葉を続ける。

「驚かせてしまっていたらごめんなさい。ですが、その、殿下」

アルノルトの上着を握り締めた。目を見て話したいのだが、いまは顔を上げられそうもない。

「殿下はとっくにご存知ですよね？　私が、これくらいの距離ならば、問題なく飛び移れるであろうことを」

「……そうだな。なにせ、バルコニーから地面に飛び降りるくらいだ」

「なら、どうしてこのような……」

数秒ほどの沈黙が続く。

そうかと思えば、アルノルトはリーシェを抱きしめたまま、バツが悪そうにこう呟いた。

「………分かっていても、反射的に動いてしまったのだから仕方が無い」

思わぬ答えに息を呑む。

リーシェを動揺させるとき、彼はいつも不敵な笑みを浮かべていたはずだった。

けれどもいまは不本意そうな、少しだけ拗《す》ねたような響きの声音だ。普段と違う振る舞いをされては、こちらの調子も狂ってしまう。

腕の力が緩んだので、リーシェはぎこちなく彼から離れた。

その後ではっとして、慌ててアルノルトの剣を拾う。リーシェのために投げ出してくれたが、剣士にとっては大切なものだ。

「ありがとう、ございました」

アルノルトは僅かに複雑そうな顔をしつつ、差し出した剣を受け取った。

そのあとはリーシェから視線を外し、そっぽを向いてしまう。もしかして、アルノルトにも気まずいという気持ちはあるのだろうか。

「……そもそもどうして飛び移ったんだ。普通に一度廊下に出て、扉からこの部屋に入ってくれば良かったと思うが」

誤魔化すようにそう言われ、リーシェはぱちぱちと瞬きをした。

「扉から？」

「扉から」

「バルコニーを飛び移るのではなく、ですか？」

「そうだ」

言われたことを冷静に考え、リーシェはようやく気が付いた。

「……確かに!?」

「っ、は」

俯いたアルノルトが小さく笑う。

そうして顔を上げたあと、とても柔らかな、それでいて意地の悪い視線を向けてくるのだ。

「お前が『最短』を突っ切ろうとするのは、あのときと同じだな」

「……なんのことだか！」

心当たりはあるのだが、敢《あ》えて思いっきりシラを切る。

それにしたってアルノルトは、リーシェのすることに寛容だ。呆《あき》れたり叱ったりするのではなく、皇太子妃としての常識を説くこともなく、こうして楽しそうに眺めてみせるのだった。

（最初は、からかって遊ばれているだけだと思っていたのに）

変な人だ。そんなことを言えば、アルノルトはきっと苦い顔をするのだろうけれど。

「ところで、殿下はどうして剣をお持ちに？」

尋ねると、彼は蛍を見上げて言う。

「この光を、松明《たいまつ》の明かりと錯覚した」

それを聞いて、納得する。

蛍の光というものは、一定の間隔を置いて点滅する。光の線を描き、一度途切れて、また光るといったことを繰り返すのだ。

（言われてみれば、戦場で見る松明に似ているわ）

正しくは、物陰に隠れながら接近してくる偵察部隊の松明に似ているとも言える。

とはいえ酷似しているほどではない。ましてやここは城内なのだから、杞憂《きゆう》であるとすぐに分かるはずだ。それでも剣を手に取ったのは、アルノルトにとって自然なことなのだろう。

（戦場の記憶は、この人の中に色濃く根付いている……）

騎士の人生を経験しなかったリーシェであれば、まったく理解できなかったかもしれない。あるいはアルノルトを恐れたり、必要以上に距離を置いたりしただろうか。

だが、いまここに立つリーシェはそうではない。

「――私なら」

前置きをし、暗闇の向こう側にあるはずの城壁を指さした。

「あの城壁の各所に狭間《はざま》を作り、弓兵を配置します。見つけた侵入者以外も撃退できるよう、狭間ごとに鐘を設置して、大きな音で『警告』出来るようにしたいですね」

かつての敵だった男を見上げ、挑むように笑う。

アルノルトは、一瞬だけ驚いたような顔をしたあと、すぐさま面白そうに言い放った。

「音の方は厄介だが、弓はさしたる脅威でもないな。どこもかしこも『騎士の美徳』とやらを重視し、弓兵は補佐的な戦力にしか捉えていない。練度も低く、照準の精度もたかが知れている」

「う。確かに」

「もちろん事前に調査はするが。いまのところ、弓に妨害されて兵を退《ひ》いたという経験はない」

リーシェの知る限りでも、弓兵を尊重するのは東の大陸だけだ。技術が正当に評価されない場合、一流の使い手というのはそうそう現れるものではない。

騎士人生で敵対したアルノルトも、弓による威嚇などまったく意にも介していなかった。攻め込まれた側の立場としては、警戒くらいしてほしかったのだが。

「そもそも城が戦場になるのなら、守る側のお前はすでに劣勢な戦況だ。どうする？」

「……相手の将があなたであれば、防衛線にわざと穴を空け、無防備な箇所があるふりをします」

「ほう。わざわざ敵を招き入れるのか」

「そうすれば殿下は警戒して、愚直に攻め込むなどなさらないでしょう？　籠城戦になったらお終《しま》いなのですから、私の最重要項目は『絶対に劣勢と悟られないこと』です。だからこそ、逃げ込んだのではなく待ち構えているように振る舞って、堂々と殿下の前に立ってみせますよ」

「面白い」

ふわふわと蛍の舞う中、アルノルトは、バルコニーの手摺りに肘を掛けてこう続ける。

「兵数の嵩《かさ》増しが肝心だな。この城は南側が最も守りにくいが、そこはどう補うんだ」

「環境を利用するしかないかと。たとえばですが、仕掛けをして――……」

それにしたって、アルノルトからはするすると戦略が出てくる。

リーシェが考えて立案すると、彼は即座にそれを破るのだ。美しい光を眺めながらも、リーシェはついつい悔しくなり、アルノルトに問い掛けた。

「……アルノルト殿下の中には、無尽蔵に戦略が湧き出る泉でもあるのですか？」

「そう言えば聞こえは良いがな。戦術は、人間にある『弱点』を前提に組むものだ」

「弱点……」

「被害が甚大になりやすい攻城戦であろうと、その弱点を上手《うま》く突けば容易に済む。たとえばその国の女子供を捕らえ、城壁の前で惨《むご》たらしく殺してゆけば、敵兵が自ら城門を開けて助けに来ることもある。……その手の発想が、頭の中にいくらでも浮かんでくる」

リーシェはまばたきをひとつした。

蛍を見ている横顔からは、なんの感情も窺《うかが》えない。だからリーシェはこう告げた。

「戦争が、お嫌いなのですね」

アルノルトが、眉根を寄せてこちらを見る。

「普通は、逆の感想をいだくものだと思うが」

「そうですか？　でも、戦争を好いていらっしゃる方がそんなお顔はなさらないと思いますし」

そう言って微笑んだものの、彼はやっぱり苦い顔をしたままだった。

蛍がふわりと近付いてきて、リーシェはまなざしでそれを追う。大粒の光が瞬いて、アルノルトの髪や瞳を淡く照らした。

青色をした彼の瞳に、星屑《ほしくず》のような光が映り込む。

透き通った海色の目が、リーシェのことをまっすぐに見ている。幻想的に飛び交う蛍よりも、アルノルトの目の方にいっそう心を奪われて、リーシェは思わず呟いた。

「ほんとうに、綺麗な瞳……」

無意識に出てきたその言葉が、アルノルトの何かに触れたらしい。

彼が緩やかに目を伏せると、睫毛《まつげ》の長さが際立った。アルノルトは、こんな風に言う。

「――この目は、俺の父親と同じ色をした目だ」

その声音は、どこか寄る辺ない響きを帯びたものだった。

「この瞳は、俺が父帝の血を引いている証明でもある。……子供の頃は、いっそ両目とも抉《えぐ》り出してしまいたいと思っていた」

「殿下」

アルノルトはリーシェを見て、静かな声で紡ぐ。彼にとって当たり前の事実を告げる、迷いの見えない真摯さで。

「これは、お前にそんなまなざしを向けられるような、価値のある美しいものではない」

アルノルトが告げるその言葉に、胸の奥がきゅうっと苦しくなった。

彼はリーシェから視線を外すと、蛍が飛び交う宵闇の向こう、皇都の方に目を向ける。昼間ならバルコニーから見下ろせる街並みも、いまはただ真っ暗に沈黙するばかりだ。

「初めてこの城に来た日、この国に憧れていたと言っていたな」

「――はい。実際に城下へ足を運んでみても、やはり素晴らしい場所でした」

「俺には、お前が尊ぶものを同じように感じることはできない。虫けらの光は戦火に見え、ここから見下ろす皇都の景色は忌々しいものに感じられる」

アルノルトは、短く息を吐き出してから口にした。

「父帝と同じ目を持っているからか。あるいは性根まで同類な所為《せい》か。――いずれにせよ、醜悪なことに変わりはないな」

そう話すアルノルトの横顔は、いつもの無表情にも感じられる。けれど、彼がその裏に抱く感情の、わずかな片鱗《へんりん》が見えたような気がした。

「……アルノルト殿下は、ガルクハインに来る道中、私が騎士の皆さんを解毒したときのことを覚えていますか？」

尋ねると、アルノルトが再びリーシェを見遣《みや》る。

「あのときの殿下は、騎士の皆さんの長所を教えて下さいました。殿下が彼らの美徳をご存知なのは、すぐ傍でご覧になってきたからなのでしょう？　他に目に映るものだって、おんなじです」

リーシェは少しずつ言葉を紡いだ。

「遠くに見える明かりが戦火に見えるか、美しい蛍の光に見えるのか。その価値観は両親から受け継いだ不変のものではなく、それまで見聞きしてきたことによって得られるものでしょう？　であれば知れば良いのです。この国の美しさや、素晴らしい生き物のことを、先の未来でいくらでも」

アルノルトの青い瞳を見つめたまままそう伝える。

努めて明るく微笑みながら、胸中の苦しさなんか押し隠して。この場で彼に触れ、小さな子供へするように頭を撫《な》でてあげたいのを、リーシェは懸命に堪《こら》えて告げる。

「綺麗な物や大切なものが、きっとたくさん見えてきますよ」

「は」

アルノルトは、自嘲的な笑みを浮かべてこう言った。

「そんなものは必要ない。手にするべきは目的のために利用できるもの、それだけだ。不要なものは排除して、切り捨てて進めばそれでいい」

「アルノルト殿下」

「大切に思っていた人間を、この手で殺したこともある。……今、こうしてここにいるお前のことも、障害になるようなら切り捨てるぞ」

リーシェは思い出す。テオドールは以前、アルノルトが母親を殺したと話してくれた。もしかして彼は、そのときのことを言っているのだろうか。

「コヨル国との件に関し、お前が何を考えているかは知らないが」

冷酷さを帯びた表情で、アルノルトは言い切った。

「俺に、お前を排除させるなよ」

リーシェはきゅっとくちびるを結ぶ。それは決して、彼の命令が恐ろしかったからではない。

(――まるで、懇願するみたいだわ)

どうしてだろうか。

目的のため、必要なものしか傍に置くつもりがないのなら、そんな願いをリーシェに懸けることもないはずなのに。

「お約束はできません」

ひとつの覚悟を決め、口を開く。

「あなたの妻になろうとも、私は私の目指すもののために動きます。たとえあなたから切り捨てられるとしても、その生き方だけは譲れません。……ですが」

リーシェは堂々と胸を張り、アルノルトにこう告げた。

「そのときは、またここに帰ってきます」

「……なに?」

「もしも今あなたに追い出され、婚約破棄を告げられても。今度は侍女の面接を受けに来て、このお城に戻ってきてみせますよ」

アルノルトが少し目をみはる。悪戯が成功した気持ちになって、微笑みながら言葉を続けた。

「それが駄目なら男装して騎士に。それでも駄目なら薬師としてでも。このお城に潜り込めそうな技術を習得して、何度だってあなたに会いに来ます」

最初にこの国に来たときは、いつか離婚して追い出されるかもしれないと思っていた。

そうなっても問題なく生きていけるようにと、いくつか策を講じてもいる。けれどもいまのリーシェがやりたいことは、やっぱりこの城の中、アルノルトの傍にあるのだ。

「ですからご安心を。私は、大人しくアルノルト殿下に排除されたりしません」

宣言をするのと同時に、リーシェの中で結論が生まれた。

（これで分かったわ。この先の私が、アルノルト殿下のためにどうするべきなのか）

見方を変え、世界の新たな側面を知ってもらう。

そのために、リーシェが彼に示すべきものがある。いいや、その相手はきっと、アルノルトだけではないかもしれない。

「ごめんなさい、殿下」

リーシェはアルノルトに手を伸ばした。

両手で彼の頬をくるみ、そっと見つめる。むやみに触れるのは不躾《ぶしつけ》だと思うのに、結局は我慢ができなかった。

「私はあなたの父君を知りません。私にとってこの瞳は、父君ではなくアルノルト殿下の瞳の色なのです。あなた自身にとって忌むべきものでも、何度でも繰り返して重ねたい」

凍った海の色の目を見つめ、リーシェは微笑む。

「私は、あなたの瞳の色のことを、世界で一番美しいと思います」

「——……」

アルノルトが僅かに眉根を寄せた。

もちろん価値観を押し付けるつもりはない。彼が自身の瞳を忌避する、その感情を否定したいとも思えない。けれど、どうしても伝えたかった。

彼は目を伏せ、やはり感情の窺えない無表情で、リーシェの手の上に自身の手を重ねる。そして、心なしか優しいまなざしでこう続けた。

「もう遅い。今日は休め」

そう言って、アルノルトの頬をくるんだリーシェの手をそっと離させる。

リーシェは大人しく手を引くと、小さな声で囁くように告げた。本当は名残惜しく感じているのに、その感情は誤魔化しながら。

「おやすみなさい、アルノルト殿下」

「……ああ」

気が付けば、蛍の光も見えなくなっている。リーシェが自室のバルコニーに戻り、そっと後ろを振り返ると、アルノルトはすでに自室へと戻っていた。

夜のバルコニーに吹き抜ける風が、ナイトドレスの裾を揺らす。ひとりきりで眺める夜の景色は、先ほどまでに比べてずっと寂しい。

(目を抉りたかった、だなんて)

アルノルトの言葉からは、父親への忌避や嫌悪が感じられた。

けれど、自身の目の色をそこまで厭《いと》うのは、単純な父子の確執が原因だとも思えない。自室に入ったリーシェは、そのまま寝台の方に向かう。そして、枕の下に隠している紙を取り出した。

アルノルトから贈られることになっている指輪の意匠画だ。美しいデザインの描かれた図面を、リーシェは何度も寝る前に眺めていた。やがてそれを仕舞い、寝台から降りて机に向かう。

そして、アルノルトから借りた懐中時計に目をやりつつ、羽根で出来たペンを手に取った。

＊＊＊

「夜分に申し訳ございませんでした、我が君」

アルノルトの従者であるオリヴァーは、彼の執務室で頭を下げた。アルノルトが手にしている書類は、先ほどオリヴァーが差し出したものだ。

「構わない。ちょうど俺もこの件で、お前を呼び立てるつもりでいたしな」

「もしや、動かれるのですか？」

主君の思わぬ命令に、オリヴァーは眉根を寄せる。

「必要性は承知しておりますが、いささか時期尚早では」

「奴《やつ》もそう思っているからこそ意味がある」

アルノルトは冷たい目でこう言った。

「それに、多少の損害は計算の内だ」

第六章

「……ルー、ちょっといいか」

その日の早朝訓練後。

フリッツにおずおずと話しかけられたリーシェは、ぴしりと微笑《ほほえ》みを凍り付かせた。

一緒に訓練をしていたスヴェンはいま、井戸まで水を汲《く》みに行っている。まだ他の候補生が来ていない訓練所は、フリッツと男装したリーシェのふたりきりだ。

今日のフリッツは、ずっと様子がおかしかった。剣の動きも奮わず、どこかぼんやりとしていて、思い詰めたような面持ちである。

そしてリーシェには、不調の理由に心当たりがあった。

「その。昨日の訓練後のことだけど……」

（やっぱり、色々と悩ませちゃったわよね……）

なにしろ昨日、フリッツの憧れの人物であるアルノルトと話す場面を目撃されてしまったのだ。

（それも壁際に追い詰められて、私のほっぺをむぎゅむぎゅ押さえられているところを……）

ふっと遠い目をしたリーシェに対し、フリッツはどこか気まずそうな顔だ。彼はひとつずつ言葉を探しながら、神妙な様子でこう続ける。

「これが無神経な質問だったら、遠慮なく俺を殴ってくれ。ルーは昨日、アルノルト殿下と……」

「――そう。アルノルト殿下に、目に入ったゴミを取ってもらったんだよ！」

「へ」

フリッツが呆気《あっけ》に取られているうちに、リーシェは淀《よど》みなく説明した。

「昨日は風が強かっただろ？　目にゴミが入って思わず悲鳴を上げたら、それに気付いたアルノルト殿下が様子を見に来て下さったんだ。フリッツもお話しすればよかったのに、慌てて何処《どこ》かに行っちゃうんだから！」

「ご、ゴミ……目にゴミ……？」

黙り込んだフリッツを前に、リーシェは内心で冷や汗をかく。

これでは誤魔化せないだろうか。ごくりと固唾を呑《の》んだのと同時に、フリッツが口を開いた。

「す……すっげーなルー!!　まさかアルノルト殿下に、目のゴミを取ってもらえるなんて!!」

（よ、よかったああ……!!）

力が抜けそうになった。晴れ晴れとした顔になったフリッツも、何故《なぜ》かひどく安堵《あんど》したようだ。

「そっか、目にゴミが……。なんだ、そうだったのか……」

（フリッツは、アルノルト殿下に憧れているんだものね。英雄同然に思っている人が、一介の訓練生を壁に追い詰めている現場なんて、見たくなかったに違いないわ……）

この件で一晩悩ませてしまったのかと思うと、本当に申し訳ない気持ちでいっぱいになる。

「あーっ、まさかそんな理由だったなんて！　早とちりして俺、情けないところを……」

フリッツが頭を抱えるので、リーシェはそっと励ました。

「アルノルト殿下に良いところを見せる機会は、本物の騎士になったらいくらでもあるよ。フリッツなら絶対に大丈夫……って、どうしたの？」

フリッツは、リーシェの前でへなへなとしゃがみこみ、落ち込んだように項垂《うなだ》れた。

「夕べぐるぐる考えて、怖気《おじけ》づいちゃってさ」

フリッツの様子がおかしかったのは、他にも理由があるようだ。リーシェが首をかしげると、彼は静かに話し始めた。

「――俺が騎士を目指すようになったのは、アルノルト殿下の影響だ」

「覚えてる。敵国に襲撃されたフリッツの町を、アルノルト殿下が救ったんだよね？」

こくんと頷《うなず》いたフリッツが、消沈した様子で言葉を続ける。

「俺にとって、嬉《うれ》しいだけの出来事だったみたいに話しただろ？　だけど本当は違うんだ。わざと明るく言っただけで、あの日の思い出は他にもある」

（……やっぱり、そうだったのね）

フリッツは、アルノルトの剣を見たことがあると言っていた。だが、彼が安全に逃がされた子供であったのなら、そんな機会が訪れるはずもない。

（戦地でのアルノルト殿下は、いつだって最も危険な場所にいる）

その剣を目の当たりにしたというなら、シウテナが戦場になったときのフリッツは、危険地帯に取り残されていたのだ。

「アルノルト殿下に助けられたのは、俺にとって夢みたいな出来事だった。……あの日に起きた全部のことが、どこか現実感のない夢だったんだ。だけど、全部現実だった」

リーシェがフリッツを見つめると、彼は俯《うつむ》いたままこう続ける。

「情けないだろ？　憧れてた人を目の当たりにして、怖かったことまで思い出した。久しぶりにあの日の夢を見て、騎士になった俺がシウテナに居て。だけど俺はアルノルト殿下と全然違って、怖くて少しも動けなかったんだ。……夢の中のルーのことも、助けられなかった」

リーシェはそっとしゃがみこみ、フリッツと目線の高さを合わせた。

「怖くていいんだよ？　フリッツ」

膝の上に頬杖《ほおづえ》をついて、そっと微笑む。

「戦争は怖くて当然だ。怖くて嫌だと感じるのが、きっと当たり前のことなんだ」

「でも、俺は騎士になろうとしてるんだぞ？　戦うのが怖いなんて、騎士としてなんの価値もない。いくら剣の稽古をしたって、それじゃ戦場で最弱だ」

リーシェは首を横に振る。

「フリッツが弱いはずないだろう？　君はシウテナ戦の被害者で、本当に怖い思いをした。――それなのに、未来の希望とも呼べる憧れを抱いて、現実にするために努力したんだから」

まっすぐにフリッツの目を見据えると、彼は心底驚いた顔をしていた。

「戦いの怖さを知っている方が、きっと優秀な騎士になれる」

だってリーシェは怖くなかった。

騎士としての人生を生き、主君たちを守るために戦ったあの日、自分が死ぬことを恐れなかった。

それこそが騎士の本懐だと、命を賭して戦場に立ったのである。

だからこそ死んでしまったのだ。

あの死に様を選んだことを、決して後悔などしていない。けれど、はっきりと言い切れる。

「君は強くなるよ。恐れるべきものを、ちゃんと恐れていられるんだから」

アーモンドのような形をしたフリッツの目が、驚きに丸く見開かれた。

彼はリーシェの言葉を噛《か》み締め、自分の中で考える素振りを見せたあと、くしゃりと笑う。

「元気出た。だけど、ごめんなルー」

困ったような口ぶりなのに、すっきりとした声色だ。フリッツは、悪戯《いたずら》っぽく笑う。

「お前に『強くなる』って保証されただけで、怖いものなんかなくなっちまいそうだ」

「……ふふ！」

冗談めかした言葉に笑い、リーシェは立ち上がる。フリッツもそれに倣いつつ、吹っ切れたような表情を浮かべた。

「一緒に騎士になろうな、ルー」

その言葉には応えずに、リーシェは柔らかな微笑みを浮かべる。

「――スヴェンが戻ってきたみたい。みんなで掃除道具を取りに行こうか、フリッツ」

「え？　あ、ああ……」

一緒に歩き出しながら、リーシェはすっと表情を戻した。

（嘘《うそ》をついていてごめんなさい、フリッツ）

ここで頷く資格はない。今世のリーシェは、騎士として前線に立つ側ではなく、彼らを戦地に送り込む側の人間だ。けれど、だからこそ。

（私は私のなすべきことで、あなたたちを戦争から守らなければ）

＊＊＊

騎士候補生としての訓練を終えたリーシェは、この日も急いで離宮に戻り、湯浴《ゆあ》みをしてから身支度をした。

護衛の騎士ふたりと共に向かうのは、主城にある賓客室だ。ノックをすると、中から返事がある。扉を開けてくれた騎士のカミルにお礼を言ったリーシェは、もうひとりの騎士に声を掛けた。

「申し訳ありません。フォルカーさんは廊下で警備いただき、賓客室にはカミルさんだけ同行いただけますか？　お客さまとお会いするのに、護衛騎士の方が何人もいらっしゃると、失礼にあたるかもしれませんので……」

「承知いたしました、リーシェさま」

騎士は頷き、扉の横へ控えるように立った。リーシェは振り返ると、騎士のカミルに「よろしくお願いします」と微笑みかける。そして、彼だけを伴って入室した。

「失礼いたします、カイル殿下」

立ち上がったカイルは、完璧な角度でリーシェに頭を下げる。こういった所作ひとつ取っても、彼の生真面目さが端々に表れていた。

昨日のカイルは皇都の学者たちと終日議論をし、夕食も彼らとの晩餐会《ばんさんかい》を行ったらしく、彼の顔を見るのは一昨日の夜会以来だ。体調が心配だったが、様子を見ればすぐに分かる。

「お渡しした薬が効いているようで、安心しました」

「もしや、一目で僕の体調がお分かりになるのですか？」

「正確な状況は細かく診ないといけませんが、顕著な症状についてならおおよそは。朝晩の咳《せき》が少し落ち着いて、睡眠が取りやすくなられたのでは」

「──やはりあなたは、女神のような慧眼《けいがん》をお持ちだ」

恭しく礼をされて、リーシェは複雑な気持ちになった。『部屋の本を片付けるように』『研究が忙しくとも夜は早めに寝ろ』と叱られていた相手に、こんなことを言われるのは居心地が悪い。

そっと笑顔で誤魔化して、リーシェはソファに掛ける。カイルも腰を下ろしたので、持ってきていた小瓶をテーブルに置いた。

「カイル殿下には、今日からこちらの丸薬も併せてお飲みいただきます」

「承知した。こちらは、これまでの液状のものとは異なるのですか？」

「あのお薬は吸収も早く、即効性があるのですが、効果が弱い上に持続時間も短いのです。とはいえ、まずはよく寝て体力を回復させないことには、こちらのお薬が飲めないので……」

『強い薬は、弱りすぎた体には毒となる』というのが師の教えだ。呼吸器に症状の現れやすいカイルの病には、実のところ胃の弱りが大きく関係しているので、よく寝てもらって食欲を回復させたかったという意図もある。

「この丸薬は、いくつかの薬草を砕いて混ぜた粉末を、蜂蜜を使って固めたものです」

小瓶の中には、砂糖をまぶしたミルクティー色をした丸薬が詰め込まれている。

「カイル殿下は時々、浅い溜《た》め息《いき》をつかれることがあるでしょう？　肺の疲弊もありますが、心臓の動悸《どうき》も影響しているはずです。それに加えて閉じたくちびるに力が入り、色が白くなっていることもあるご様子。無意識に歯を噛み締めているのが原因です」

「それは……そのようなつもりはありませんでしたが、そうなのですか？」

「お口って、普段は上下の歯が触れていなくて、数ミリの隙間がある状態が正常なんですよ。カイル殿下の場合、力を抜いているつもりのときも、上の歯と下の歯が触れ合っていませんか？」

そう告げると、カイルは驚いたように目を丸くしていた。

「夜会でカイル殿下のご様子を拝見していると、ときどき額を押さえていらっしゃいました。頭痛がおありなのですよね？　お体の緊張状態が原因なので、頭痛薬では効きません」

「……僕の一挙一動で、そこまでお分かりになるのですか？」

「レンファ出身の私の師は、ほんの一目でもっとたくさんのことを診断しますよ」

「過去に僕を診たハクレイという名の薬師も、同じように素晴らしい目を持っていました。彼女が世界一の薬師との呼び声も高いが、そんな知識を持つ人がまさか他にも存在するとは……」

（……いえ。そのハクレイさまがまさしく私のお師匠です……）

心の中で呟《つぶや》きつつ、丸薬の入った小瓶をカイルの前に置く。

「食事を摂《と》る三十分前にお飲み下さい。ゆっくり長く効果が続くので、日中も楽な時間が増えると思います。ただ、味は液薬と同じくらい不味《まず》いんですが……」

本当に不味い。ただでさえ薬草が不味いところに、蜂蜜の甘みが不協和音を生みだしているのだ。

だが、カイルは神妙な面持ちで頷いた。

「この体が少しでもまともに動くようになるのであれば、それくらいどうという事はありません」

「カイル殿下」

いよいよ今日の本題だ。リーシェは両手を膝に置くと、静かに口を開く。

「先日の夜会で、アルノルト殿下とお話しなさっていたことを、偶然耳にしてしまいました」

カイルが目を見開いて、それからゆっくりと伏せた。

「お恥ずかしいところをお見せいたしました。本来ならば、アルノルト殿下に断られてしまった時点で大人しく帰国するのが当然の礼儀だとは思っています。ですが僕は、どうしてもここで諦めるわけにはいかない」

「危険だとは、お考えにならなかったのですか？　いまは戦争中でないとはいえ、その状況は戦勝国であるガルクハインの一存で覆せます。戦時中のアルノルト殿下が、敵対国の王族の首をすべて刎《は》ね落とした一戦のことは、カイル殿下も当然お聞き及びですよね？」

すると、カイルは離れた場所に立つ護衛騎士のカミルを一瞥《いちべつ》した。彼の気にしていることが分かり、リーシェは告げる。

「ご安心ください。彼に会話を聞かれても、アルノルト殿下のお耳に入ることはありません」

リーシェの護衛をする騎士たちは、例外なくアルノルトの近衛《このえ》騎士である。彼らの役割の中に、リーシェの身に起きたことの報告が含まれているはずだが、このカミルだけは例外だった。

カミルは貧民街出身の騎士である。リーシェは以前、彼の故郷のために施策を立て、カミルはそれに賛同してくれた。

テオドールが以前、リーシェの誘拐事件を起こしたときも、カミルたちがリーシェの作戦に協力してくれたのだ。そして今回も、コヨル国との密談を黙っておいてもらうようにお願いしていた。

リーシェが騎士のカミルを見ると、彼は一礼し、リーシェからなるべく離れた場所に立つ。カイルはそれを待って、おもむろに口を開いた。

「アルノルト殿下が関わった国政のことは、僕も資料を拝見しました。その施策は民のことを第一にお考えであることが明白で、彼が賢君であることは疑いようもない。……そしてその慈悲は、戦時中の敵国にすら向けられていたのではないかと、僕はそう考えています」

カイルはやはり、気付いているのだ。そんな確信があったけれど、リーシェは敢《あ》えて言葉を待つ。

「僕は、国民を守るべき王族でありながら戦場を知りません。――ですからすべて想像になりますが、戦場とは死者が多いよりも、怪我人《けがにん》が多い方がずっと動きにくいはずだ」

カイルの言う通りだった。

仲間が亡くなってしまっている場合、その亡骸《なきがら》は捨て置いて前に進むしかない。それはとても悲しいことで、心が張り裂けそうになるけれど、実のところ戦力の低下には繋《つな》がりにくいものだ。けれど、怪我人の場合はそうではない。

戦場で仲間が傷ついた際、騎士はその仲間を守る。その分だけ戦闘に注ぐ力は減り、結果として部隊が全滅してしまうこともあった。

「アルノルト殿下が戦場で、敵兵を残虐に殺《あや》めたのは、恐らくそれが『効果的』だったからだ。一目で絶命していると分かれば、それを助けるために立ち向かう者は減り、生き残った者の戦いへの意思を低下させる。王族を捕らえるのではなく殺めたのも、戦局に終止符を打つことの他に、命を賭してでも奪い返そうとする騎士たちの犠牲を減らそうとしたという見方にも取れる……」

戦場を知らないはずのカイルが巡らせた考えに、リーシェは頷いた。

（やっぱり、カイル王子はすごい。商人や学者に寄り添って下さることと言い、いまの戦場論と言い……ご自身で体感なさったわけではない境遇に対して、的確な分析力と想像力をお持ちだわ）

彼が病弱でなく、いまが平和な時勢であれば、カイルはきっと名君として知られたことだろう。

「私も、カイル殿下と同意見です」

アルノルトが過去の戦争において、残虐に敵を殺したことには狙いがあるはずだ。一部の強烈な犠牲をもってして、全体を救うというやり方を選んでいたとしてもおかしくない。

（そしてその分、『父君であるガルクハイン皇帝に気付かれる前に、アルノルト殿下ご自身が侵略した方が、まだコヨルのためになる』という発言も本気のはず）

アルノルトはやさしい。そしてそのやさしさ故に、戦争や人殺しという手段を躊躇《ちゅうちょ》なく選ぶ。

だからこそ止めなくてはと、そう思うのだ。

目の前のカイルは、リーシェに対して再び礼をした。

「女性に対し、このようなお話を失礼いたしました。それに、アルノルト殿下が真実残虐なお方であったとしても、僕が取るべき行動は変わりません」

「『命を賭けてでも、コヨルを守る』……あなたはきっと、そう仰《おっしゃ》るのですよね」

驚いて顔を上げたカイルを見て、さびしい気持ちで微笑んだ。

「かつては私も、大切なものは命を賭して守るべきだと思っていました。ですが、きっとそれでは駄目なのです。──だって、命懸けで守った人の人生は、その先もずっと続くのですから」

その瞬間、カイルが息を呑《の》んだ気配がした。

「人生の窮地というものは、一度だけ訪れるのではありません。いまの困難を乗り越えた先に、幸せと同じくらいの危険があります」

話しながら、騎士として仕えた王家の人々を思い出す。

大切な王子たちのことを、命を賭けて守り抜く。そのために死んでも怖くない。そんな気持ちで戦場に立ち、剣を握って戦った。それが悪手であったことが、いまのリーシェにはよく分かる。

皇帝アルノルトが、脱出する馬車に追いついたかもしれない。

逃げ延びた先の同盟国に裏切られ、結局は命を落としてしまったかもしれない。自分たち騎士の、誰かひとりでも生きていれば、そんな困難から守れたかもしれないのに。

「ガルクハインの騎士が強いのは、『守るために気高くここで死ぬ』のではなく、『何が何でも生き延びて守る』という気概で戦うからだと学びました。……四肢が無くなっても、剣を握れなくなっても、戦って生きろと教えられるのだそうです」

そして、その訓練方法を編み出したのが、他ならぬ皇太子アルノルトなのだ。

「お願いです、カイル王子」

リーシェはカイルの目を見て、『カイル殿下』ではなく、かつてと同じそんな呼び方をした。

これはコヨル国民の呼び方で、王族に親しみを込めた愛称のようなものだ。今世のリーシェがこう呼んでは、ある種の無礼にあたるかもしれない。けれど、リーシェは敢えて口にする。

「どうかまずは、カイル王子と私とで、ささやかな同盟を結んでいただけませんか」

「同盟、とは……」

「アルノルト殿下を説得するために。コヨルとガルクハインの同盟のためには、他でもないあなたのお力が必要なのです」

リーシェは告げ、隠し持っていた紙を机上に広げた。

昨晩、アルノルトとバルコニーで別れたあとに急いで書き上げたものだ。その計画に目を通したカイルが、ごくりと喉を鳴らした。

「リーシェ嬢。あなたは一体……」

「詳しく申し上げることは出来ません。ですがカイル王子であれば、この計画を実行出来るはず」

「しかし、これでアルノルト殿下を説得できるでしょうか。見向きもされないのでは」

「いいえ」

リーシェははっきりと口にする。

「アルノルト殿下が頷いて下さるかは分かりません。ですが、この計画が上手《うま》くいけば、必ず話を聞いて下さるはずです」

「何故、そう言い切れるのですか」

「それはもちろん」

胸を張り、にっこりと微笑んだ。

「――私は、アルノルト殿下の未来の妻ですから」

＊＊＊

カイルは早速その日の午後から、リーシェが相談した通りに動いてくれた。

アルノルトに勘付かれないよう、日中はガルクハイン側に事前申請していた視察場所を回りつつ、その視察の流れの中でも自然に作戦を遂行してくれていたようだ。

リーシェがカイルと話すのは、一日に一度、彼のために調合した薬を渡すときだけだった。そして、作戦を開始して数日目の夜。

「こちらをお確かめ下さい、リーシェ殿」

机の上に並んだ品々を見て、リーシェは息を呑んだ。

「驚きました。正直なところ、カイル王子のお力を借りようとも、間に合うかどうかは怪しいところだと思っていたのですが……」

そう言うと、カイルは生真面目な表情で頷く。

「ガルクハインへ向かう船の中に、見知った顔があったゆえ。他にご所望なさっていた品も、準備が出来ました」

「ありがとうございます。これは、私が贔屓《ひいき》にしている商会でも揃《そろ》えにくいものですから」

今回の『作戦』には、いくつかの人手と品物が必要になる。だが、アリア商会だって常にどんな品物も用意しているわけではない。

(カイル王子がいて下さってよかった。ここがガルクハインでさえなければ、私にも商人の当てはあったかもしれないけれど……)

何しろこの国は、リーシェが過去の人生で唯一訪れたことのない国だ。他の国であれば、大抵の商いごとは分かるものの、ガルクハインの市場にだけは疎い。

けれどもカイルの人脈は、この国にまで及んでいるのだ。

(多くの商人と実際に顔を合わせ、誠実な取引をしてきたから、ガルクハインを拠点とする商人たちにも伝手《つて》があるんだわ。そしてその商人たちは、カイル王子を重要なお客さまとして扱い、緊急の仕入れにも対応している……)

商人は人を大切にする。どの商人にとっても、カイルは信用できる上客だろう。

「――しかし、この粉末が間違いのない品かどうかは保証できないと申していました。ミシェルであれば、判断できたかもしれませんが」

「いいえカイル王子、問題ありません。成分の判断は私の方でも出来ますから。それとお伝えしていたように、この作戦はミシェル先生にも内密にしたいのです。……先生は、今日も城下へ？」

「ええ。あの者は研究をしているとき以外、本のある場所に入り浸るのが常です」

カイルはきっと、ミシェルが城下にある図書館にいると考えているのだろう。だが、ミシェルの行動パターンであれば、実のところリーシェの方が熟知している。

ミシェルが城下に出ているのであれば、リーシェが思った通りの動きをしているはずだ。

「アルノルト殿下とは、あと一度だけお話をしていただくよう約束を取り付けました。ただし、それは明後日、二日後の夕刻です」

「……ええ。コヨル国の皆さまの滞在は、残り四日間のご予定ですものね」

カイルがこの国を訪れた名目は、リーシェたちの結婚祝いだ。

それに次ぐ表向きの理由も、学者たちの情報交換や視察であり、同盟締結のためではない。特に理由もなく滞在を延長すれば、今後はアルノルトの父である皇帝に怪しまれる。

（気付かれてしまえば、コヨル国は皇帝陛下に攻め込まれるか、それを忌避するアルノルト殿下に攻め込まれるかの二択になってしまうわ。カイル王子の身にも危険が及ぶ……）

そんな懸念を押し隠して、リーシェは明るい声音で言った。

「問題ありませんわ、カイル王子。むしろ、アルノルト殿下とのお話は明日になってしまうかもしれないと思っておりましたから。準備に二日の余裕が出来ました」

「つくづく有り難い。僕にお手伝い出来ることがあれば、なんなりとお申し付けください」

「十分ですよ。それに嫁ぎに来た国の友好国が増えることは、私にとっても喜ばしいことですから」

リーシェがそう言い切ると、カイルは目を丸くしたあと、深々と頭を下げたのだった。

＊＊＊

自室に戻り、もう眠るふりをして侍女を下がらせたリーシェは、急いで次の準備に掛かった。

ある程度作業を進めたら、今度は隣室の気配を確かめる。アルノルトの部屋に人の気配はなく、どうやらまだ公務中のようだ。それを念入りに確認したあと、ロープを持ってバルコニーに出る。

四階にある自室から庭へと降り、人目を忍んで向かうのは、リーシェの畑がある方角だ。

足音を消して近付くと、畑の方からは、想像していた通りに花の香りがする。

「──先生」

きっと、ここにいると思っていた。リーシェが呼ぶと、畑の傍らに立っていた男性が顔を上げる。

金色の髪をしたその男は、香り煙草《たばこ》をくちびるに咥《くわ》えていた。横髪を指で耳に掛け、にこりと笑ったミシェルは、煙草を指に預けて言う。

「やあリーシェ、こんばんは。私と旅に出る覚悟は出来た？」

リーシェは首を横に振った。

「それについてはお断りしたはずです。私はただ、あなたと話しに参りました」

「……いいよ。お喋《しゃべ》りしようか」

こうしてミシェルに向き直ると、リーシェはどうしても思い出す。

錬金術師の人生で、ミシェルと道を違《たが》えた日のことを考えてしまう。ある種の緊張を抱えながら、リーシェは口を開いた。

「先生は、本当にアルノルト殿下に火薬を渡すおつもりですか」

「そうなるかな。だって彼はすごく効果的に、鮮烈に、火薬で世界を掻《か》き乱してくれそうだから」

香り煙草を吸い、ふうっと煙を吐き出して、ミシェルは言葉を続ける。

「毒薬は、人を害する力を持って生み出されたもの。であればちゃんと人を殺すために使ってやらないと、その毒には生まれた意義がなくなってしまうだろう？」

それは、以前の人生でも聞いた言葉だ。

「火薬もそうだ。世界を変える力を持って生まれたものであれば、それを使ってちゃんと世界をめちゃくちゃにしてやらなきゃ」

微笑みを絶やさないミシェルの瞳が、冷たい氷のような光を帯びる。

「どんなものも、生み出された意義を果たさなくてはならない。私の存在だってそれと同じだ」

頑《かたく》なな響きを持つ言い分を、リーシェはちゃんと知っていた。

「『世界を掻き乱すために生まれてきた人間は、その使命に沿って動かなければ』ですか？」

「そうだよ。私の言おうとしていたことがよく分かったね、リーシェ」

すべて分かるに決まっている。だって、ミシェルは繰り返し口にしていたからだ。

いまと同じ、絶対に譲れないという表情で。

「それが出来ない私に、存在する意義はない。同様に、火薬は『適切』に使われなくては、せっかく生まれてきた意義がなくなってしまうんだ」

「そのために、たくさんの人が命を落としても、ですか？」

「ふふふ、困ったなあ。ごめんねリーシェ、君に意地悪を言いたいわけではないんだ」

ミシェルは苦笑したあとで、どこか寂しげに微笑んでみせる。

「それだけは、本当だよ」

告げられた言葉に、ぎゅっと両手を握り締めた。

「先生は、いつもそうでした」

「……ん？」

「誰よりも自由に振る舞うのに、本当は誰より不自由で。やりたいことも、やりたくないこともたくさんあるのに、ご自身が思う『役割』に囚《とら》われている。――錬金術師としての才能をすべて研究に注ぎ、成すべきことを成さなくてはならないと、ご自身に課していらっしゃるのでしょう？」

「……何を……」

「この世界には確かに、あなたにしか成し得ないことが存在します。けれど、あなたが世界に存在する意義は、その偉業を達成するためなどではありません」

リーシェは短く息を吐き出す。そして、彼の目をまっすぐ見てから言い切った。

「人は、たとえ意義などなくったって、この世界に存在していて良いんです」

ミシェルが僅かに目を見張る。

ほんの一瞬のことであり、変化とも呼べない些細《ささい》なものだ。けれど、一秒に満たないほどの短い時間であろうとも、ミシェルが驚いた顔をしたのである。

それは、彼と何年も一緒に過ごしたリーシェですら、初めて目にする表情だった。

「……変なことを言うね」

ミシェルはすぐにその感情を消し去って、いつもと同じ柔らかな笑みを浮かべる。

「世の中に、意味なく生み出されたものなんて無いよ。そして生まれてきた以上、その意味をまっとうしなければならないんだ」

「先生。私は……」

くるりと背中を向けたミシェルが、一度こちらを振り返って続ける。

「おやすみリーシェ。また明日ね」

未来に続く別れの言葉に、リーシェは少しだけほっとした。

三度目の人生で聞かされたのは、『さようなら、私の教え子』という、とても寂しい惜別の挨拶だったからだ。瞑目《めいもく》し、深呼吸をしたあとで、そっと瞼《まぶた》を開く。

(……急がなくては)

残された猶予は、あと一日だ。

＊＊＊

アルノルトとの約束の時間、用意されたのは、日ごろ会議に使われているという一室だった。

皇族が使用する部屋であるため、調度品はどれも一級のものだ。部屋の中央に据えられている円卓は、賓客室には無いものである。やがてノックの音が響き、従者のオリヴァーが扉を開けた。

彼が扉の横に控えると、後ろからアルノルトが現れる。すでに卓についていたカイルは、そこで立ち上がって一礼した。

「アルノルト殿。本日はお時間をいただき、ありがとうございます」

「あらかじめ言っておくが」

アルノルトは、円卓を挟んだ向かい側のカイルを静かに見下ろす。

「先日と同じ話を繰り返すつもりはない。コヨル国との同盟にも、依然として価値は感じない」

「……承知しているつもりです」

「しかし」

その視線が、部屋の隅へと向けられた。

「少しはまともな話が聞けるんだろうな？　リーシェ」

「もちろんです、アルノルト殿下」

円卓から離れた場所に立ち、一介の侍女であるかのように大人しくしていたリーシェは、アルノルトの視線を受けて笑みを浮かべる。

（気圧《けお》されては駄目。これは商談で、戦いなんだもの）

アルノルトの目は好戦的だ。挑発するかのようなまなざしは、室内の空気を張り詰めさせた。

カイルもきっと感じているはずだ。アルノルトはふっと笑ったあと、着席した。

「お前も座れ。さっさと話を始めてもらう」

「その前に、アルノルト殿下」

リーシェは円卓の傍《そば》まで行くと、カイルとアルノルトの中間に立った。アルノルトの方を見つつ、両手を広げてにこりと微笑む。

「今日の私は、いつもと何処が違うかお分かりですか？」

リーシェの問いに、アルノルトが眉根を寄せる。

この反応は想像通りだ。しかしアルノルトは、肘掛けに頬杖をついてあっさりと答えた。

「首飾りに腕輪、耳飾り。──どれも見慣れない、俺の前では着けたことのないものだろう」

こちらが説明する前に見抜かれてしまうとは、予想外の結果である。

（アルノルト殿下は目が良いのだわ。単純な視力だけではなくて、洞察力や動体視力、様々なものを見抜く力がとても強い……）

リーシェは頷いて着席すると、アルノルトに説明を続けた。

「仰る通り、この装身具はどれもアリア商会から昨日購入いたしました。コヨル国で作られた、宝飾品の数々です」

「コヨル国の産業について、僕から説明させていただきます。我が国は宝石が産出される上、一年の半分以上が雪に閉ざされている。そういった条件が重なって、宝飾品を作る優秀な職人が数多く存在します」

長い冬の過ごし方について、コヨル国は様々な工夫を行っている。

男性が女性を褒める習慣も、家庭内を円滑に保つための伝統だ。それと同じように、室内に籠もって出来る宝飾の仕事は、昔から今に至るまで重宝されてきた。

「他の国では時間が掛かる装飾も、我がコヨルの職人であれば、短期間かつ精巧に仕上げるでしょう。それは世界中に誇ることの出来る、コヨルの宝です」

これについても、カイルの言うことが真実だ。

リーシェは先日の一件により、アルノルトから指輪を贈られることになっている。そして指輪は本来であれば、完成まで一ヶ月掛かると告げられていた。

だが、店主の老婦人から届いた手紙によれば、その期間が僅か一週間に短縮されたという。

その理由は、カイルがガルクハインへと渡航してきた船に、コヨルの職人が同乗していたからだ。

(商人だった人生の経験からも、間違いないわ。コヨル国の技術は、世界でも有数のもの)

反対にガルクハインでは、こうした細工を作れる職人がいないと言う。

先の戦争の影響だ。金属を鍛える鍛冶の技術と、細やかな細工を施す技術とは別物であり、いまのガルクハインに金属細工の技術は無い。いうなれば、不得意な分野なのである。

だが、アルノルトのまなざしは冷めたものだった。

「リーシェ」

名前を呼ばれたその瞬間、ぴりっと緊張が走ってしまう。だが、リーシェはあくまで柔らかな笑みを浮かべた。

(これでいいわ)

アルノルトが、『宝飾品を作る技術』などに興味を示さないのは分かっている。だが、これもひとつの商法なのだ。

ひとつの商品を差し出したとき、顧客の選択は『買うか、買わないか』の二択になる。そして大半は『買わない』に傾き、商機を得ることは出来ないことも多い。けれども複数の商品を差し出したときは、買う、買わないとは別の思考が生まれる。

それは、『この中で、どれが最も価値のある品か』という取捨選択だ。

その場合に行われる判断は、『買うか買わないか』の二択ではなく、『この中のどれを買うか』に変化する。『複数ある品物の中で、気に入ったひとつ』を選んでもらってからの商談は、最初からその品ひとつだけを提示したときよりも買う結論に至りやすい。

（もちろん、そんな小手先の商法が、アルノルト殿下に通用するとは思わないけれど……）

リーシェがカイルを見遣《みや》ると、かつての取引相手は静かに頷いた。

懐に手を入れて、上着からあるものを取り出してみせる。カイルが卓上に『それ』を置いても、アルノルトの表情は変わらない。

「この品に見覚えがありますよね？　アルノルト殿下」

分かりきった問い掛けには、淡々とした返事をされた。

「元は俺の物だからな。それがどうした」

「これは……」

リーシェが説明をしようとした、そのときだ。

「――待て」

アルノルトが、僅かに眉根を寄せてリーシェを止めた。

心底どうでもよさそうだった彼の表情に、ほんの少しだけ変化が生まれる。その理由が分かり、リーシェの方も驚いた。

「……まさか、こんなところまでお気付きになるとは思いませんでした」

商談用の笑みは浮かべたままだが、内心で感嘆する。アルノルトは多くを語らないものの、きっとリーシェの『仕掛け』を見抜いたのだ。

「これは間違いなく、アルノルト殿下が戦時中に重宝なさったという物と同一の見た目をしています。しかし、いま卓上にあるものは、あなたが所有なさっている品ではありません」

傍らの鞄《かばん》に手を伸べて、リーシェはとある品物を取り出す。そしてカイルと同じように、その品を自らの目の前に置いた。

「あなたの時計は、いまも私の手元に」

卓上に並ぶのは、ふたつの懐中時計だ。

ほとんど見た目の変わらないそれは、けれども金色の輝きが違う。アルノルトが見抜いてみせたのも、この些細な差異が原因だろう。

「カイル王子がお持ちの時計は、お借りした時計の複製品です」

アルノルトが静かにリーシェを見る。

「これを作成したのは、カイル王子と同じ船でガルクハインにいらした宝飾職人でして。宝石店の店主さまに相談して、鋳造に必要な設備をお借りいたしました。――指輪のような宝飾も、歯車や螺子《ねじ》といった金属も、まったく同じやり方で鋳造することが出来るのだとか」

蠟《ろう》などを削って原型を作り、その原型を使って型を取り、型の中に金属を流し込んで固めるのだ。

これらの工程において、もっとも時間が掛かるのは原型作りである。

けれども反対に、一度原型を完成させて型取りを終えれば、その型を使って短時間で同じ形の加工品が量産できる。それが、鋳造という技術の強みだ。

そして腕の良い職人は、失敗しやすい鋳造を緻密に行うことが出来る。とはいえ、間に合うかどうかは賭けだった。

(『ココルで腕の良い職人』であり、『カイル王子という王族の船に同乗できる』人物……もしかしてと思ったけれど、私の良く知っている人で本当に良かったわ)

時計というものを生み出したのは、リーシェがよく知る人物でもある。

そしてその人物は、時計の作成に必要な部品の鋳造を、他ならぬココル国の職人に依頼した。その人物がココルを選んだのも、宝飾品の加工技術に目を付けたからだ。

今回ガルクハインに渡航した職人は、時計の部品を鋳造するための型を持っていた。国外で仕事をする際、自分が過去に手掛けた成果物を持って行くのは、売り込みの面でもよくあることだ。

(部品さえ手元に揃ったのなら、私は完璧に時計を組み上げることが出来る。……前の人生で、ミシェル先生が丁寧に教えてくれたおかげね)

少しさびしい気持ちになりながらも、アルノルトに向き合った。

「精巧な金属加工によって作られた歯車や螺子。それらの組み合わせによって、あなたが戦争に重宝したこの懐中時計が作り出されました。恐らくはこの先、そう遠くない未来で、同じような品々が発展してゆくはずです」

リーシェは確信しているのだ。

これらの加工された金属は、使い方次第で様々な可能性を生み出せる。いまは絵空事めいた話だが、世界の各国にいる学者には、こうした分野を研究する者も大勢いることを知っている。

錬金術師の人生で、リーシェは彼らの研究を多く見てきた。

「アルノルト殿下。あなたはきっと、欲するはず」

時計の価値を正しく理解し、自分の目的に利用した彼であれば。

「この技術力を、ガルクハインへと！」

「――……」

アルノルトがリーシェを見据えている。

彼がこちらに注いでいる視線を、一瞬たりとも離したくない。リーシェは真っ向から見つめ返し、そのまま次々と畳みかける。

「『時計』という品の素晴らしさを、アルノルト殿下はご存知です。世界にとって稀少《きしょう》であるその品を、安価かつ大量に所有したいと思われたことは？　あるいはその技術を応用し、他に転じられないかと想像なさったことはありますか？」

今回の時計を作るのに、要したのはほんの数日だ。それをわざわざ説明し、制作期間の短さを強調するまでもない。アルノルトならばきっと、その事実をしっかりと認識しているだろう。

「ゼンマイや歯車を使った技術は、あちこちの学者が研究を始めています。彼らの知識が合わされば、馬がいなくとも動く馬車や、風が無くとも進む船……そんな夢が実現するかもしれません」

わざと強気な表情を作り、リーシェはくちびるに笑みを浮かべる。

「けれどもそのとき、製造する技術を持つ国は、世界中を探してもコヨルだけです」

「はっ」

再び頬杖をついたアルノルトが、悠然とした笑みを浮かべた。

「……まるで、未来を見てきたかのように物を言う」

そちらこそ、まるでリーシェの心が読めているかのようだ。

リーシェの秘密なんて知らないはずなのに、どうしてそれほど鋭いのだろう。とはいえ、この場でアルノルトに語ってみせた未来のことは、リーシェにだって予想の話でしかない。

コヨルは消えてしまうからだ。

戦争が起こり、もともと乏しかった国力が弱り果て、ガルクハインに侵略されてしまう。その結末を、少しずつでも変えなくてはならない。

(ここで殿下を説得できなくては……)

リーシェはぎゅっと両手を握り締める。アルノルトの表情から、先ほどの笑みは消えていた。

「──それで？」

部屋に響いたのは、突き放すような声だ。

アルノルトは、これまで無関心を貫いていた対象へと目を向ける。

「カイル・モーガン・クレヴァリー。貴殿は一体なんのつもりだ」

冷たい響きを帯びた声に、リーシェは思わず身構えた。

カイルを見るアルノルトの双眸《そうぼう》には、暗い光が宿っている。アルノルトはほとんど無表情に近く、声を荒らげたりもしていない。なのに、肌がぴりぴりと痛むほどの威圧感があり、傍にいるだけのリーシェですら緊張してしまう。

アルノルトは、酷薄さをはらんだ声でこう続けた。

「貴殿の国が持つ技術について、優れたものであることを認めよう。その力は、確かに我が国に欠けているものだ」

形の良い指が、椅子の肘掛けをとんっと叩《たた》く。

その音がやけに室内へ響き、張り詰めた空気に拍車を掛けた。きっとアルノルトは、それらすべてを計算しながら動いている。

「……であれば尚更《なおさら》、貴殿の甘さには虫唾《むしず》が走る」

「……っ」

リーシェは反射的に息を呑んだ。

こちらがこの有り様なのだから、カイルの感じる重圧はこれ以上だろう。アルノルトはそれに構わず、淡々と言葉を重ねてゆく。

「知識も技術も人間も、他国に持ち出せるものだと理解しているか？　貴国の職人に金を積んで、ガルクハインに招くまでも無い。武力で脅して従わせれば良いのだからな。我が国がその技術を習得したあかつきには、ココルの生き残りなど殺してしまえば済む」

なんでもないことのように言い切ったあと、彼はカイルに尋ねた。

「何も考えずにこの場に来たのか。我が妻に言われるがまま、お飾りの王族として」

「殿下！　カイル王子は……」

「リーシェ。今回ばかりはお前も同様だ」

横目で静かに睨《にら》まれて、リーシェは口を噤《つぐ》む。

「お前は、俺がその『技術』とやらを手にした末に、何が起こるのか想像しなかったのか？」

言葉の意味は、よく分かっていた。

未来のアルノルトが何をするのか知っている。けれど、それ以上に理解していることもあった。

（だからこそ……）

「──リーシェ殿は、アルノルト殿を信じておいでです」

口を開いたのは、カイルだった。

緊迫感に満ちた室内で、カイルは凜《りん》と背筋を正し、堂々とアルノルトを見据えている。

「金属加工の技術を交渉に使うこと。これをリーシェ殿に提案いただいたときは、アルノルト殿のお気に召さないのではないかと不安を覚えました。しかしながらリーシェ殿は、一貫してアルノルト殿を信じていらした」

カイルの淡い水色の目は、雪原の中にある湖のようだ。透き通り、真摯な光を絶やさない。

「『未来をより素晴らしいものにするための力』を、アルノルト殿が望まないはずはないのだと」

カイルの言う通りだ。

たとえ皇帝アルノルト・ハインが、数年後の未来で侵略戦争を起こすとしても。数年前のアルノルトが、残酷な皇太子として戦場で恐れられていたのだとしても。

いまのリーシェは、ここにいるアルノルトが、どんな人物であるのかを知っている。

「僕自身も、アルノルト殿を信じてこの国に来ました。あなたが優れた統治者であり、敵兵にすらある種の敬意を払う将だということは、戦場の記録や政策の伝聞を耳にするだけでも分かる。今このときも、僕を無言で切り捨てるのではなく、こうして対話の形を取って下さっています」

「つまり貴殿は『信じる』と？　俺がコヨルに侵略し、技術者を奪取することはないだろうと」

「その通りです」

「めでたい考え方だな。さすがは、よりにもよって俺に頼ろうという愚考に至っただけはある」

「僕が愚かだったのは、『頼り、護《まも》ってもらいたい』と考えてしまった点です。ですが、あなたと同盟を結びたいと考えた自分の判断は、間違っていたと思わない」

迷いの無い声で、カイルは告げる。

「――王族として、あなたを深く尊敬し、この国に参りました」

そして、自らの胸に手を当てた。

「宝石を失ったコヨル国が持つのは、学者たちの知力と金属加工の技術です。このふたつにガルクハインの国力を合わせ、共同で研究を始められれば、先ほどリーシェ殿が仰ったような未来も絵空事ではないかもしれない」

「……」

「信頼していただくために、僕は一切を惜しみません。ほんの僅かだけでも、お心に留めていただけるなら――」

「失礼いたします」

カイルの言葉を遮るように、とある人物が入室する。リーシェはそれを見て、目を丸くした。

（テオドール殿下!?）

「ご機嫌麗しゅうカイル殿下。お邪魔をしてしまい申し訳ございません、兄上。お話し中にも拘《かかわ》らず、大変な非礼を働いてしまったこと、心よりお詫《わ》び申し上げます」

普段と違う口調ですらすらと述べ、テオドールは頭を下げる。そのあとでリーシェを見上げ、まばたきの回数で合図をくれた。

（『緊急事態』！）

リーシェは慌てて立ち上がり、アルノルトとカイルに告げる。

「申し訳ございません。私は一度中座させていただきます」

「り、リーシェ殿？」

「お話の結果は後ほどまた、聞かせてください。本当にごめんなさい、それでは!!」

苦渋の思いでそう言って、リーシェはテオドールと共に退室した。ふたり同時に駆け出すと、護衛の騎士ふたりが慌てて追ってくる。

＊＊＊

「……慌ただしいことだな」

残された部屋で、アルノルトがそう呟いた。彼は肘掛けに頬杖をついたまま、淡々と告げる。

「俺からも詫びよう。妻と弟が非礼を働いた」

「驚きはしましたが、問題はありません。それよりも先ほどの続きを……」

「オリヴァー。入ってこい」

アルノルトの指示で、彼の従者である銀髪の男性が入室してくる。

カイルは思わず目を丸くした。何故ならば、会議室に入ってきたのは、その従者だけではなかったからだ。

「アルノルト殿？」

現れたのは、十数名はいるであろう騎士たちだった。彼らは無言で入室すると、アルノルトの後ろに横一列で整列する。

「これは、一体……」

「……」

大勢の騎士を従えたアルノルトが、静かにカイルを眺めていた。

第七章

急いで会議室を出たリーシェは、足早に歩を進めていた。

本当なら全力疾走したいところだが、主城の中なのでそうもいかない。焦る気持ちを押し殺しつつ、テオドールの説明に耳を傾ける。

「尾行の人間が、全員撒《ま》かれた」

リーシェの傍《そば》を歩くテオドールは、声を潜めながらそう言った。

「最後に確認できたのは皇都の南、十七区画の裏通り。いまから三時間前の出来事で、その場所を中心に捜索中だ」

「見失った時の状況は？　尾行に気付かれた結果だとしても、貧民街の方々を撒くなんて……」

「甘い香りがしたらしい」

告げられた内容の薬には、十分に心当たりがある。恐らくはとある茸《きのこ》から抽出した、一種の痺《しび》れ薬のようなものだ。

「路地裏に入ったあと、思い出せるのはそれだけだって。目を覚ました時には二時間ほどが経《た》っていて、『標的』は消息不明。つまり」

テオドールは、いつもより少しだけ低い声で言った。

「――ミシェル・エヴァンの監視は失敗だ」

リーシェはきゅっとくちびるを結ぶ。

数日前、リーシェはテオドールにこんな協力を依頼したのだ。

『ミシェル先生の行動を見張り、その情報を私に下さい。――それから、彼がアルノルト殿下に近付こうとした暁には、阻止していただきたいのです』

テオドールの配下には、皇都の深部まで熟知した貧民街の住民たちがいる。彼らは独自の情報網を持ち、皇都内の行動範囲も広い。それに加え、テオドールはアルノルトの動向を収集するべく、ガルクハイン城内にも監視網を持っている。

だが、ミシェルはその尾行を撒いたのだ。

「その方には念のため、お水を多めに飲ませてください。ご存知であればなのですが、ミシェル先生は他に何か――」

「手荷物がいつもと違ったそうだ。金属製の頑丈そうな鞄《かばん》で、やたら丁重に扱っていた」

「！」

「尾行対象のいつもと違うところくらい、全部報告させてるに決まってるだろ」

テオドールはにやりと笑う。こういうときの表情は、彼とアルノルトでよく似ていた。

「報告を受けた直後から、貧民街の連中を総動員している。いまは十七区画を中心に、放射線状に広がりながらの人海戦術中だ」

「テオドール殿下……」

「ミシェル・エヴァンを見失ってから、僕に報告が来るまでの時間は二時間半ちょっと。『標的』

を見つけ次第、君に言われていた通りに動く。報告は順次、僕のところに入る予定だ」

そこまで事前に手を回してくれているとは思わず、リーシェは目を丸くする。

テオドールには、火薬が何かを話していない。ミシェルがそれをアルノルトに使わせたがっているということも、今の段階では伏せていた。

確かに、『標的』を確認したら動いて欲しいと依頼していた事項がある。

とはいえテオドールからしてみれば、仔細《しさい》も教えられない状況で、『異国から来た客人を監視し、ある行動を取ったらこのように動き、それを報告してほしい』と言われたに過ぎないのに。

まさか不測の事態が起きた際にも、あらかじめ、ここまで助けてくれるとは。

「なにその顔。兄上の弟であるこの僕が、指示された通りにしか動かない人間だとでも思った？」

「そ、そうではありません！　ですが、私をそれほど信じてよろしかったのですか？　テオドール殿下には、私がミシェル先生を追いたい理由もお話ししていないのに……」

リーシェの隣を走るテオドールは、呆《あき》れたような顔をした。

「やましいところのない人間は、尾行相手を潰したりしない。普通は単純に撒こうとするか、しかるべきところに助けを求めるよ。よくわかんない薬で気絶させるなんて手段に出るのは、その後にとんでもない行動を起こす気がある奴《やつ》だけだ」

リーシェは何も言えず、早歩きをしながらも視線を落とす。

貧民街の荒くれ者たちをまとめ、犯罪者に近い人間も配下に加えている彼の言葉には、ある種の実感が籠っていた。テオドールは後ろの騎士たちをさりげなく振り返り、一段と小さな声で言う。

「緊急事態だと判断したから、兄上と一緒だって分かっていても君を連れ出した。兄上からの追及は避けられないだろうから、それは今から謝っておく」

「いいえ、ありがとうございますテオドール殿下。改めて確認いたしますが、ミシェル先生とアルノルト殿下の接触は？」

「それは無かったと断言できる。オリヴァーに近付いた様子もなさそうだ。……だけどひとつだけ、気になることが」

「先ほど、テオドール殿下が会議室に入室なさった件ですね」

訝《いぶか》しく思っていた点を口にすると、テオドールは頷《うなず》いた。

「第二皇子の僕だからって、兄上とカイルの会議に乱入していい理由は無い。それなのに、オリヴァーは止める素振りすら見せなかった」

「アルノルト殿下にも、驚いたようなご様子は見られませんでしたね……」

驚きが顔に出なかっただけか。それともすべて見透かされ、この展開を予想されていたのか。

（あるいは、私があの場を中座した方が、アルノルト殿下にとって都合が良かった……？）

考え過ぎかもしれない。けれど、リーシェが思いつく可能性はすべて検討しておくくらいでないと、アルノルトの考えには及べない。いずれにせよ、十分に警戒する必要がありそうだ。

「テオドール殿下、先生の捜索状況は……」

「失礼いたします、テオドールさま」

廊下の先から現れた騎士が、慣れた様子で耳打ちをする。大柄なその騎士は、テオドールの近衛《このえ》騎士だったはずだ。

「――分かった。行くよ義姉上《あねうえ》、こっちだ！」

「まさか、もう先生の居場所を掴《つか》めたのですか!?」

「僕を誰の弟だと思ってるの！　それにあの男、一番監視しやすいところに戻ってきた！」

主城を出た途端に駆け出したテオドールを追い、ドレスの裾を摘《つま》んで外庭を走る。一番監視がしやすい場所というのは、確かめるまでもなく明白だ。

「っ、は……」

走り続けたせいで息が上がる。

肩で呼吸をするリーシェが辿《たど》り着いた場所で、その人物は寛《くつろ》いでいた。

「やあリーシェ」

花の咲き乱れる庭園で、ミシェルは悠然と微笑《ほほえ》みを浮かべる。

彼の背後に控えるのは、合計四名の騎士だった。彼らが纏《まと》う制服は、アルノルトの近衛騎士とは少しだけ違う意匠だ。騎士たちに囲まれたミシェルは、庭園に据えられた白い長椅子に座り、香り煙草《たばこ》の煙をふわふわと燻《くゆ》らせていた。

「君は優秀な教え子だけど、実験動物の扱いについては指導が必要だね。追い詰められた動物は、時として想定外の行動を取るんだよ？　避難先の木がなくなった猫は、追い掛けてきた犬を引っ掻《か》くだろう。にゃあ！　ってね」

ミシェルは右手をひょいと上げ、爪を出す猫の真似《まね》をする。

「とはいえ。見張られていようと、私が取る行動に大きな変化はないのだけれど」

彼が首をかしげると、肩までの長さがある金色の髪は、重力に従ってさらさらと流れた。

息を切らしたテオドールが、それでもリーシェを庇《かば》うように、さりげなく前に出ようとする。

「なんだあいつ。うちの兄上の、婚約者に対して、馴《な》れ馴《な》れしいな……っ」

リーシェの護衛をする騎士も追いついてきたものの、リーシェは彼らを視線で止めた。そのあとで、ミシェルの連れている騎士たちを見遣《みや》る。

「テオドール殿下。ひとまずは、先生の後ろにいる騎士の方たちを……」

「分かってる。お前たち、下がれ」

テオドールが命じると、騎士たちは気まずそうな表情で礼をした。

「申し訳ございません殿下。そのご命令をお受けすることは、我々の判断では出来かねます」

「……なんだって？」

テオドールが不愉快そうに眉根を寄せた。騎士たちはそれに怯《ひる》むのだが、ここを辞する気はないようだ。そんなやりとりを見て、ミシェルはぱちぱちと瞬きをする。

「ねえリーシェ、どうして騎士たちを追い払いたいの？　もしかして、私に配慮してくれてるのかな。やさしいね、ありがとう。だけど」

ミシェルがとろりと微笑んだ。

「――そんなものはいらないよ」

（この気配……）

芝生を踏み締める音がして、リーシェは咄嗟《とっさ》に振り返る。

近付いてくる人物が誰なのか、探るまでもなく分かっている。これはつい先日、その人物と顔を合わせずに済むようにと、十分に観察して覚えた気配だ。

（ローヴァイン閣下!!）

「……ルーシャス・オルコット……」

リーシェの前に立ちはだかった長身の武人は、一瞬だけ目を見開いた。

すぐさま冷静な表情に戻ったローヴァインは、まずはテオドールに礼をする。

「テオドール殿下。騎士たちが何か、ご無礼を？」

「この僕が下がれと命じたのに、あいつらはそれに従えないと返事をした。ローヴァイン、お前から説明してもらおうか？」

「どうかお許しください。たとえ殿下のご命令であっても、忠義ゆえそれには従えません」

「だから、それは何故《なぜ》だって聞いてるんだよ」

いまのローヴァインが纏っている空気は、戦場に立つ騎士のそれだった。これまでのリーシェが接してきた、面倒見のいい指導者の表情とは異なるものだ。

「我々の主君は、皇帝陛下です」

「!!」

『皇帝』という言葉に、テオドールがわずかな怯《おび》えの色を見せる。

「ミシェル・エヴァンは予告しました。いまから十五分後、大きな事件を起こすつもりでいると」

「ミシェル先生……」

「彼の言う通りだよ。お城の中にいる騎士を適当に見繕って、宣言したんだ。『このあと、十八時に起きる凶行は私の仕業だから、実現したら捕らえてほしい』って」

ミシェルは何を言っているのだろう。一瞬混乱したものの、彼の目的を思い出す。

「そうすれば、『火薬』の話がアルノルト殿下の耳に入ると？」

「取り調べの名の下、洗いざらい全部話すことになるだろうからね。これから起きることを考えれば、ガルクハインの皇太子や皇帝は、きっと私の話した内容に目を通すだろう？」

ミシェルは柔らかく微笑んだまま、なんの邪気もなく口にする。

「これから起きることの大きさを思えば、皇族の耳に入らないなんてことは有り得ない」

「……っ!!」

ミシェルはやはり、火薬を用いた事件を起こすつもりなのだ。

そのことを予想し、覚悟した上で、準備を進めてきたつもりだった。けれど、実際にミシェルがそう動こうとしていた事実を知ると、やはりずきずきと胸が痛む。

「まずいな」

テオドールが舌打ちをする。それからリーシェを振り返り、小声で告げた。

「ローヴァインは騎士じゃない。それなのにああして動いているのは、ガルクハイン最北端の地を治める領主としての働きだ」

「……コヨルの客人であるミシェル先生を、ガルクハインの敵だと判断なさったということですね」

「そうだ。この一件がすでに父上の耳に入っているとしたら、兄上にも何かしらの命令が下っているかもしれない」

リーシェはぎゅっと両手を握り締める。

ミシェルがガルクハインへの攻撃をほのめかし、ローヴァインが監視に動いたのだ。ガルクハイン皇帝がそれを受け、アルノルトに何かを命じるとしたら。

（カイル王子……）

焦燥感を抑えつけながら、リーシェはミシェルを見据えた。

「ミシェル先生。あなたの取ろうとした行動は、無関係な人々すら巻き込むものです」

「うん。分かっているよ」

「先生……!!」

思わず声を上げたリーシェを眺め、ミシェルは香り煙草を指に預ける。

「だって、お披露目にはこれくらいしないとね？　火薬の威力や、どんな不幸を生み出すものかを知ってもらうには、それが一番だもの」

「……不幸を生み出す？」

「そうだよ。火薬の存在はそのためにあるのだから、私が役割をまっとうさせてあげないと」

三度目の人生でも、ミシェルはいつも口にしていた。

すべての物には、作られた理由や決められた役割があるのだと。そして、その役割を果たすことこそが、生まれてきた意味だと。

（そうして、私とミシェル先生は決別した）

リーシェはどうしても、ミシェルのその言葉を受け入れることが出来なかった。

ミシェルが火薬を使おうとするのを止めたかったし、懇願もした。結局それは叶《かな》わなくて、別々の人生を歩むことになり、ミシェルと再会する日は二度とこなかった。

「生み出してしまったものに対して、私は責任を取らなくてはならない。――たとえそれが誰かを不幸にするものだとしても、その役割を果たさなくては」

彼の浮かべた微笑みは、いつかの月夜とおんなじだった。

錬金術師の人生で、リーシェが最後にミシェルと言葉を交わした夜のことを思い出す。だが、そのときだった。

「義姉上！」

テオドールが声を上げる。彼の傍には騎士がいて、何か耳打ちをされたようだ。

リーシェはテオドールからその報告を聞き、小さく息をついた。

（……間に合った……）

＊＊＊

ガルクハイン皇城の庭園で、ミシェル・エヴァンは不思議な気持ちになっていた。

その原因は、目の前に立っている少女である。

この国に来て、気まぐれに『教え子』と呼ぶことにしたリーシェという名の少女が、強くて真摯な視線をこちらに注いできたからだ。

(変だなあ)

甘い煙草を味わいながら、ミシェルは首をかしげる。

(怒っているように見えるのに、それだけでないようにも見える。……とはいえ、私に人の心など分かるはずもないのだけれど)

思い出すのは、霞《かすみ》が懸かったような遠い日の記憶だ。

『──お前が生まれてきた所為《せい》で、私の妻は死んだのだ』

実の父であるその男は、繰り返しそう説いていた。

本に埋め尽くされた薄暗い屋敷。痩せ細った父親。いつしか使用人も姿を消し、幼かったミシェルは毎日そんな言葉を聞いていた。

『お前は私に償わなくてはならない。私たちを不幸にするために生まれてきた、死神め……!』

父はかつて、とても優秀な学者だったそうだ。

けれども母の死をきっかけに、彼は変わってしまったらしい。そして、その原因であるミシェルのことを、傍に置きながらもひどく憎むようになった。

『……生まれてしまってごめんなさい、お父さま』

自分のローブをぎゅっと握り締め、父に詫《わ》びた。

お腹《なか》が空《す》いても寂しくても、自分から何かを父に請うことはなかった。その代わり、空っぽで飢えるのを誤魔化すように、屋敷中に積んであった本へと手を伸ばした。

学問に触れているときだけは、父がミシェルに向けるまなざしも和らいだからだ。

幸いなことに、学問の方もミシェルを受け入れてくれた。知識はするすると頭に入り、体に馴染《なじ》む。息をしたり、水を飲んだりするのと同じように、本で覚えた知識を使うことが出来た。

そうするとやがて、父がミシェルを外に連れ出してくれた。たくさんの大人たちがミシェルを囲み、その外側で父が言ったのだ。

『この子供は私の力を受け継いでいる。私の代わりに、ぞんぶんに使え』

大人たちはざわついたが、ミシェルはとても嬉《うれ》しかった。

父が何かを望んでくれた。生まれて初めてミシェルにも、『母を死なせ、両親を不幸にする』以外の役割を与えてもらったのだ。

『お父さま。そうすれば僕も、お父さまの役に立てる？』

縋《すが》るような気持ちでそう尋ねた。すると父は、忌々しいものを見るような目でこう言ったのだ。

『当然だろう』

その冷たさに、びくりと体が跳ねたことを覚えている。

『死神であるお前を育ててやっているんだから、せめてそれくらいは役に立てよ。それが、お前の「正しい使い道」なのだから』

父の言葉を聞いて、自分がどんな風に感じたのかは、とうの昔に忘れてしまった。

なんだか上手《うま》く立っていられなくて、心臓が痛いほどに脈を打ったように思う。息が苦しくなり、ぐらぐらした視界の中でしゃがみこんで、『ごめんなさい』と呟《つぶや》いたかもしれない。

けれど、父に突き放されるほどに、ミシェルはどんどん学問と親密になっていった。

研究室に入れられてから、いっそう世界が広がってゆく。知りたいと願い、実験や研究を重ねれば、それらは必ず答えを示してくれるのだ。

父の心よりも、その日の機嫌の行方よりも、錬金術の方がずっと明快だ。それに、研究室にいる周囲の大人たちは、父よりも少しだけミシェルにやさしかった。

『あの人の息子だけあって、ミシェルはすごいな』

彼らをこっそり兄のように、あるいは父のように感じながら、ミシェルは錬金術に関する様々なことを学んでいった。

そんな日々が変わったのは、ほんの些細《ささい》な行動がきっかけだったように思う。大人たちの書いた文書を覗《のぞ》き込み、ミシェルは色々と書き足した。

その計画に足りないもの、余分なもの、不確定要素になり得るものがすぐに分かったからだ。

『――こうすれば、きっと全部上手くいくと思うんだ』

すらすらとペンを走らせながら、内心ではどきどきしていた。

とある効果を持った薬剤を作ろうと、大人たちが悩み、顔を突き合わせて考え込んでいた問題だ。

『その上で、この薬品同士を掛け合わせる。実験をしてみないと分からないけど、どうかなあ？』

そう言って、ミシェルはぱっと顔を上げた。

生まれて初めて、誰かの役に立てたかもしれない。こうした学術で人の役に立つことが、両親を不幸にするために生まれたミシェルにとって、唯一の正しい役割なのかもしれないと。

そんな、馬鹿な夢を見てしまったのだ。

『ミシェル』

響いたのは、ひどく冷え切った声音だった。

『――お前は本当に、死神のような子供だな』

彼らの視線に突き刺されて、ミシェルは動けなくなった。

大人たちはミシェルを見下ろして、口々に囁《ささや》き合ったのだ。

『一体どうなっているんだ。人を殺す薬品を作るのに、これほど長《た》けているとは……』

『誰も教えていないのだから、この才能は天性のものなんだろう。父親の言う通りだったな』

『この薬品を大量生産すれば、我が国は戦わずして戦争に勝てるようになる。しかし、こんな悪魔の発明を、本当に実行に移していいのか？』

要するに、ミシェルは父の言う通り、誰かを殺して不幸にするために生まれてきたらしい。

その薬品が使われることは、結局なかった。

王城に敵国が攻めてきて、ありとあらゆるものが焼かれ、実験計画書もすべて灰になったからだ。

父やほかの錬金術師も命を落とし、ミシェルだけは戦火を逃れ、ひとりであちこちを転々とした。

父の名前があったお陰で、学術の盛んな国に行けば、ミシェルはそれなりに歓迎された。

父の名前で公表された研究の中に、ミシェルがあの薄暗い屋敷で考えたものがたくさんあったのを見つけたが、それについてはどうでもいい。

残されたものは学問だけだ。

その境地に至ってみると、錬金術は案外楽しい。誰かのために研究するのではなく、自分自身の興味のためにする研究は、とても穏やかで柔らかな気持ちになるものだ。

きっと、友人や家族と交流するときは、こんな気持ちになるのだろう。だからこそ、研究の末に火薬が生まれたとき、ミシェルはとても納得していたのだ。

人を不幸にすることに長けているから、こんなものを生み出した。

そしてこの火薬は、ミシェル自身と同じく、誰かの人生を不幸にする力を持っている。そしてどんなものも、この世に作られてしまった以上、生み出された意義を果たさなくてはならない。

「毒薬として生まれてしまったものの存在意義は、役目通りに人を不幸にすることだ」

そういえば先日のリーシェは、『意義などなくても、この世界には存在していい』と言っていた。

だけど、この世界に意味のないものなんて存在しない。そういうものは、不要なものとして淘汰《とうた》され、残っていないはずなのだ。

少しの距離を置いて対峙《たいじ》したリーシェは、ミシェルを見たまま口を開く。

「……以前、その言葉をとある方から聞いたとき、私は愚直にも尋ねました。『毒薬には、本当に誰かを幸せにすることは出来ないのでしょうか』と。けれどもそれは間違いで、あのとき私は尋ねるのではなく、こうして断言するべきだったのです」

束《つか》の間《ま》の教え子は、ミシェルの考えをはっきりと否定した。

「――毒薬にだって、誰かを幸せにすることは出来る、と」

本当に、つくづく変わった少女だ。

「私のような人間の言葉など、真に受けるものじゃないよ」

「そうですね。いくら先生の仰ることでも、教わったことのすべてを納得して受け入れることなんて出来ません」

ミシェルは微笑みを浮かべたまま、リーシェの言葉に耳を傾けた。

まもなく想定の十八時だ。多少の誤差はあるかもしれないが、おおよそそのくらいの時間になれば、ガルクハイン皇都に仕掛けた三つの火薬樽《だる》が爆発する。

穏やかな気候に包まれた春のガルクハインは、火薬の作動条件に最適だ。

無人の野外での実験は終えているが、市街地では初の試みである。火薬を使った遠隔実験において、ミシェルは以前から計画書を作っていた。

気候や湿度、天候に、建物の密集率。

ガルクハインの皇都を連日散策し、その条件に当てはまる場所を見つけた。晴れ間が続き、空気の乾き切った今日のこの日に、尾行を撒いて三つすべてを仕掛けた。

時計の造りを応用し、時間が来れば火種が爆《は》ぜるように仕掛けを作っている。きっとそれなりに甚大な被害が出るだろうし、死者が出てもおかしくはない。そして、それだけの被害を生み出すものを、戦争に重きを置くガルクハインの皇族が逃すはずもない。

もうまもなく、その時間がやってくる。

「ごめんねリーシェ、私はそういう存在でいなければならないんだ。……君を教え子にしたのも、化け物だって呼ばれる私の、人間ごっこであったに過ぎない」

「人の役割は、誰かに決めつけられるものではありません。他人にも、自分自身にもです！　先生にとっての私は『束の間の教え子』かもしれませんが、私は異なる役割を掴み取りたい」

——今度こそ、と。

リーシェが小さく呟いたような気がした。そして彼女は、灰色の髪を持った長身の男を振り返る。

「ローヴァイン閣下、これまで立場を偽っていたことをお詫び申し上げます。ですが、まずはこの場を収束させるためのお話をさせてください。ミシェル・エヴァン氏がこれから何をするつもりなのか、彼はまだ話していませんね？」

「……仰《おっしゃ》る通りです、レディ」

辺境伯の言う通りだ。ミシェルはまだ、火薬というものの存在も、自分が皇都にどんな攻撃を仕掛けるつもりかも話していない。

不確定要素の存在を考慮できていなければ、実験は失敗しやすくなるものだ。

遠隔実験は、どうしても不確定要素が多くなる。皇都に仕掛けた火薬だって、なにかしらの理由によって不発に終わってしまう可能性もあった。

そのときのために、手の内は明かしていない。

リーシェはひょっとして、ミシェルのそんな思考も読んでいたのだろうか。そうだとしたら、まるで何年も傍に置いた教え子のようだと思い、少しだけおかしかった。

（私に、誰かを傍に置く適性があるはずもないのにな）

カイルのことが脳裏に浮かんだものの、考えないことにする。いずれにせよ、もうすぐなのだ。

「では、これからミシェル・エヴァン氏の『誤解』を解きます」

リーシェの思わぬ言葉に、ミシェルは瞬きをした。

（ああ、そうか。リーシェは火薬を知っている素振りは見せても、私がそれを時限式で爆発させられることは知らないんだ）

そもそもが、本当に火薬のことを理解しているのか、それすらも明確ではない。

恐らくは、ミシェルをこのまま取り押さえていれば、十八時の惨事は起きないと考えているのだろう。そんな風に考えたミシェルのことを、リーシェがまっすぐに見つめた。

「かつて、私に錬金術を教えて下さった先生が仰っていました。『実験において、不確定要素は必ず存在する。その存在を考慮できていなければ、実験は失敗に繋《つな》がりやすい』と」

言い放たれて、息を呑《の》む。

ミシェルの考えとおんなじだ。リーシェは透き通った緑色の瞳を、決してこちらから逸《そ》らさない。

「あなたがいくら天才的な錬金術師であろうとも、実験に参加する『手駒』の情報が欠けている場合、想定通りの結果に収まるはずもないのです」

リーシェはいつのまにか、その右手に金色の懐中時計を持っていた。

「あなたの実験は失敗です」

彼女は堂々とそう告げる。

「私という不確定要素の存在を、あなたが想定できたはずもない。――そして、この件に関わったすべての人は、迅速に『仕事』をこなしてくれました」

「何を……」

遠くの方で、鐘が鳴る。

時計塔の役割を兼ねているという、教会からの時報だ。時刻はまさに、十八時である。

陽《ひ》が沈む直前である皇都の空は、紺色に染まりかけていた。

ミシェルは西に目をやって、この庭園から眼下に見渡せる皇都へと視線を向ける。仕掛けを施した区画のひとつは、確かあの辺りだっただろうか。

そのときだった。

「……かみなり？」

光の線が、すうっと縦に短く走る。

だが、雷であればそれはおかしい。空は綺麗《きれい》に晴れているし、雷とは天から地に落ちるものだ。

けれどもいまの光は、下から上へと上がっていった。

まるで、空へと駆け上るかのように。

「……違う。あれは……」

「あなたの生み出すものは、毒だけではありません。たとえ、あなたにとって『人に害をなすもの』にしか思えないものだとしても、使い方を変えれば様々な価値が生まれていく」

次の瞬間。

「!!」

大きな破裂音と共に、皇都の空で光の粒が弾《はじ》け飛んだ。

あれは火薬だ。そのことは一目で分かったけれど、ミシェルが思い描いていた結果とは違う。それどころか、信じられないような光景ですらあったのだ。

まるで大輪の花だった。

人を砕き、死なせてしまうはずの薬品が、オーロラのごとく鮮やかな色の花を咲かせている。

＊＊＊

（無事に、ひとつが上がった……）

皇城の庭園から城外を見上げ、リーシェは短く息を吐き出す。

リーシェを追ってきた護衛騎士ふたりのうち、ひとりが慌ててどこかに向かった他は、この場に残る全員が空を見上げていた。協力者であったテオドールも、兄と似た色の瞳を丸くしている。

ミシェルを見失って以降、テオドールたちは皇都中に捜索網を敷いてくれた。だが、彼らが主に探していたのは、ミシェル本人ではなく火薬の方なのだ。

『この尾行において、主な「標的」はミシェル先生ではありません』

テオドールへの依頼の際、リーシェはこんな風に説明していた。

談話室のテーブルに数枚の紙を広げ、一通りの説明をしたのは、数日前のことである。

『先生の目的は、恐らく皇都の三ヶ所にある物を設置すること。配下の皆さんには、この紙に書かれた形状のものを見つけ次第、周囲の人々を避難させていただきたいのです。……罠《わな》の解除が得意な方はいらっしゃいますか？』

『もちろん。僕の部下の半分は、その技術を持っている人間だ』

『では、その方々に、ここに記した手順の実施を』

テオドールに渡したのは、ミシェルが使うであろう仕掛けの解説図だった。

『罠と同じく、誤った手順で解除すれば危険な装置です。ですがこちらは罠とは違い、解除が困難な仕組みにはなっていないので、正確な手順を覚え込むことで危険度はかなり低下するかと』

『普段あいつらが解除している罠に比べれば、親切すぎるくらいの設計だ。とはいえ、くれぐれも気を付けるようには命じておくよ』

『ありがとうございます。……続いて、「標的」設置場所の候補地について。万が一先生を見失った際も、ある程度の絞り込みは可能です』

そう言って、リーシェはテオドールに説明を続けた。

毎日の尾行によって、ミシェルが下見したルートはすべて把握できる。尾行をつける以前の行動範囲も、貧民街の人々が持つ情報網で割り出せるだろう。中性的で美しいミシェルの容姿はよく目立つ上に、街に溶け込むような変装をする性格でもない。

なおかつリーシェは覚えているのだ。

錬金術師の人生で教え込まれた、ミシェルの実験計画書のことを。

（市街地実験の計画書では、用意する装置の数は三つ。実験に使うのは、低い建物だけに偏っている風通しの良い場所だと仰っていたわ）

それらの条件が重なる地点は、稼ぎのために皇都中を歩き回っている貧民街の住民が熟知している。捜索するべき候補が、ミシェルの通ったルートのみに限られるとなれば、さらに容易に見つかるだろう。

遠隔での実験において、ミシェルはなるべく不確定要素を排除するため、ほとんどの条件を計画書通りに揃《そろ》えてくると踏んでいた。

（この実験に最適な気候、湿度、天候、建物の密集率。風向きなどの条件をなるべくバラつかせるために、三つの装置はそれぞれ一キロ以上の距離を空けて設置という教えも。……何度繰り返したって、ぜんぶ覚えている……）

爆発の時刻は日暮の前だ。爆発の状況が目視できる明るさがかろうじて残っていて、街を出歩く人が減る時間帯。

この時期のガルクハインは、それが夕刻の十八時だ。

そしてつい先ほど、ミシェルとの会話を終えた直後に、『間に合った』との報告がテオドールのもとに届いたのである。手にした懐中時計の蓋を閉じ、リーシェは小さく息をついた。

「いまのは……」

立ち上がったミシェルが、ふらりと一歩前に歩み出す。

騎士たちが慌てて剣を構えようとして、けれどもすぐに手を止めた。ミシェルが予告した十八時、皇都に起きた事象を目にした彼らは、戸惑った表情を浮かべている。

ローヴァインは、無表情のままミシェルを見下ろして、何も言わない。

「色のついた炎。火薬の匂い。あれが空で爆ぜた？　一体何が含まれて……」

（ミシェル先生の作る装置は、やっぱり正確で分かりやすいわ）

リーシェが間に合うかどうかを危惧していたのは、花火と名付けた火薬の玉が、うまく空に打ち上がるかという点だった。

（火薬装置の発見は出来ても、導線の繋ぎ換えが上手くいくかどうかは賭けだったのに。たとえその装置を見たことがない人でも、正しい手順を説明するだけで扱えるように作られているお陰ね）

その装置には無駄がなく、視覚だけである程度が繋がるようになっている。誰でも使えるほどに簡素化された装置は、利用する側にとっても好都合だ。

大空に打ち上がった美しい炎を、リーシェは花火と呼んでいる。

その輝きは、しっかりとミシェルの目に焼き付いたらしい。彼は、まだ星空を理解できない子供のように、未知のものを眺める目で空を見つめていた。

その空に、今度は二つ目の花火が上がる。

ミシェルの視線が奪われた瞬間を見計らい、リーシェははっきりと言葉にした。

「――かつて私の先生は、私にオーロラを見せて下さいました」

そう告げると、無感情に近い表情を浮かべたミシェルが、ゆっくりとこちらを見る。

「当時私は悩んでいたのです。『金属塊が、とある有害な金属を含んでいるかどうか』を判別する方法を。そしてそのとき、先生に美しいオーロラの光を見せていただいて、何かに似ていると気が付きました。それは、金属を火に掛けたときの反応です」

「……そうだね。金属を燃やすと、炎は金属の種類ごとに色が変わる。青や緑のその炎は、確かにオーロラに似ているかな」

どこか茫洋《ぼうよう》としたミシェルの言葉に、リーシェはこくりと頷いた。

花火に使ったのは、コヨルの職人から得た金属の削り粉である。製品として出回ることのないその粉を、カイルに頼んで入手してもらったのだ。

「私はその経験によって、『金属の種類を判別する方法を得た』と思っていました。ですが本当は、それだけではなかったのです」

短く息を吐き出して、彼に告げる。

「――見方を変えれば、『炎に色をつける』方法をも手にしたことになる」

ミシェルの目が、ほんのわずかに見開かれた。

「暗闇に浮かぶ小さな光を、戦火の松明《たいまつ》と見るか、蛍の光だと受け取るか。見方を少し変えるだけで、事象の持つ意味はまったく変わります」

リーシェがそれに気が付いたのは、アルノルトとバルコニーで話した晩のことだ。

ミシェルを止めるにはどうすればいいか。アルノルトにどうコヨル国を受け入れてもらうか。

その両方の答えが、彼らが無価値や有害に感じているものに対して、別の見方や価値を提示することではないかと思い至った。

「観測される事象がひとつであろうとも、その役割がひとつきりであるとは限りません」

だからこそ、と思うのだ。

「人間や物の役割も、それと同じではありませんか？」

「――――！」

ミシェルはずっと、自分自身が人を不幸にする役割を持ったものだと信じ続けてきた。

意義などなくても存在していいのだと、リーシェが訴えた言葉は否定された。けれど、思えばそれは当然だ。

（だって、先生は錬金術師なのだから）

証明してみせない限り、言葉とはただの仮説なのだ。

天才的な錬金術師のミシェルが、他者の仮説を信じることも、ましてや鵜呑《うの》みにすることもあるわけがない。

（目の前で実証し、結論を示さなければ、きっとなにもかも届かない……！）

だからこうして証明したのだ。

「人や物が起こす作用は、ひとつではありません。何かを不幸にするためだけの存在なんて、あるはずがないのです」

「それを私に分からせるために、こんな仕掛けを作ったというの？　君は、どうしてそこまで」

問いかけへの答えは決まっている。

「私が、あなたの教え子だからです」

「！」

リーシェが言った『教え子』の真意が、ミシェルに伝わるはずもない。

だけど、それでも祈るような気持ちで重ねる。ミシェルはかつての人生で、様々な知見を惜しまずに与えてくれた人だ。

（たとえ、先生がそのことを知らなくとも。……世界が巻き戻ってしまったとしても……）

なくなりはしない。

リーシェが覚えている限り、その事実はずっと心の中に存在し続ける。

「あなたがどうしてもご自分の存在や、ご自身の手で生み出したものを、『誰かを不幸にするしかないもの』だとお考えなら」

皇都の片隅で、三つ目の火の玉が光るのが見えた。

ミシェルの作った仕掛けであろうとも、時間の誤差はどうしても生まれる。遅れて火の点《とも》ったらしき三発目が、すうっと尾を引きながら空に昇ってゆくようだ。

「――私は、全身全霊をかけて、そうではないのだと説き続けます」

「……っ」

上空で爆ぜるその直前、光が一瞬だけ姿を消した。

「どうかその目でご覧ください。……あなたの生み出したものが、あなたの知らない価値を発揮する、そのさまを！」

どおん！　と重たい音が響く。

夜空に大きな花が開き、それらは流星のように瞬いた。

青や緑に瞬く光は、星屑《ほしくず》そっくりに零《こぼ》れてゆく。ぱらぱらと乾いた音を立てながら、空の一部を染め抜いて、オーロラのごとく鮮やかに輝かせた。

ミシェルはその光を見上げ、とても眩《まぶ》しそうに目を細める。

「……知らなかったな」

紡がれたのは、とても柔らかな声だった。

「炎色反応のことも、火薬の作用についても理解していたのに。それらにこんな使い道があるなんて、私にはちっとも思い付かなかった」

「ほかにもきっと、いくらでもありますよ。あなたが生み出し、この世界にとっての毒だとばかり思っていらっしゃる物の、別の視点での使い道が」

「ふふ。そうなのかもしれないな」

ミシェルは寂しげに笑っている。

「君はすごいね、リーシェ」

「いいえ、先生」

首を横に振り、はっきりと告げた。

「すごいのは先生に決まっています。あなたは世界一の天才で、これからもっと素晴らしい発明品を生み出す、そんな錬金術師なのですから」

「君は、本当におかしなことを言う」

困ったような表情を浮かべたあと、ミシェルは再び空を見上げる。

「でも、そうか。……そうだったのか」

その微笑みには、いまにも泣き出しそうな儚《はかな》さが滲《にじ》んでいた。

「私は、あんなに美しいものの源を、作り出すことが出来ていたのか………」

「先生……」

リーシェがミシェルの方に踏み出そうとした、そのときだった。

「──何をしている。ローヴァイン」

声が響き、リーシェは弾かれたように振り返る。場の空気がいきなり張り詰めて、騎士たちが一斉に跪《ひざまず》いた。庭園の入り口には、思いもよらない人物の姿がある。

（アルノルト殿下……!?）

現れたアルノルトは、その背後に十数名の近衛騎士を従えていた。

騎士の中には、ひとつめの花火が上がったときにこの場を去った護衛騎士も交ざっている。恐らくは、彼がアルノルトにこの場所を報告したのだろう。

「ミシェル!!」

駆け寄ってきたのはカイルである。カイルをこの場に連れてきたらしいアルノルトは、リーシェの方を一度も見ることはなく、冷たい視線を臣下へと向けた。

「ここで『何をしているのか』と。……俺は、そう尋ねたのだが？」

「申し訳ございません、アルノルト殿下」

重圧感のあるアルノルトの声に、ローヴァインがますます深く頭を下げる。

「不届きな宣告をした者がおりましたので、その監視を。報告が遅くなりました」

ローヴァインの言葉を聞いたアルノルトの青い瞳が、ゆっくりとミシェルの方を見た。

リーシェは僅かに身構える。子細なことは分からないが、アルノルトのあの表情は、おおよその状況を把握しているように見えた。

「どうするの、義姉上」

傍にいたテオドールが、小さな声で耳打ちをしてくる。

「兄上の近衛騎士が、カイルの傍についていたように見えた。もしかして兄上は、ミシェル・エヴァンの主人であるカイルを拘束させようとしてるんじゃ……」

そのあいだにも、ローヴァインはアルノルトに報告を続けていた。

「ミシェル・エヴァンは、本日十八時に城下で大きな事件を起こすと宣言いたしました。この皇都は皇帝陛下の守護する地。皇室の忠実な臣下として警戒していた次第です」

「なるほどな。お前の言い分は理解した」

アルノルトの言葉に、リーシェは身構える。

（大丈夫、アルノルト殿下と『交渉』になる覚悟はしていたじゃない。コヨル国との同盟も、ミシェル先生の処遇についても、まだ戦いの余地はあるわ……！）

アルノルトの前に歩み出ようとした、そのときだった。

「……とはいえ」

ここにきて、アルノルトが初めてリーシェの方を見る。

「俺の婚約者は、ミシェル・エヴァンの『誤解を解く』と宣言したはずだが？」

「！」

突然矛先を向けられて、思わず目を丸くした。

「彼女の言う通りだ。先ほどの現象はこの男が、コヨルの技術力を開示した結果に過ぎない」

（どういうこと……!?　私の言ったこと自体は、騎士から聞いたのかもしれないけれど）

信じられないことに、アルノルトはリーシェの策に話を合わせてくれているようだ。

ローヴァインが顔を上げ、その眉間に深い皺《しわ》を刻む。

「アルノルト殿下。一体何を仰います」

「コヨルの客人に無礼を働いたとあれば、それは重大な問題だ。カイル殿に目溢《めこぼ》しいただいているうちに、いますぐ騎士を退け」

「それではお聞かせ願いたい。コヨルの学者殿が、なにゆえ我が国に技術力を披露なさるのか」

ローヴァインの問い掛けに、アルノルトが目を伏せた。

（ひょっとして、まさか）

心臓がどきどきする。

アルノルトは淡々と、それでいてはっきりとした声音で、リーシェの望んでいた言葉を口にした。

「我が国は今後、コヨル国との技術提携を始める」

「――!!」

大きな驚きと喜びが、一瞬で胸の中に満ち溢《あふ》れた。

急いでカイルの方を見ると、誇らしそうな表情で大きく頷いてくれる。どうやらあのあとの会議室で、彼らは言葉を交わせたようだ。

(分かって下さったんだわ)

心臓がどきどきと鼓動を重ねる。

(武力だけが国の力ではないことも。コヨルの持つ技術の素晴らしさも、それがいつか素晴らしい発明を生むかもしれないことも)

それに、なによりも。

(ガルクハインが、他国と『侵略』以外の関係性を育めるということも……!)

いまはまだ、最初の一歩を踏み出しただけだ。

けれども無性に嬉しくて、リーシェはアルノルトを見る。彼は、青い瞳をわずかに細めたあと、リーシェからゆっくりと視線を外した。

そして、足元に跪くローヴァインを見下ろす。

「コヨルに軍事指南をする代わりに、こちらは学術の知識を借りる。手始めに、ここにいる俺の近衛騎士をコヨルに貸し出すつもりだ。そして先ほど空に上がった火の花は、コヨル国が我が国にとって未知の技術を齎《もたら》すことの証明となる」

アルノルトの声音は淡々としていて、けれども明確な威圧感を帯びていた。

「理解したか。これから新たな関係性を結ぶというのに、このような不祥事で邪魔をするな」

「しかし、アルノルト殿下」

「聞く耳は持たない。早急に下がれ」

青い瞳に、はっきりとした警告の色が滲む。

「これ以上騒げば、父の耳にも入りかねないぞ」

アルノルトの言葉に、リーシェは内心で驚いた。

だが、それを顔に出すことはしない。ローヴァインはわずかに沈黙したあと、跪いた姿勢のまま、カイルに深く頭を下げる。

「カイル王子殿下、大変な無礼をお詫び申し上げます。浅慮によって動いたのは、すべて私の責任。お許しいただけるのであれば、この首を殿下に捧《ささ》げることも惜しみません」

「とんでもない。どうぞ顔を上げてください、ローヴァイン伯爵閣下。ミシェルの言動が誤解を招いたようで、大変なご迷惑をお掛けいたしました」

カイルは本心で話しているようだ。

アルノルトのところに届けられた報告を、カイル自身は聞いていないのだろう。いつものように、ミシェルが場所を選ばない研究を行い、そのせいで騒ぎになったという認識でいるらしい。

「これ以上のお目汚しをする前に、我々はこの場を下がらせていただきます。カイル殿下、アルノルト殿下、重ね重ね申し訳ございませんでした」

ローヴァインは再度の礼をしたあと、静かに立ち上がってリーシェのことを見た。

同じく丁寧な礼を向けられ、リーシェもドレスの裾を摘んで頭を下げる。そこに、テオドールがそっと近付いてきた。

「義姉上。この場はなんとかなったみたいだし、ちょっと抜け出して街を見てくる」

リーシェがお礼を言う間もなく、テオドールは庭園を後にする。彼にはいくら感謝をしてもし足りないのだが、後日きちんと何かで返さなくてはならない。

大勢いた近衛騎士たちも、アルノルトの命令によってこの場を辞している。

残ったのはリーシェとアルノルト、それからミシェルとカイルだけだ。

「さて、ミシェル」

カイルは小さく咳払《せきばら》いをすると、ミシェルのことを子供のように叱り始めた。

「……お前は何をやってるんだ！　空に散った火の花を見てとても驚いた。お前の発明か!?」

「カイル……」

リーシェにとっては懐かしい光景だ。珍しい点を挙げるとすれば、ミシェルが眉を下げ、反省をあらわにしているところだろうか。

「同盟の手助けをしてくれたのは嬉しいが、事前に一言教えておいてくれ。ガルクハイン国に学問の結果を披露するにしても、もう少しご迷惑をお掛けしない方法があっただろう」

「違うよカイル。私は本当なら、命を使って償うべき……」

「ミシェル先生」

リーシェが彼の名前を呼ぶと、ミシェルは困ったような表情をする。

だが、この状況ですべてを告白することは却《かえ》って良くない。カイルが真実を耳にしてしまえば、彼はコヨル国の王子として、ガルクハインに対する責任を取らなくてはならなくなる。

「いまは大人しく、カイル王子に怒られていてください」

そう言って笑うと、ミシェルはますます眉を下げて、途方に暮れた様子を見せた。

けれどもやがて、ぽつりと口にする。

「ごめんねカイル。ごめんね、リーシェ」

「……ミシェル？」

「もうしないよ。私の説は大きな間違いだったって、お陰でちゃんと分かったから」

そしてミシェルは、ぎゅっと白衣の裾を握り締める。

「……二度としないって、約束する……」

それはまるで、小さな子供が懸命に誓いを捧げるかのような、真摯で無垢《むく》な言葉だった。

カイルは驚いて息を呑んだが、リーシェは反対にほっとする。再びアルノルトを見上げると、青色の瞳と目が合った。

「言っておくが、温情を掛けたわけではないぞ」

アルノルトは、少し冷たい表情で言う。

「騎士の報告が事実であれば、奴がろくでもないことを企《たくら》んでいたのは明白だ。だが、公に罪人扱いすれば父帝の耳に入る。それを避けるために、お前の立てていたであろう策を利用した」

「……はい。ありがとうございます」

あの花火がリーシェによるものだというのも、アルノルトは気が付いているようだ。

騎士から受けたのであろう報告は、断片的なものであったに違いない。それなのに、アルノルトがローヴァインに話した『コヨルの技術を披露するための事象』というのは、リーシェがアルノルトに使おうとしていた説得内容そのものだった。

そして元より、この場を乗り切ることさえ出来れば、あとは素直に白状しようとしていたことだ。

「先生がしようとしたことについては、後ほどアルノルト殿下にすべてお話しするつもりです」

未遂に終わったとはいえ、達成されていれば大罪である。隠匿はしても、完全な無罪とするわけにはいかないだろう。

「今後についてはその上で、殿下にご判断いただければと」

「は。殊勝だな」

アルノルトは、どこか意地の悪い表情で笑った。

「テオドールを巻き込んでまで、あの男を俺に近付けないようにしていたくせに」

(気付かれてる……!!)

だが、考えてみれば意外なことではない。

城内の監視をしてくれたのは、給仕や庭師に扮《ふん》したテオドールの配下である。

元々はテオドールが、城内におけるアルノルトの情報収集役をさせていたそうなのだが、そんな彼らの気配にアルノルトが気付かないはずもない。

（……だけどそう思うと、弟君がずっとアルノルト殿下の情報収集をしていたことにも気付いてたのよね。それを長年放置していたなんて、やっぱり弟君にもずいぶんと甘いわ……）

この発見についても、あとでテオドールに教えてあげることにする。彼には多大に協力してもらったので、リーシェが出来る限りのお礼をしなくては。

そう思いつつ、リーシェはそっと口を開いた。

「実のところ、私もミシェル先生と同罪なのです。ミシェル先生を説得するために、あの方の計画を止めるのではなくて利用しました。……それに、あなたにもあの花火を見ていただきたかった」

打ち上がるのに時差があることは、事前に想定済みだった。

最初のひとつの音を聞けば、アルノルトはきっと空を見るだろう。その目論見《もくろみ》は、どうやら上手くいったらしい。

「花火に使われているのは、危険な性質を帯びたものです。けれどもご覧いただいたように、使い方によっては世界中の誰も見たことがないような景色を生み出せる。あなたがそのことを知っていれば、きっとたくさんの可能性を切り開いて下さるのではないかと、そんな風に思うのです」

それは決して、火薬のやさしい使い道に限ったことではない。

ココルの技術によって作られる品について。それから、他ならぬアルノルトの未来についても。

「いまはまだ、ご自身の持つお力のすべてが、戦争に特化したものだとお考えかもしれませんが」

火薬の存在を秘匿するのではなく、信じて提示する。

それこそが、リーシェの選択だ。

「いつかきっと、そうではないことを証明してみせますから」

「――……」

胸を張って堂々と言い切れば、アルノルトが僅かに眉根を寄せた。

「後悔することになるかもしれないぞ」

やがて紡がれたのは、突き放すような口振りの言葉だった。

「ミシェル・エヴァンについても、公に処分しないだけでどうとでも出来る」

露悪的なアルノルトの物言いに、リーシェはむっと口を尖《とが》らせる。

「秘密裏に殺して捨てたところで、お前にも文句を言わせる気はないが。それでもいいのか」

「アルノルト殿下」

「……」

つんっとアルノルトの袖を引くと、察したアルノルトが少し身を屈《かが》めてくれる。

何しろリーシェと彼とでは、二十センチ以上の身長差があるのだ。

「なんだ」

「実はですね」

リーシェはめいっぱいの背伸びをし、そうっと彼に耳打ちする。

「懐中時計の構造を考えたのは、なんとあそこにいるミシェル先生です」

「……」

アルノルトが眉間の皺を深くしたのが、顔を見なくとも分かった気がした。

「なんでも『研究用に、時間を計測できる器具が手元に必要』でお造りになったそうで」

「…………」

「面倒を嫌って名前を公表されていませんが、コヨルの学者であるミシェル先生が開発者である証拠はたくさんあります。たとえばコヨルの職人が、部品の鋳型を持っている点だとか」

「…………………」

「今後、コヨル国との合同研究をするにあたって、ミシェル先生の知識は必須ではないでしょうか」

地面に踵《かかと》をつけてから、首をかしげてアルノルトを見上げる。

「いかがします？」

「……お前……」

アルノルトは眉根を寄せたあと、はー……っと小さく溜《た》め息《いき》をついた。

「どう考えても最初から、俺を口説き落とす自信があっただろう」

「まさか！　自信があったのは、『殿下であれば先生に興味を持って下さるはず』というところまでですよ」

それについては本当だ。アルノルトを相手取り、自分の思い通りになんて驕《おご》れるはずもない。

しかし、作戦がなんとか成功したことは、彼の苦い表情を見ればよく分かる。

（とはいえ危なかったわ。夕方の会議以前には、コヨル国に近衛騎士を貸し出すつもりなんて絶対に無かったはず。アルノルト殿下が事前に近衛騎士を用意していたのなら、それはコヨルへの同盟用にではなくて、戦争を踏まえたものだったとしか……）

そう思うと一気に肝が冷えた。

（それに、他にも気になることはある）

ローヴァインは先ほど、『テオドールの命令に従えない理由』として、ガルクハイン皇帝の名前を挙げた。皇子であるテオドールに対し、絶対に逆らえない人物を示すことで、テオドールの命令を退けたのだ。

（なのに、アルノルト殿下は『父の耳に入る前に』と仰った。つまり実際は、皇帝陛下にミシェル先生の一件は報告されていなかったのよね）

確かに先ほどのローヴァインは、自分の主君が皇帝であると述べただけで、皇帝の命令だとは一言も話していない。

（国賓が起こした事件なのに、皇帝への報告がないのは不自然だわ。それも、忠臣と名高いはずのローヴァイン閣下が？）

なんだか胸の中がざわざわする。なにせ、リーシェは未来を知っているのだ。

（――ローヴァイン閣下は、未来でアルノルト殿下に忠言した結果、反逆を問われて殺される）

アルノルトを見上げる。感情の窺《うかが》えないその横顔は、作り物のように美しい。

「……どうした？」

「いいえ、なんでも」

そっと首を横に振り、リーシェは口を開いた。

「城下の人々も、あの花火を見たはずです」

ちらりと様子を窺うと、ミシェルは引き続きカイルに叱られているようだった。

カイルは一度怒るととても怖い。そのことは分かっているが、今回は助け舟を出さないでおく。

「あれがコヨル国の技術であることが知られれば、世間の関心も同盟の後押しをすることかと」

火薬の存在を知っている人はいない。花火を見ただけでは、その用途や威力も分からないだろう。

あの花火は、ただただ美しい芸術として、人々の目に留まったはずだ。

その評判が、大国ガルクハインと小国であるコヨルとのあいだで、いずれ対等な関係を築くための一助になればいい。

「……そうだろうな」

「ふふ！」

アルノルトに認めてもらえると、とても嬉しい。

リーシェにはまだまだ分からないことだらけだ。けれど、やるべきことはちゃんと分かっている。

ひとつ深呼吸をし、未来のために突き進む決意を新たにするのだった。

エピローグ

「——やっぱ皇都はすごいよなあ！　夜空にあんなのが浮かび上がるなんてさ」

その日、早朝の訓練場に、候補生スヴェンの声が響き渡った。

「俺が取ってた宿屋から、結構はっきり見えたんだぜ。ルーシャスお前も見たかっただろ？」

「うん、見たかった。ちょうどそのとき忙しくて、そんな余裕も無かったから」

「ふふん。そうだろうそうだろう？　フリッツも俺に感謝しろよ。あんな景色が味わえたのは、俺が勉強会に誘ってやったおかげなんだからな！」

興奮気味なスヴェンの言葉を、男装したリーシェはにこにこと聞いている。

候補生への特別訓練は、今日がいよいよ最終日だ。それに従い、リーシェたちの早朝訓練も最後になるため、今日は念入りに掃除を終えた。

見上げる空は快晴で、今日は少し暑くなりそうだ。

そんな素晴らしい朝なのに、フリッツの表情は今日も浮かない。

「フリッツのやつ、最初は流れ星だって勘違いして、願い事を始めたんだぜ。なあフリッツ？」

「ん……って、え!?　あ、ああ！」

やはりぼんやりしていたのか、フリッツが慌てて顔を上げる。

スヴェンは何かを察した顔をすると、彼の肩をぽんっと叩《たた》いて言った。

「ルーシャス、フリッツ、ふたりともその木剣貸せよ。俺が片付けてきてやるから」

「え？　大丈夫だよスヴェン。みんなで一緒に持って行こう？」

「いいから！　フリッツ、これは貸しだからな！」

フリッツは目を丸くしていたものの、やがてスヴェンに「悪い」と頭を下げた。

訓練開始前の訓練場に、フリッツとふたりだけで取り残される。リーシェはスヴェンの背中を見送りながら、隣に立つフリッツに話しかけた。

「スヴェン、なんだか張り切ってたね」

「あー……うん、そうだな」

俯《うつむ》いたフリッツからは、どことなく緊張した様子が感じられる。

「ルー。俺たち昨日、ローヴァイン閣下に呼び出されたんだ」

その言葉が意味するものは、リーシェにも容易《たやす》く想像がつく。

「じゃあ、騎士になれることになったの!?」

「ああ。一回故郷に帰って準備を終えたら、またこの皇都に帰ってこいって。そこからは正式にガルクハインの騎士見習いだ」

「おめでとう、フリッツ!!」

喜ばしい知らせを聞くことが出来て、自分のことのように嬉《うれ》しくなった。

候補生たちは、みんなそれぞれに素晴らしいところがある。その中でも、フリッツとスヴェンは飛び抜けて優秀だった。

「絶対に選ばれるって分かってたけど、改めて聞くと嬉しいな。おうちの人に手紙は書いた？　あ、でも、直接顔を見て報告したいよね！　本当におめで――」

「……ここに来る前、ローヴァイン閣下に会った」

リーシェが目を丸くすると、フリッツはひどく辛《つら》そうな表情で声を絞り出す。

「『ルーシャス・オルコットは騎士団に入らない』って。本人がそう申し出たって、ローヴァイン閣下が」

ローヴァインは、リーシェの嘘《うそ》を暴かないでくれたのだ。

昨晩のミシェルの一件のあと、ローヴァインには手紙を書いた。

正体を偽っていたことや、大切な訓練の場を乱したお詫《わ》びを告げたのである。

きっと多忙に違いないのに、ローヴァインはすぐさま返事をくれた。彼とは今夜あらためて、コヨルの一行を見送る夜会で顔を合わせることになっている。

そして彼の手紙には、こんな一文も添えられていた。

『どうかお時間が許すようであれば、訓練には最終日まで、騎士候補生としてご参加ください』と。

（昨夜の一件があった以上、ローヴァイン閣下をどこまで信じて良いかは分からなくなっていたけれど……あの方はきっと、『ルーシャス・オルコット』の候補生としての日々を、守ろうとして下さっている）

そんな風に思いながらも、リーシェは大切な友人に詫びた。

「ごめんねフリッツ」

フリッツの目を見て、逸《そ》らさずに告げる。

「本当は僕、とても大きな嘘をついているんだ」

「……嘘？」

「その嘘のお陰でここに通えて、みんなと一緒に訓練が出来た。けれどもやっぱり嘘だから、いまの僕では騎士になれない」

その道を選んだ六度目の人生と、いまの七度目は大きく違う。

「君にも嘘をついていた。……本当に、ごめん」

そう告げると、フリッツの瞳が揺れたような気がした。

「ルー、俺こそごめん」

「そんな。どうしてフリッツが謝るの？」

尋ねると、フリッツはわずかに躊躇《ちゅうちょ》してみせた。そのあとで、意を決したように俯いてこう叫ぶ。

「……実は俺、お前がついてる『嘘』のこと、前からうっすら気付いてたんだ……!!」

「え!?」

まさかの発言が飛び出して、リーシェは思わず目を見開いた。

「ずっとおかしいと思ってた！　だって小柄だし、やけに華奢《きゃしゃ》だし声も高いし！　だから……!!」

（ま、まさか、女だって気付……っ）

思わぬ事実に慌てると、フリッツが真剣な顔でこう言い切る。

「おまえ本当は、十四歳くらいなんだろ!?」

「…………………」

ぴしりと体が硬直した。

「……えっ」

「この訓練を受けられるのは、十五歳以降って決まりだもんな。でもルーはきっと家のために、年齢を偽ってここに来てたんだろ？」

「……いや、うん。えーっと、あの……」

「いやいいんだ!!　嘘なんかついてたって知られたら、来年以降の試験でお前が不利になる。俺の考えが正解だったからって、そうだって言わなくて大丈夫だから……!!」

必死に言い募ってくれるフリッツは、どうやら本当に気が付いていない。

（そうよね。騎士人生でだって、私が女だって見抜いたのは団長だけだったものね……!!）

若干の複雑さと共に、嘘をついたままにする罪悪感が募る。

とはいえ昨晩アルノルトからは、『ローヴァインに知れるのは仕方ないが、騎士候補生には引き続き、女だと悟らせないように』と言われていた。

「……ごめんフリッツ。そのうち必ず、僕の口から本当のことを話すから……」

「そんなのいいって、無理するなよ！　そんなことより」

リーシェが顔を上げると、彼は晴々とした笑みを浮かべていた。

「『そのうち』って。……今日の訓練が終わっても、また会えるって思ってくれてるんだな」

その言葉を聞いて、リーシェは悟る。

フリッツが浮かない顔をしていたのは、別れを惜しんでくれたからなのだ。

たった十日間の短い時間、本当のことも話さずにいたリーシェに対してありったけの友愛を注いでくれた。そのことが本当に嬉しくて、微笑《ほほえ》みが溢《あふ》れる。

「もちろんだよ。もしかしたらいまとは少し違う形かもしれないけど、それでも、絶対に！」

「それまでに、俺もいまより強くなるから。約束だ」

差し出された手を、リーシェはぎゅっと握り返した。

「お互いに頑張ろうね。フリッツ」

その一瞬、フリッツがなんだか泣きそうな顔になったような気がした。

けれども見間違いだったようだ。一拍を置いて、彼はいつも通り太陽のような笑みを浮かべる。

（あなたたちを、悲愴な戦場に行かせることのないように）

リーシェはある人物の気配を感じ、訓練場の入り口に目をやった。

辺境伯ローヴァインが、ゆっくりと歩いてくる。彼はこちらを一瞥《いちべつ》すると、リーシェにだけ分かるよう一礼した。

リーシェも同様に礼を返したら、あとは普段通りの『教官と訓練生』だ。とはいえ、色々な思惑を巡らせつつも、最後の特別訓練に挑むのだった。

＊＊＊

午後三時、いくつかの用事を済ませたリーシェは、離宮の廊下を歩いていた。

途中ですれ違ったオリヴァーに尋ねると、アルノルトは執務室にいると言う。主城に向かうオリヴァーを見送ったあと、執務室の扉をノックした。

返事を待って入室すると、アルノルトは意外そうにリーシェを見ている。

「……随分と早かったな」

「これだけお時間をいただければ十分です。本当に、ありがとうございました」

座れと視線で促されたので、執務室の右手に置かれた椅子へと腰掛けた。

アルノルトはそれを見守ると、再び手元に視線を落とし、書類にペンを走らせながら言う。

「満足したか？」

「はい。先生と、しっかりお話が出来ました」

午前の訓練が終わったあと、リーシェはミシェルの元へと向かった。

コヨル国の面々は、明日の早朝に皇都を発《た》つ。丸一日ここで過ごすのは今日が最後ということもあり、カイルは各所の挨拶に忙しい。

そのあいだ、『ちょっとした騒ぎ』の罰で謹慎となったミシェルと話せるよう、アルノルトがカイルに取り計らってくれたのだ。

『私の頭を取り出して、知識だけ提供できたらいいのにね』

開口一番、ミシェルは物騒なことを言い放った。

彼の言動に慣れているリーシェも、さすがにそれには面食らう。それを窘《たしな》めつつ、ミシェルの紅茶に蜂蜜を注いだ。

『そんな方法はないですし、そもそも意味がありませんよ。「ひらめきは既存の知識から生まれるものではなく、新しい経験があってこそ」でしょう？』

『おや、よく分かっているね。……だけど、寛容すぎると思うんだ』

甘すぎる紅茶を受け取りつつ、ミシェルはそっと目を伏せる。

『私に、戦争のための薬をたくさん作らせたりするならまだしも。コヨルとガルクハインの合同研究を取り仕切らせて、世界に良いものを作らせようなんて、ふさわしくない判断じゃないかなあ』

『……先生』

リーシェは昨夜、ミシェルに断りを入れた上で、アルノルトにだけすべての真相を話したのだ。

火薬というものの存在や、ミシェルがそれを使おうとしたこと。

いまのミシェルが、きっとそのことを償いたがっているであろうことも。けれどもアルノルトはどうでもよさそうな表情で、『ミシェル・エヴァンの使い道は変わらない』と言い放ったのである。

騒ぎを起こしたミシェル本人は、その決断が納得できないらしい。その気持ちも十分に理解しつつ、リーシェはミシェルに説く。

『そうは仰《おつしや》いますが、普通ならとても大変な罰だと思いますよ？　二ヶ国の王族が関わる事業で、常に最善の結果を出し続けるよう要求されているのですから。常人であればとんでもない重圧を感じるところかと』

『うーん、そうだねえ。頑張らないととは、思っているかな』

ふわふわした言い方だが、これはある意味すごいことである。ミシェルが頑張っているところなど、錬金術師の人生で見たことがない。

『慣れないことだけど、頑張るよ。――世界にとって素晴らしいものを生み出すなんて、そんな気持ちで研究をしたことはなかったからね』

『私もすごく楽しみです。先生の新しい境地が、どんな発明を生み出すのか』

リーシェが大真面目にそう言うと、ミシェルはおかしそうにくすりと笑った。

その微笑みは、嬉しそうでもあるのだった。彼がこんな風に笑うところも、リーシェにとっては初めてだ。ミシェルは横髪を耳に掛けながら、目を伏せてぽつりと呟《つぶや》いた。

『先日、私が君に言ったことをきちんと謝っておきたくて。「お妃《きさき》さまなんて向いてない」って、間違ったことを言ってしまったね』

そう言えば、そんなこともあったのだと思い出す。

『それについては、そんなに間違いだったとは思いませんが』

『ううん、きっと十分に向いているよ。でも、惜しいなと思うのも本当』

菫《すみれ》の色をした瞳が、柔らかなまなざしでリーシェを見る。

『後悔はしない？　アルノルト・ハインの花嫁になる人生を』

『はい、先生』

リーシェはきっぱりと口にした。

そういえば先日の問答では、最後まで口に出来なかったのだ。だから、微笑んで告げる。

『いまの私が、世界で一番知りたいのは、私の旦那さまになるお方のことなのです』

どんな研究結果や、どんな原理よりも。

心の底からそう思い、言葉を重ねた。

『だから、あのお方の傍《そば》にいるつもりです。婚約破棄されたって、追い出されることになったって』

『なら、私にそれを止める権利はないね』

分かってくれたことが嬉しくて、リーシェは立ち上がって一礼する。

『長々とお邪魔しました。帰国の準備中に、お時間をいただいて申し訳ありません』

『ううん、話せて嬉しかった。君ともしばしのお別れだ』

ミシェルは立ち上がり、穏やかな微笑みのままこう言った。

『またね。私の教え子』

『……！』

――さようなら、と。

錬金術師だった人生で、ミシェルと最後に交わした言葉を思い出す。再会を意味する『またね』の響きは、いつかの月夜とまったく違った。

「アルノルト殿下のおかげです」

お礼を言うと、執務机に向かったアルノルトは関心のなさそうな声音で言う。

「大したことをしたわけじゃない」

「いいえ。寛大な処断をしていただきました」

「未遂に終わったことを騒ぎ立てるよりも、有用に利用した方がマシだというだけだ」

それに、とアルノルトは続ける。

「ミシェル・エヴァンの言動について報告は受けた。有能な学者といえど、あれの手綱を握るのは御免被るからな。それならばコヨルとの合同研究に投じ、管理の手間なく利益だけを得た方がいい」

「それでも、やっぱり寛大だと思いますが……」

「どうでもいい。……それに、二度と妙な意図での研究が出来ないよう、お前が定期的に目を通すのだろう？」

その言葉に、リーシェは大きく頷《うなず》いた。

「──はい。それはもう、しっかりお任せいただければと！」

アルノルトに何かを任されるのは初めてである。そう思うと、気合いも入るというものだ。

「楽しみですね。アルノルト殿下とカイル王子、それにミシェル先生が、これからどんなものを開発なさるのか」

「……お前の言う『馬がいなくとも動く馬車』に辿《たど》り着くまで、どれほどの月日が掛かるかは分からないがな」

「ふふ」

あのときは相手にもしない素振りだったくせに、ちゃんと考えてくれているらしい。そのことが妙に嬉しかった。

リーシェが必死に並べるだけの選択も、アルノルトや他の誰かが一緒に目指してくれるのであれば、未来に不可能はないのだと思えてくる。

（どうせなら、最悪の未来を避けるための人生ではなく、より良い未来を目指すために進みたいもの！　アルノルト殿下の思惑は分からないままだけれど、少しずつは進んでいるはず……）

こんな変化を積み重ねて、いつかの未来を変えられればいい。

騎士候補生として訓練を受ける日々も、無事に終わりだ。これからは婚姻の儀に向けて、本格的な準備を始める予定である。

（いよいよ次は教会の件を――）

頭の中で計画を練っていると、アルノルトがペンを止めてこちらを見た。

「……よからぬことを考えている顔だな？」

「いえいえいえ、まさかまさか！」

にこっと鮮やかに微笑みつつ、急いで話題を切り替える。

「えーっとそれからアルノルト殿下！　コヨルの技術繋《つな》がりで、もうひとつご報告が」

手にしていた鞄《かばん》から、いそいそとベルベット張りの小箱を取り出した。

それを見て、アルノルトも中身を察したらしい。

「……完成したのか」

「はい」

この中には、アルノルトから贈られた指輪が入っている。

コヨルの加工職人が仕上げてくれ、午後一番にリーシェへと献上された。

箱に入ったままの指輪だが、リーシェもまだ見ていない。せっかくプレゼントを開けるなら、贈ってくれた人の目の前がいいと思ったからだ。

「指輪が出来たら、アルノルト殿下へ一番にお見せすると約束したでしょう？」

「……」

「私は先に意匠画だけを見ているのですが、とっても素敵だったんですよ。きっと完成品も──」

わくわくしながら箱を開けようとすると、アルノルトはそれを遮るように名前を呼んだ。

「リーシェ」

顔を上げると、アルノルトの目がまっすぐにこちらを見ている。彼は、先ほどまでと変わらない無表情で、淡々と静かに言い切った。

「──その指輪を着けてみせる必要はない」

「！」

その瞬間、胸の奥がずきりとひどく痛んだ。

アルノルトに顔を見られたくなくて、リーシェは咄嗟《とっさ》に下を向く。

きっといま、アルノルトの言葉を聞いて、ひどく情けない顔をしてしまったはずだ。

（何かしら、これ）

膝の上に乗せた指輪の箱を、無意識に両手でぎゅうっと包む。そして、自分の感情に困惑した。

悲しくて、とても寂しくなったからだ。

「必要がない、とは……」

声が掠《かす》れないように気を付けながら、なんとかそれだけを口にした。

どうしてこんなに悲しいのだろう。

いつものリーシェなら、誰に共感してもらえなくとも、自分自身が好むものを愛《め》でていられれば十分なのに。

「言ったはずだ。俺がお前に要求するのは、指輪を贈らせろという一点のみだと」

アルノルトが口を開いたのに、彼の方を見る勇気が出そうになかった。

胸の痛みがあまりにも辛くて、もう二度とアルノルトの顔を見ることが出来ないかもしれない。

夫の顔を見られない皇太子妃なんて、失格どころの騒ぎではないはずだ。

（どうしよう……）

そんなことをぐるぐると考えるリーシェに、アルノルトが言った。

「俺に、そこまでのことを望む権利はない」

「……え」

思わぬ言葉を耳にして、弾《はじ》かれたように顔を上げてしまう。

一生顔を見られないかもだなんて、そんなことはなかった。目が合ったアルノルトはペンを置き、椅子の背もたれに体を預けながらこう続ける。

「お前が身につけるものはすべて、お前自身の望む通りにすればいいんだ。俺に贈られたからといって、意に沿わないものを身に着けなくとも構わない」

「アルノルト殿下」

「たとえそれが、婚姻の儀であろうとも。――お前は、自分自身が気に入ったものだけを、誰の目も気にすることなく自由に選べ」

それを聞いて、アルノルトの言わんとしているところを理解した。つまりアルノルトは、あくまでリーシェの望むものを尊重しようとしてくれているのだ。

そんなこと、普通の皇太子妃には許されない。

現にリーシェは幼い頃から、自分の好むものよりも優先すべきことがあると教えられてきた。

だからこそいままでも、その癖が出てしまいそうになることがある。指輪の石を選ぶ際、『婚姻の儀や、皇太子妃の立場にふさわしいものを』と考えたときのように。

(だけどアルノルト殿下は、私の意思を尊重すると言って下さっているんだわ。……たとえ、ご自分が贈った指輪であろうとも、それを理由に身につける必要はないと)

アルノルトは常にそうだった。

リーシェが男の格好をしていようと、錬金術を学びたがろうとも、それらを容易く許してくれる。

(無関心や放置とも違う。私の求める『自由』を、ちゃんと肯定しようとして下さっている)

その事実は、とても嬉しいことのはずだ。

(喜ぶべきなのに。これ以上は望みすぎだって、分かっているのに……)

それでもリーシェは、不貞腐《ふてくさ》れた気持ちになって反論した。

「…………ヤです」

「なに？」

我ながら、拗《す》ねたような声が出てしまったと思う。

リーシェの答えが予想外だったらしく、アルノルトは驚いたような顔をしていた。

彼のこんな表情は、きっと珍しい。そう思いながらも、隠し通すつもりだった事実を口にする。

「覚えていらっしゃいますか。指輪のサイズを測る際、私が左手の薬指を選んだことを」

「……ああ。何故《なぜ》かと尋ねたが、答えなかったな」

「私の国では結婚の際、夫から妻へと指輪が贈られるのです。初代国王夫妻の始めた慣習で、かならず左手の薬指に」

だからリーシェもそうしたのだ。そのことを告げると、アルノルトが何故だか眉根を寄せる。

「私にだって、そういう儀式への憧れはあります」

「……」

きっと今、言わなくても良いことを言ってしまった。

そんな自覚があるものの、どうにも抑えることが出来ない。リーシェは自棄《やけ》っぱちな心境になり、指輪の小箱を手に立ち上がる。

「婚姻の儀でこの指輪を着けたいですし、ドレスも指輪に合わせて選びますので！　必要はないと仰いましたが、今後もあらゆる場面で使わせていただきます！」

「リーシェ。落ち着け」

「む、むしろ、いますぐ指に嵌《は》めたいのを我慢してここに持ってきたんですから……！」

執務机の前に立ってそう言うと、アルノルトがわずかに息を呑《の》んだ。

「……だから、アルノルト殿下が、私に指輪を嵌めてください」

アルノルトの前に箱を置き、リーシェは左手を差し出した。すると、彼は難しい顔のまま言う。

「いまは手袋を着けていない」

「う……」

今世でアルノルトと会ったばかりの頃、『指一本触れない』と約束をしてもらった。

アルノルトは律儀にそれを守り、夜会などの場では手袋をしている。今のアルノルトは素手のままで、晒《さら》された手の甲には、手袋をしているときは見えない筋が浮かんでいた。

「なくても、大丈夫です」

これを言うのは、いささか恥ずかしいような気もする。けれど、「今後はもう、直接触っても大丈夫です」と口にするよりは簡単だ。

アルノルトがリーシェに望んだことは、とても少なかった。

だって、勝てばなんでも言うことを聞くという勝負に勝っておいて、彼が望むのはリーシェに指輪を贈るという一点だけだというのだ。

リーシェはこの指輪をちゃんと身に着けたい。

そして、その姿をアルノルトにも見て欲しい。

「……どうしても、いますぐがいいんです。だから」

アルノルトは、リーシェにわがままを言わせるのが上手《うま》すぎる。

そんなことを思いながら、勇気を振り絞ってこう言った。

「おねがい、殿下」

「――……」

目を伏せたアルノルトが、短い溜《た》め息《いき》をついた。

彼は小箱を手に立ち上がると、執務机を回り込む。かと思えばリーシェの手首を掴《つか》み、長椅子のある方に手を引いた。長椅子にぽすんと座らされ、リーシェは瞬きをする。

するとアルノルトは、リーシェの目の前に跪《ひざまず》いてみせるのだ。

アルノルトの大きな手が、リーシェの左手を取った。たったそれだけのことなのに、一気に頬が熱くなる。

あまつさえアルノルトは、その姿勢のまま目を伏せると、リーシェの手の甲にくちびるを寄せるのだ。

そうして、薬指の付け根に口付けを落とす。

「リーシェ」

「っ、ん」

くちびるを押し当てたまま名前を呼ばれ、自由な方の手で自分の口を塞いだ。

アルノルトは淡いキスをすぐにやめ、顔を上げる。けれどもその後に、互いの指をするりと絡めるではないか。

（な、なにこれ……！）

頭の奥が、くらくらとした。

こうされて初めて自覚する。リーシェは、アルノルトの瞳の色だけでなく、その手や指の形も好きなのだ。とはいえいまは、それどころではない。

リーシェを散々振り回しておきながら、アルノルトは至って涼しい顔だ。

それどころか、どこか真摯な目をリーシェに向けて、わずかに掠れた声でこう尋ねてくる。


「――触れてもいいか」

「……っ!!」


もう、とっくに触っているくせに。

まるで、リーシェにちゃんと頷かせたくて、わざと言葉で確かめているかのようだ。

「は、い……」

必死の思いで頷いた。

アルノルトは、それだけで少し満足したように目を細める。

リーシェの手を離さずに、左手だけで指輪の箱を開けた。彼の大きな手はとても器用で、容易く指輪を取り出せたらしい。その間も、リーシェはいっぱいいっぱいだ。

（さっきの、キスは）

跪いて手の甲へ口付けるのは、ガルクハイン王侯貴族の求婚作法だと聞いたことがある。だが、以前アルノルトがリーシェに結婚を願い出た際は、跪いて手を取っただけだった。

もしかして、あの夜をやり直してくれたのかもしれない。

(私が、結婚にまつわる儀式に対して、『憧れがある』と話したから……?)

そうだとしたら。

――先ほどの、『触れてもいいか』という問い掛けが、二度目の求婚になってしまう。

(どうして顔が熱いの……!!)

考えすぎだとは分かっているが、リーシェはぎゅうっと両目を瞑《つぶ》った。

指輪を嵌めやすくするためなのか、アルノルトがリーシェの手首に指を添える。その瞬間、心臓がますますうるさくなって途方に暮れた。

(単純に、手が触れ合ってるだけなのに)

こんなもの、握手とそれほど変わらない。そのはずが、どうして動揺してしまうのだろう。

(……最初から、指一本触れないでくださいなんて言わなければよかった……)

そんな後悔で、いっそ泣きそうになってしまう。

こうしてわざわざ撤回することが、こんなにも恥ずかしいことだなんて想像もしていない。くちびるを結んでふるふる震えていると、アルノルトが呆《あき》れたような声で言った。

「こら。息を止めるな」

「と、とめてないです」

本当は、ほとんどそれに近い状況になってしまっている。嘘をつき通せる気はしないが、正直に言うのも憚《はばか》られた。

「呼吸の仕方を、忘れそうなだけで……」

「――ふ」

(笑った……!!)

人をこんなに動揺させておいて、あんまりではないだろうか。以前にもこんなことがあったような気がしたが、文句を言う余裕はなかった。

薬指の先に、冷たい指輪が触れたからだ。

「っ」

ぞくりとした。自分の体が熱くなっている証明に感じられて、ますます恥ずかしくなる。

アルノルトは、以前リーシェの手に触れた際の温度を覚えているだろうか。

(どうか、あのときより熱いことに気付かないで……!)

アルノルトはそのままどこか恭しい手付きで、リーシェの指に指輪を通し始める。

リーシェが目を閉じてしまっているせいか、その時間はやたらと長く感じられた。永遠に続くかとも思われたものの、それはやがて、先ほどアルノルトが口付けた所でぴたりと止まる。

「ぷは……っ」

両目を瞑ったまま、一度に息を吐き出した。

「呼吸の仕方は思い出せたか」

「ど、どうにか……」

「……今度は、目の開け方が分からなくなったらしい」

楽しむように言い当てられて、ますます瞼《まぶた》を開けられなくなった。

心臓がどきどきと早鐘を刻み、どんな顔をしたらいいかさえ分からない。表情を隠すように俯くと、アルノルトの手がこちらに伸びてくる気配がする。

「んっ」

瞼に触れられて肩が跳ねた。

アルノルトはリーシェの睫《まつげ》毛のラインを、親指の腹で緩やかになぞる。

まるで涙を拭うかのように。

あるいは、深く眠った幼子を起こすかのように。ごくごくやさしい触れ方で、まなじりまでを辿ってゆく。

「リーシェ」

「……」

名前を呼んでくれる声も、幼い子供をあやすみたいに柔らかい。

だからこそ、リーシェも恐る恐る目を開けることが出来る。そしてアルノルトは、リーシェが顔を真っ赤にしているのを見て、まるで大事なものでも眺めるかのように目を細めるのだ。

「出来たぞ」

ゆっくりと手が離されるのを、何故だか名残惜しく感じた。

それでもアルノルトに促され、自分の手元へと視線を落としたリーシェは、薬指を見て無意識に声を漏らす。

「……わあ……」

そこに輝くのは、青いサファイアを戴《いただ》いた指輪だった。

きらきらと金色に輝くリングは、金の蔦《つた》を編み込んで作られたかのようだ。

リングは二本のアームで作られ、波にも似た曲線を描いて組み合わさり、華やかなのに上品な美しさを形作っている。これほどの意匠を実現するのに、どれほど繊細な技術が要求されるのだろう。

石座の周りには、小さなダイヤの粒が散りばめられていた。

星屑《ほしくず》にも似たその輝きは、中央に据えられた石を守っているみたいに健気《けなげ》で、とても可愛《かわい》らしい。

(綺麗《きれい》。可愛い。それに、なによりも……)

中央の石座には、どんな人の視線も惹《ひ》きつけるようなサファイヤが輝いている。

寒い国の透き通った海を凍らせたような、深くて美しい青色だ。

左手を目の前に翳《かざ》し、差し込む陽《ひ》の光に反射させて、リーシェは大事に呟いた。

「……殿下の瞳と、本当におんなじ色」

そう思うと、不思議な喜びが湧き上がってくる。

宝石店の店主であるあの老婦人は、『宝石はお守りなの』と微笑んでいた。彼女の言葉を実感しながら、リーシェはその喜びを噛《か》みしめる。

「この指輪を着けているだけで、なんでも出来そう……」

だが、次の瞬間にはっとした。

アルノルト本人は、自分の目の色を嫌っているのだ。その色で選んでしまった指輪を見て、どんな顔をするのだろうか。

「どうですか。殿下」

リーシェは眉を下げ、恐る恐る膝の上に手を置いた。

こうして手の甲を上にすれば、アルノルトからもよく見えるだろう。すると目の前に跪いたままのアルノルトは、リーシェの手元へと視線を落とす。

「ああ」

どこか無防備な声色の返事だ。

アルノルトは再びリーシェの手に触れる。

先ほどのように指を絡めたあと、指輪を嵌めた薬指の付け根を、確かめるように緩くなぞった。

くすぐったさと、痺《しび》れにも似た感覚が走る。リーシェはわずかに身を竦《すく》めたけれど、絡まった手を解くようなことはしない。

アルノルトは、目を伏せるように微笑んでこう言った。

「……想像以上に、気分がいいな」

「！」

返事を聞いて、息を呑む。

（私も）

浮かんできた言葉を封じるように、リーシェはくちびるをきゅうっと結んだ。

(――あなたが、そんな風に笑うのを見ると、何故だかとても嬉しい気持ちになる……)

そして、少しだけ泣きそうにもなるのだと気が付いた。

「リーシェ?」

そのまま口にすることは憚られて、そうっと首を横に振る。その代わり、困った心境になりながらこう答えた。

「……アルノルト殿下におねだりしたいことが、また増えてしまいました」

「言ってみろ」

甘やかすようなその返事に、心臓の奥がとくとくと疼《うず》く。

「今ならなんでも聞いてやる」

「……っ」

すく傍で見つめられた上、こんな風に囁《ささや》かれて、先ほどまでの動揺が再来した。

普段だって、国政にまつわること以外なら、リーシェが望めばほとんどのことは叶《かな》えてくれる。

どう考えても甘え過ぎだが、ここまで散々わがままを通している身だ。リーシェは声が震えないように気を付けながら、願いを告げる。

「そのうち、殿下と一緒に旅がしたいです。旅先の案内人でしたら、私がちゃんと勤めますから」

「旅？」

「はい。この世界にある、様々な美しいものを見るための旅を」

今すぐでなくとも構わない。けれど、どうしても約束がしたかったのだ。

「蛍や花火だけじゃなくて。――あなたにとって、綺麗で美しいと思えるようなものを、もっとたくさん探しに行きたい」

アルノルトは静かに目を細める。

それはまるで、眩《まぶ》しいものを見るかのような仕草だった。

執務室に差し込む陽の光が、彼の青い瞳をいっそう透き通ったものに見せる。その色に、何度でも見惚《みと》れてしまいそうだ。

「……お前のお陰で、ひとつは増えたぞ」

「え」

思わぬ返事を渡されて、リーシェはぱちりと瞬きをする。

「それは一体？」

「さあな。お前が自力で分からないうちは、教えないでおくとしよう」

「ず、ずるい……！」

絶対に答えてほしかったのに、アルノルトは指を解いて立ち上がった。

リーシェは抗議の意味を込め、上目遣いに見上げて顰《しか》めっ面《つら》をする。

「常人が、あなたからの謎掛けに勝てるとお思いですか」

「リーシェ。常人というものは、得体の知れない薬品を、嫁ぎ先の空で爆発させたりはしない」

「うっ」

そういう問題ではないはずなのだが、突かれると痛い部分である。

渋々諦めると、アルノルトは面白がるような笑みを浮かべたあと、リーシェの頭に手を置いた。

「別に、それほど難しくない問題だと思うが」

「……!?」

ぽんぽんと頭を撫《な》でられて、何も言えなくなってしまう。

戯れのような触れ方だって、平常心を保てなくなるからやめてほしい。どうしてここまで掻《か》き乱されるのかを不思議に思いつつも、リーシェは俯いた。

膝に重ねた手の薬指には、海色の宝石が光っている。

（……いつか、私がこの色をどれだけ綺麗だと思っているのかが、アルノルト殿下にも伝わるといいのに）

手始めにこの指輪は、今夜の夜会にも着けていくことにする。

カイルたちの出立を見送り、両国の素晴らしい未来を願う場で、きらきらと美しく輝くことだろう。

つづく

番外編

恋人ごっこの淡い戯れ

皇都の市場の真ん中に、最近評判のケーキ屋がある。

そこは大変な盛況だが、入店するには条件があった。なんでも来客者の資格として、『恋人同士ではないといけない』という決まりがあるのだそうだ。

リーシェがそのことを知ったのは、アルノルトと二度目のお忍びに出掛け、宝石店の店主に指輪のお礼を言った帰り道のことだった。

「――ということで。この列に並んでいるあいだは、私と恋人同士のふりをしてくださいね！」

「……お前は、本当に……」

隣に立ったアルノルトが、額を押さえて溜《た》め息をつく。

入店待ちの行列は長く、アルノルトには未知の領域だろう。けれども渋面の要因は、リーシェが『恋人ごっこ』を提案した所為らしい。

「わざわざそんな真似事をしなくとも、婚約者であるというだけで十分なんじゃないか」

「だってこのケーキ屋さん、夫婦でも入れないそうですよ？　『恋人限定』という特別感が好評らしくて、条件を緩和するとお店の評判に関わりますし。だから、婚約者でも断られるかも」

リーシェの中で、『恋人』と『婚約者』は明確に違う。アルノルトもそこは分かってくれているようで、最終的には「好きにしろ」と言ってくれた。

そんなわけで、アルノルトの恋人という心構えで列に並んでいるのだが、やはり落ち着かない。

「なんだか、列整理の店員さんに疑いの目で見られているような」

すると、アルノルトが関心の薄そうな声音でこう言った。

「相手は一般国民だぞ。お前の考え過ぎだろう」

「商人の観察眼を侮ってはなりません。食い逃げや偽装通貨を使われないように、常日頃から観察眼を凝らしているんですから」

「……それはかなり特殊な例のような気がするが……」

リーシェは至って真剣に、周囲の様子を観察する。

（ちゃんと、恋人同士のふりを徹底しないと。他の人たちの真似をして……）

騎士時代の偵察能力を惜しみなく使ったリーシェは、あることに気が付いてはっとした。

衝撃をなんとか呑《の》み込んだあと、傍に立つアルノルトの方を見る。意を決し、つつつっとアルノルトの傍に寄ると、苦い顔で見下ろされた。

「今度はどうした」

「見てください。ほら、周りの人たち」

アルノルトの袖をつんと引き、ひそひそ声で報告する。

「本物の恋人たちは、並んでいる最中もぴったり寄り添っているんです。それに比べて私たちは、間にひとり分の間隔が空いていたでしょう？」

「……」

（騎士人生のおかげで、剣を抜きやすい間合いを確保してしまう癖が付いてるのよね。多分それは、アルノルト殿下もなのでしょうけど……）

周りの男女に倣い、アルノルトの腕に肩が触れそうなくらいの位置に立つ。

「そういえば、『殿方にはある程度寄り添った方が、仲睦まじく見える』とも習ったのでした。昔、ではなく、以前故国で受けていた王太子妃教育で」

「……ほう？」

アルノルトの声が、ほんの少し低くなった気がした。

不思議に思って見上げると、青い瞳と視線が重なる。その瞳に宿る光は、いつもよりも暗い。

「――それは、俺ではない男の妃となるために受けた教育のことか」

「えっ」

思わぬ発言にびっくりしていると、アルノルトがふっと短く息を吐く。彼の大きな手が、リーシェの腰へと回された。

「仕方がない。お前がそうまで言うのなら、その真似事に付き合ってやる」

「えっ、ええ？　ちょ、アルノルト殿《でん》……ひえっ！」

ぐっ、と強引に腰を抱き寄せられる。

お互い密着する形になって、あまりの距離感に息を呑んだ。決して不躾《ぶしつけ》な触れ方ではないし、ダンスのときにこれくらいはするのだが、不意打ちすぎて処理が出来ない。

すると、耳元で小さく囁《ささや》かれた。

「……固まっていると、『観察眼の優れた店員』とやらに気付かれるぞ」

「!!」

はっとする。

確かにこれは好都合だ。アルノルトが乗り気になってくれたのだから、恋人のふりを徹底したい。

ぎゅっと目を瞑《つぶ》って、顔の熱さを誤魔化すようにこくこくと頷《うなず》いた。

とはいえど、どうしたら良いかが分からない。他の人を観察して得た情報は、アルノルトの振る舞いによって吹き飛んでしまった。

「わ、私も何かした方がいいですか……?」

次の行動への助言を求め、必死の思いでアルノルトを見上げる。彼はいささか意地悪な笑みで、伏し目がちにリーシェを見下ろした。

「すでに習っているんだろう?　こういうときの作法というものを」

「忘れました！　習っていたとしても実行は無理です、いまは頭が真っ白なので！」

「……っ、は」

リーシェの抗議が気に入ったのか、アルノルトは面白そうに笑ってみせる。そしてなんらかの気が済んだらしく、リーシェの腰を抱いているのとは反対の手で、リーシェの左手を取った。

「あの、なんだか周囲がざわついているような……」

「気の所為だろう」

アルノルトはしれっと言ってのけるのだが、絶対に見られている気がする。それもそのはずで、これだけ顔の美しい男性が往来でこんな真似をしていては、女性たちの注目を浴びても仕方がない。

にもかかわらず、アルノルトは真摯な表情で言葉を続ける。

「……街を歩いたせいで、足が痛んだりはしていないか？　ここに並んでいるあいだ、ずっとお前を抱き上げていても構わないが」

「だっ！　だだ、だいじょうぶです！　元気です、とても！」

ここまで真面目に挑まれると、本当に口説かれているようでぐらぐらしてくる。

それなのに、アルノルトは再びリーシェに耳打ちをした。

「こういうときは、素直に甘えるものだ」

（そうなの!?）

思わぬ指摘に驚愕《きようがく》するものの、確かに今のは素の回答だ。

『恋人』としては失格な返事だったかもしれない。リーシェは混乱しつつ、必死に小声で助けを求める。

「で、でも無理です、抱っこは無理です……!!」

「ならどうする？　お前のやりたいようにやって構わないぞ」

「やりたいようにと言われましても！」

周囲を参考にしようとしても、それは上手く行きそうになかった。列に並んでいる恋人たちは、今やリーシェとアルノルトに釘付《くぎづ》けになっているからだ。

（やっぱり『恋人』らしくなくて浮いてるのかしら!?　だとしたら私のせいだわ……）

アルノルトばかりに頑張らせるわけにはいかない。リーシェはどうにか腹を括り、アルノルトの手をぎゅっと握り返した。

（……さあ、これでどうですか！）

やりきった心境でアルノルトを見ると、彼はわずかに目をみはる。

驚かすことに成功したようなので、リーシェは素直に嬉《うれ》しくなった。誇らしい気持ちできらきらと見つめれば、アルノルトはふっと吐息をこぼすように笑う。

（わ……）

その表情がやさしくて、心臓がどきりと跳ねた気がした。

「先日、お前の指輪を手にした時は、こんなに小さいものかと驚いたが。……それも道理だな」

アルノルトが、お互いの指を絡めるように繋《つな》ぎ直す。

肌の表面が触れ合う感覚に、甘い痺《しび》れのようなものが走った。

「――大切に扱わねば、傷つけてしまいそうなほど華奢《きやしや》な指だ」

「っ！」

リーシェが絶句しかけた瞬間、アルノルトがぱっと手を離す。

「……こんなものか」

「はっ、え!?」

「店員が中に入ったようだ。お前の言う『恋人のふり』というものは、これくらいで十分だろう」

真顔で言い切ったアルノルトが、リーシェの腰からも手を離した。体の自由を取り戻すが、へなへなと座り込んでしまいそうになって、リーシェは慌てて背筋を正す。

（わ、私が恥ずかしがり過ぎなの!?　そうかもしれない、だってアルノルト殿下は善意の上で、私に協力してくださっていたのだし……）

そうまで考えてみたところで、目が合ったアルノルトがにやりと笑った。

「どうした？　随分と困り切った顔をしている」

「～～～っ!!」

どうやら、やっぱりからかわれていたらしい。

抗議の声をあげたかったが、アルノルトはここまで付き合ってくれているのだ。文句の言葉を押し殺し、代わりにきちんとお礼を言ったら、どうしてか肩を震わせて笑われた。

満身創痍《まんしんそうい》にはなったものの、入店後は有意義な情報を得ることが出来たので、それで良しとする。

おわり

あとがき

雨川透子《あめかわとうこ》と申します。この度は、ループなな2巻をお手にとっていただき、ありがとうございました！　この巻は、ヒロインのリーシェが三回目の人生で関わった人たちと、今回の人生の婚約者であるアルノルトとの攻防をお届けするお話となっています。

今回もイラストを描いて下さった八美☆わん《はちぴすわん》先生、ありがとうございました！　表紙の活き活きした世界や、キャラクターの表情とお顔、デザインにいつもうっとりしています。挿絵も本当に本当に美しくて可愛《かわい》いです!!

担当さま、いつもありがとうございます。私のミスに「なんとかなります」と返信くださって、ものすごく心強かったです。

そして、前巻に引き続き読んで下さった読者の皆さまにも、心よりお礼申し上げます！

ヒーローのアルノルトは、リーシェへの感情表現レベルが、この巻のラストで10段階中3くらいになったところです。ありがたくも3巻を出していただけることになったので、木乃《きの》ひのき先生の素敵すぎるコミカライズ共々、この先の変化も見守っていただければ幸いです！

どうか、次巻でもお目に掛かれますように。

次巻予告
ループ7回目の人生で、皇太子アルノルトとの日々を送るリーシェ。
コヨル国との技術提携も進み、着実に二人の距離は近づいていく。
さらに皇帝との確執に迫りたいと考えるリーシェだが、
テオドールからもめぼしい情報は得られず……。
そしてリーシェは、意を決してアルノルトに告げる。
「――正式な、婚約破棄をしたいのです」
「その場合、俺はいかなる手段を講じても、
お前の邪魔をしなければならないが」
『ループ7回目の悪役令嬢は、元敵国で自由気ままな花嫁生活を満喫する3』
大好評発売中！

ループ7回目の悪役令嬢は、元敵国で自由気ままな花嫁生活を満喫する 2

発行　2021年2月25日　初版第一刷発行
　　　2023年12月1日　第四刷発行

著者　雨川透子
イラスト　八美☆わん
発行者　永田勝治
発行所　株式会社オーバーラップ
〒141-0031
東京都品川区西五反田8-1-5
校正・DTP　株式会社鷗来堂
印刷・製本　大日本印刷株式会社

ISBN　978-4-86554-852-5 C0093

【オーバーラップ　カスタマーサポート】
電話　03-6219-0850
受付時間　10時～18時（土日祝日をのぞく）

作品のご感想、ファンレターをお待ちしています

あて先：〒141-0031　東京都品川区西五反田8-1-5 五反田光和ビル4階　ライトノベル編集部
「雨川透子」先生係／「八美☆わん」先生係

OVERLAP NOVELS f
コミックガルドにて
コミカライズ！
売られた先では
大歓迎!?&大活躍!!
Fuyutsuki Koki
冬月光輝
illust. 昌未
完璧すぎて可愛げがないと
婚約破棄された聖女は
隣国に売られる